KB274052

보법무적

步法無敵

보법무적 4
일륜 新무협 판타지 소설

초판 1쇄 찍은 날 § 2007년 6월 7일
초판 1쇄 펴낸 날 § 2007년 6월 17일

지은이 § 일륜
펴낸이 § 서경석

편집장 § 문혜영
편집책임 § 서지현
편집 § 심재영

펴낸곳 § 도서출판 청어람
등록번호 § 제1081-1-89호
등록일자 § 1999. 5. 31
어람번호 § 제2-1219호

주소 § 경기도 부천시 원미구 심곡1동 350-1 남성B/D 3F (우) 420-011
전화 § 032-656-4452 팩스 § 032-656-4453
http://www.chungeoram.com
E-mail § eoram99@chollian.net

ISBN 978-89-251-0734-9 04810
ISBN 978-89-251-0588-8 (세트)

보법무적

"정말로 제가 안 넘어지고 잘 걸을 수 있나요?" "그럼! 이건 비밀이라 잘 말해주지 않지만, 네게만
특별히 알려주마. 우리 문파의 특기가, 잘 걷기다." "안 넘어지고, 똑바로요?"
"흐흘흘. 당연하지!" "갈게요, 가겠어요!"
십이 세 소년 등천화와 오십 년 만에 세상에 나온 사부의 만남, 그리고 십 년이 흘러 세상에 나온 엉뚱한 청년의 강호 행보!
그의 십보는 무림인들에게 악몽이 되었다! 어느 누구도 붙잡지 못할 거대한 광풍이 되었기에!

도서출판 청어람

목차

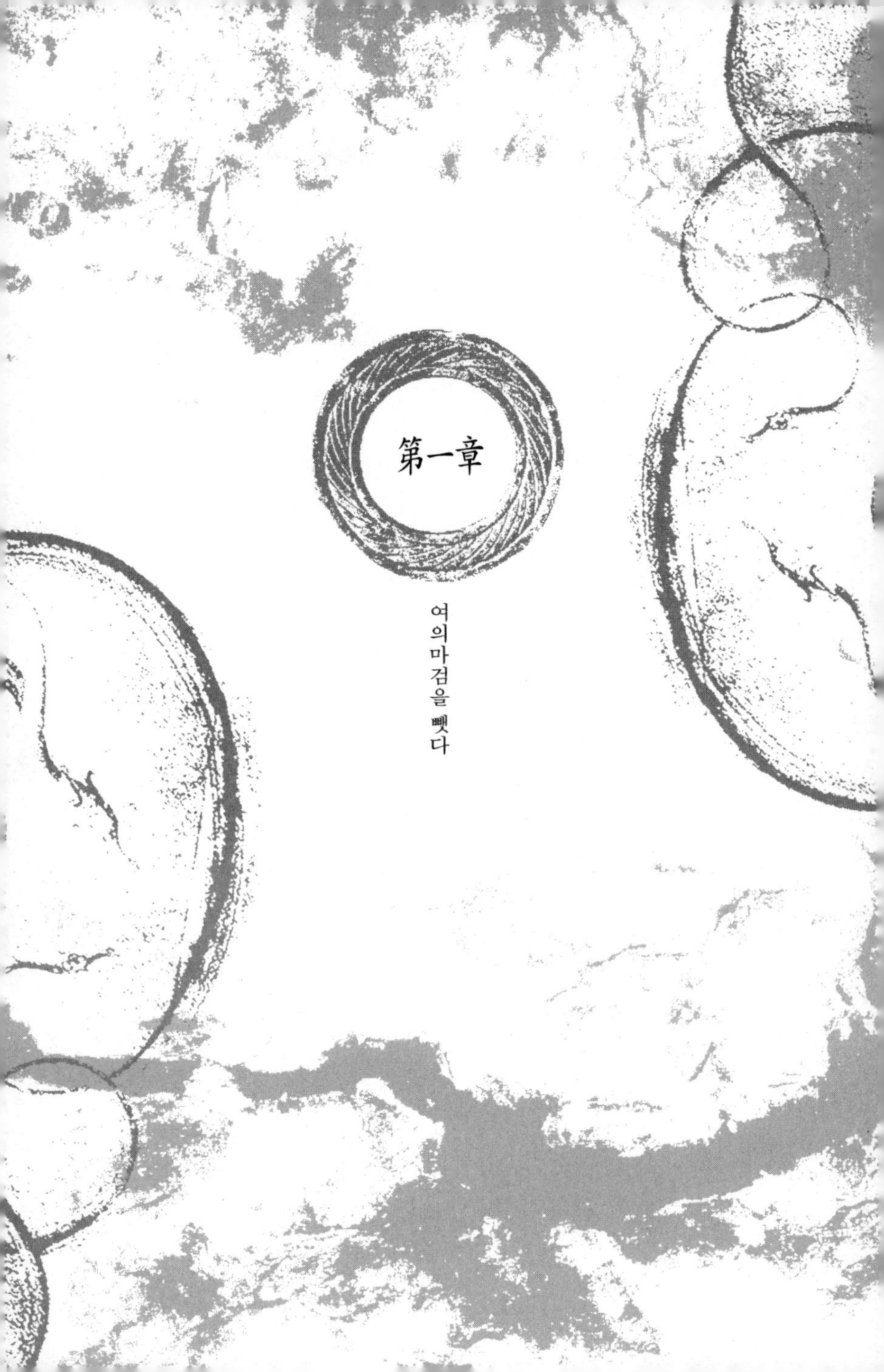

第一章
여의마검을 뺏다

步法無敵

화산오검의 시선이 일제히 등천화의 발을 향해 있었다. 그들의 귀에는 아직도 '콰콰콰' 거리는 음향이 들리는 것만 같았다. 등천화의 발 굴름에 땅이 풀썩거렸고, 먼지구름이 피어올랐다.

놀랄 일은 그때부터였다. 뭉글거리는 먼지구름이 거대한 보자기 형태로 뭉치더니 달려드는 마교의 무리들을 일제히 덮어버렸다.

"화 소협."

등천화의 한마디에 화산오검의 신형이 약속이나 한 듯이 일제히 멈췄다.

“무, 무슨…….”

화군악은 잘못한 것도 없이 주눅 든 표정을 지었다.

음자삼차파를 경험한 뒤라 다시 한 번 받아보고 싶은 욕심이 있었다. 하지만 마교의 무리들을 한꺼번에 제압하는 광경은 욕심을 접도록 만들었다.

상상을 뛰어넘는 위력이었다.

“서문세가는 아직 멀었나요?”

“서, 서문세가… 고작 길을 물으려고…….”

화군악은 맥이 탁 풀렸다.

긴장했던 자신이 미웠다.

“방향은 지금 우리가 가는 길과 같고, 좀 더 정확한 거리는 유 사형께서 알고 계시오.”

친절하고 자세한 설명. 게다가 말투도 어느새 반존대로 바뀌었다. 이런 사실을 화군악 본인은 인지하지 못하고 있었다.

“아아… 그럼 이 길로 가면 안 되겠는데요?”

“……?”

등천화의 엉뚱한 반문에 화군악을 비롯한 화산오검 전원은 어리둥절한 표정을 지었다. 가는 길을 물어서 알려줬더니, 알려준 길로 안 가겠다는 말을 어떻게 받아들여야 할지 몰라서였다.

“엄… 다른 길은 없나요? 돌아가는 길이나, 되도록 오래 걸리는 길이오.”

“…….”

한시라도 빨리 서문세가에 도착해서 장액 지부의 상황을 설명하고 지원을 받아야 하는 화산오검이었다.

등천화의 속 터지는 질문에 유호경은 화군악에게 눈짓을 했다. 네가 시작했으니 마무리도 네가 알아서 하라는.

막내는 이런 점이 좋지 않았다.

“험험. 다른 길을 찾는 이유가 뭔지 물어봐도 되겠소, 유령신보?”

화군악은 유령신보라는 말에 특히 힘을 주면서 다시 입을 열었다.

“이유는… 불안해서 그러죠. 그 사람을 만나야 하는데 사람이 많으면 나타나지 않을 거 아녀요?”

“그 사람?”

“엄… 검자루에서 길이 나오는 사람이요.”

“길… 검자루… 아, 허무! 그자가 지금 근처에 있소?”

등천화가 지칭하는 사람이 허무란 것을 깨달은 화군악이 깜짝 놀라 소리쳤다. 기척을 전혀 느끼지 못했기에 부정할 수도 있겠으나, 그러기에는 등천화의 존재감이 너무 커져 버렸다.

화산오검은 일시에 다섯 방위로 퍼지며 주위를 경계하는 자세를 취했다. 방향을 알려달라는 눈짓을 보내는 걸 잊지 않은 채였다.

그러나 등천화는 뚱한 눈으로 다섯 사람을 쳐다봤다.

"엄… 왜 갑자기……."

"그가 근처에 있다고 했잖소? 경계를 해야 할 게 아니오?"

"근처… 아직 있는지 모르겠는데… 길이 끊어졌다 이어졌다 해서 찾아봐야 해요."

"길? 이어졌다 끊어졌다? 그 사람 몸에 실을 감아놓은 것도 아닐 텐데 그게 무슨……."

화군악은 자신이 지나온 길을 돌아보며 자연스럽게 농담을 던졌다. 한 번도 길 때문에 멈춰 서본 기억이 없기에 할 수 있는 농담이었다. 뭉툭한 시선이 되어 등천화를 돌아본 것은 당연했다.

이때 화군악의 농담으로 평정을 되찾은 유호경이 긴 한숨을 내뱉으며 말을 꺼냈다.

"후우… 더 듣고만 있을 수가 없군. 유령신보, 우리가 지나온 길은 한 번도 끊어진 적이 없소. 우리가 알아야 할 것이 있으면 숨기지 말고 얘기해 주시오. 그래야 우리도 그자의 공격에 대비할 게 아니오?"

그의 목소리에는 각오가 담겨 있었다.

화산오검 중 가장 냉철하고 정확한 평가를 받는 그만의 어투가 나온 것이다.

당연히 논리적이고 합당한 그의 질문에 등천화가 친절한 답변을 해줄 거라 믿어 의심치 않았다. 옆에서 그를 지켜보는

다른 화산오검 사형제들의 시선이 느껴지자 흐뭇한 미소까지
지었다.

그러나 등천화는 뚱한 눈으로 유호경을 바라볼 뿐 이렇다
할 대답을 하지 않았다. 길을 얘기하는데, 왜 그런 말을 하는
지 이해할 수가 없었기 때문이다.

"유령신보, 우리에게 말해주기 곤란한 부분이오?"

"아니요. 그게 아니라… 왜 대비를 하려고 그러세요?"

등천화의 대답에 유호경을 비롯한 화산오검 전원의 얼굴
이 잘 구겨진 육포 조각처럼 일그러졌다.

"그럼 그냥 죽을 때를 기다리란 소리요!"

화군악이 등천화의 대답에 버럭 소리를 질렀다.

저런 식의 대답을 들어야 할 화산오검이 아니었다.

"군악아, 진정하거라. 유령신보, 그 말은 무슨 뜻이오? 우
리는 무인이오. 언제 나타날지 모르는 적의 공격을 대비하는
것은 당연한 것이 아니오?"

유호경은 차분히 반문하며 등천화를 바라봤다.

마교의 무리들이 몰려오는 상황에서도 아무런 긴장감 없
이 앞장설 정도의 인물이 저런 말을 할 때는 이유가 있을 것
이란 걸 안 까닭이다.

'혹시 허무란 자를 유인하기 위해 우리와 헤어지려는 것인
가? 서문세가로 가는 거야 우리와 함께 움직이면 된다. 저런
말을 해서 충동할 이유가 없지.'

“난 죽으라고 한 적 없는데…….”

둥천화의 목소리에 난처함이 깃들어 있는 것을 확인한 유호경은 자신의 판단이 옳았음을 확신했다. 둥천화는 지금 허무와 단독으로 결판을 지으려는 것이다.

“유령신보, 혼자… 가려는 것이오?”

“어? 어떻게 아셨어요?”

“아…….”

유호경은 다음에 이을 멋진 말을 꺼내지 못했다.

둥천화가 좋은 의도를 들킨 듯이 조금만 쑥스러운 태도를 보였으면 더 좋았을 것을. 너무 쉽게 인정하는 바람에 유호경의 질문도 빛이 나질 않았고, 그다음에 이어질 말도 하나마나가 되어버렸다.

“하하, 역시 그런 뜻이… 하하하.”

유호경의 머릿속은 매우 복잡해졌다.

모른 척 받아들일까도 생각해 봤지만 그건 화산오검의 이름에 오점을 남기는 일이었다.

“하나 그건 안 될 말이오. 우리는 정도명문 화산파의 기둥인 화산오검이오. 몰랐다면 모를까, 알면서 모른 척할 수는 없소.”

유호경의 목소리에는 굳건한 의지가 실려 있었다. 다른 화산오검들 역시 감정이 고무되어 각오를 다진 눈으로 쳐다봤다.

‘엄… 이분들… 왜 저런 이상한 눈으로 보는 거지?’

허무는 등천화와 화산오검을 지켜보다가 이내 자신의 손을 내려다봤다.

소매 속에 숨겨졌던 손이 드러났다. 하얗고 작은 어린아이의 손이 그곳에 있었다.

“놈이 봤을까?”

허무는 지금껏 목표로 정한 자를 죽일 때 자신의 손을 드러낸 적이 없었다. 여의마검을 쥐고 있는 자신의 손을 보기 전에 모두 죽였기 때문이다.

“내 손을 본 자는 모두 죽는다.”

허무는 애증이 교차된 표정으로 여의마검을 쳐다봤다. 이 마물(魔物)을 다루기 위해 어릴 때부터 만안신석의 기운과 하나가 되어야 했다. 마기에 지배당하지 않기 위해 그토록 노력을 기울였건만, 마기를 완전히 벗어나지 못하고 손이 저주를 받은 것이다.

육 세 때 이후로 전혀 자라지 않는 손.

허무는 이런 손을 누군가가 보는 것이 죽기보다 싫었다. 그를 사랑했던 여인이 잠자다 그의 손을 훔쳐봤다는 이유로 죽였고, 그런 그를 질책하던 부모님을 죽였다.

그런 그의 손을 유난히 집요하게 바라보던 등천화의 시선이 머릿속을 떠나지 않았다. 산 채로 데려오라는 구조백의 명령을 어겨야 할 것 같았다.

'놈이 움직인다.'

등천화가 화산오검과 헤어지는 모습이 보인다.

여의마검을 쥔 손에 힘이 들어갔다.

그때 그의 눈에 느리게 움직이는 한 무리의 인간들이 보였다. 등천화의 이상한 수법에 나자빠지던 수라대원들이었다.

"저들에게 고맙다는 표시를 하지 못했군. 살았다는 것에 만족했으면 좋았을 것."

허무는 자리에서 사라졌다가 그들의 전면에 모습을 드러냈다. 아니, 나타났다고 여기는 순간, 그의 몸을 여의마검이 감싸며 수라대원들의 신체 일부분들을 바닥에 떨어뜨려 주었다.

"……?"

그들은 이상한 자가 갑자기 나타나 칼춤을 추어대자 어리둥절한 표정으로 쳐다보기만 했다.

눈과 목과 어깨, 다리까지 빛이 지나갔다는 것만 어렴풋이 느낄 뿐.

툭.

옆 동료의 몸에서 뭔가 떨어졌다.

"이봐, 뭘 떨어뜨려… 헉!"

고개를 숙이는 동료의 머리. 목과 분리되며 바닥으로 떨어졌다. 수라대원은 기겁을 하며 그의 머리를 받아주려고 했다.

하지만 조금 전까지만 해도 자신의 의지대로 움직이던 팔이 사라지고 없었다.

동료의 머리가 바닥에 떨어지고 나서야 그 옆에 낯익은 팔을 볼 수 있었다. 자신의 팔이었다.

"끄아아아악!"

그의 팔에서 피가 분수처럼 뿜어지며 바닥을 붉게 물들였다. 그것을 시작으로 그곳에 있던 전원의 몸이 따로따로 분리될 때까지 비명은 계속됐다.

칠십여 명의 생명이 시체로 변하는 데 걸린 시간은 차 한 잔 마시는 시간도 걸리지 않았다.

학살은 허무가 살아 있다는 걸 느끼게 해주는 원동력이었다. 진한 혈향이 장내를 떠돌며 허무의 코로 들어왔다가 사라져 갔다.

부르르.

여의마검을 쥔 허무의 몸이 떨렸다.

살기는 그를 흥분시키고, 그로 인해 발생되는 마기는 만안신석의 훌륭한 먹이였다.

*　　　*　　　*

등천화는 화산오검과 헤어진 지 한 시진 가까이 흐르는 동안 몇 번이나 주위를 둘러봤다. 나타날 줄 알았던 허무가 모습을 보이지 않은 때문이다.

언제 나타날지 모르는 사람을 기다린다는 건 참 힘든 일인 것 같았다. 차라리 처음 만났을 때 언제 다시 만나자고 약속이나 할 것을.

"엄… 빨리 나타나지. 서문 소저 보러 가야 하는데."

화산오검을 돌려보내는 건 어렵지 않았다.

다 같이 서문세가로 가면 서문혜가 허무와 만나게 되는데, 그건 좋은 일이 아니라고 했다. 그러기엔 허무가 그리 좋은 사람으로 안 보인다고 한 것이다.

유호경이 그렇기 때문에 더욱 함께 움직여야 한다고 등천화를 설득하려 했지만, '어? 다섯 분은 허무란 사람과 싸워봤잖아요?' 라는 등천화의 한마디에 화산오검은 먼저 길을 떠나야 했다.

"괜히 먼저 보냈나? 깜짝 놀라게 해줄걸. 헤……."

등천화는 바위에 걸터앉으며 순진한 웃음을 지었다.

이성과 대화를 나누거나 장난을 쳐본 사람은 서문혜가 유일했다. 경험하지 못한 부분에 대해서, 특히 감정에 대한 문제는 익숙해지질 않았다.

휘이익―

미풍이 얼굴을 스치고 지나갔다.

북에서 남으로 내려가는 바람이 등천화를 돌아보며 웃는 것 같았고, 서에서 동으로 이동하는 바람은 왜 자기를 보지 않느냐며 부드럽게 뺨을 건드렸다.

"길은 흘러가는구나."

흘러간다. 바람의 길이기에 가능한 일이다. 고정됨이 없기에 정해진 방향이 없고, 항상 움직이기에 손으로 잡을 수도 없다.

바람은 그런 것이다.

생각에 잠겨 있던 등천화의 몸이 열렸다.

한 발을 옮겨 앞으로, 다시 한 발을 옮겨 뒤로.

훌쩍, 바람의 길에 올라서듯이 자세를 잡았다가 바닥에 내려앉는 동작을 반복했다.

등천화가 펼치려는 동작은 일곱 번째 보법, 탄현보(彈絃步)였다. 바람의 길들이 엇갈리는 모습에서 문득 영감을 얻는 것이다.

"바람을 본 거구나. 저 바람의 길들을 보면서 만들었던 거야."

음보, 자보, 삼보, 차보, 파보의 기본은 자유로움이다. 일정한 틀에 맞춘 자유로움. 하지만 후반부 다섯 가지 보법에는 그런 틀이 없었다.

백지에 그리는 악보라고나 할까?

전반부 음자삼차파가 음률을 조율할 수 있도록 만들어진 악보라면, 후반부 다섯 가지 보법은 그것을 응용한 음악이라 해야 했다.

여섯 번째 보법인 완운보의 부드러움 속에는 굵은 저음이, 여덟 번째 보법 비경보(秘境步)에는 들릴 듯 말 듯한 은밀함이, 아홉 번째 보법 기암보(奇巖步)에는 산악을 무너뜨릴 듯한 굉음이, 마지막 열 번째 보법 폭승보(瀑昇步)는 너무나 장엄하기에 소리가 없는 무음이었다.

물론, 등천화가 그 모든 보법을 펼칠 수 있다는 것은 아니었다. 십보문의 역대 문주들의 경험과 십보를 만든 초대 문주의 주석을 통해 알게 된 내용이기에.

막 탄현보의 연주를 시작하려고 할 때였다.

"어?"

사방을 가득 메우던 바람의 길들이 갑자기 이지러지며 흩어졌다. 전혀 이질적인 길이 주위에 나타났음을 암시하는 것이다.

허무, 그가 온 것이다.

등천화는 흐르는 땀을 닦으며 아쉬워했으나, 기다렸던 사람을 반기기 위해 일어나 뒤로 돌아섰다.

그러나 채 돌아서기도 전에 바람의 길들을 잘라내는 기묘한 소리와 함께 심장을 향해 다가오는 빛을 봐야 했다.

"엄……."

등천화는 뚱한 눈으로 자신의 왼쪽 겨드랑이 아래를 쳐다봤다. 허무의 손에서 시작된 빛이 그 사이를 관통하고 있었다.

"괜찮은 척해봐야 소용없다."

감정이 담기지 않은 허무의 목소리가 등천화의 옆쪽에서 들렸다. 그의 손에는 불그스름한 빛을 뿌려내는 검자루가 쥐어져 있었다.

수라대원 칠십여 명을 죽인 여의마검의 검신이 붉은 기운을 뿜어내며 등천화를 올려다보고 있었다. 만안신석에 의해 증폭된 마기가 꿈틀거리며 움직이려 했다.

"주군의 동생을 죽였다고 해서 기대를 했건만, 겨우……."

허무의 입이 닫혔다. 등천화의 팔이 멀쩡하게 들려졌기 때문이다. 여의마검에 찔리지 않은 것이다.

"다행이에요. 겨우 참았네. 하마터면 큰일 날 뻔했네. 찌를 곳을 미리 알았기에 참았지, 안 그랬으면 다쳤잖아요."

'찌, 찌를 곳을 미리 알았다고?'

허무는 화가 난 듯하기도 하고, 미안한 것 같기도 한 표정의 등천화를 뚫어져라 쳐다봤다. 여의마검의 공격이 어디를 향할지 알았다는 등천화의 말은 충격이었다.

허무의 심장이 빠르게 뛰었다.

비스듬히 서 있던 등천화가 그와 정면으로 마주 보며 섰다. 옷자락 하나 다치지 않은 모습이었다.

"어떻게 저럴 수가 있지? 눈에 보이지 않을 정도로 빠르게 움직였다는… 아니지, 그럴 리가……."

두 사람의 거리는 약 오 장.

허무의 눈이 급격히 붉어졌다. 만안신석을 통해 엄청난 힘이 몸으로 들어오고 있었다. 그 모습을 유심히 보던 등천화는 허무의 신체 한 부분을 보며 고개를 갸웃거렸다.

"신기하다……."

"눈 돌려!"

허무의 입에서 날 선 목소리가 터졌다.

등천화의 시선이 어디를 향하는지 느꼈기 때문이다.

등천화는 허무의 경고에는 관심이 없는지, 여전히 시선을 고정시킨 채 뚱한 목소리를 냈다.

"손이 참 작네요?"

"……!"

허무가 지금까지 구조백의 명령으로 죽인 자들의 숫자는 정확히 구십이 명. 그들 중 어느 한 사람도 등천화 같은 자는 없었다. 한순간에 목숨을 잃을 수도 있는 상황에서 마기를 뿜어내는 여의마검이 아니라, 검자루에 가려진 그의 손을 왜 보겠는가?

그러나 저 얼빵하게 생긴 놈은 그의 손을 보고 있었다. 그것도 대놓고 말이다.

"엄… 왜 손에서 길이 시작되는지 몰랐는데… 저 손 때문에 그런 거구나."

등천화는 여전히 허무의 손에서 시선을 떼지 않았다, 여의마검에서 느껴지던 기운이 사라지고 새로운 형태의 길이 허무의 몸을 감쌀 때까지.

'내 손을 본 대가는… 죽음이다!'

허무는 몸을 감싸던 뇌벽마기를 조용히 등천화에게로 옮기는 데 성공했다. 등천화는 여전히 아무것도 모르는 눈치였다.

피할 방법 따위는 없었다.

일검에 죽일 수 있는 완벽한 기회.

"잘 가라."

허무의 시선만큼이나 강렬한 빛이 여의마검에서 폭발하며 조금의 망설임도 없이 등천화의 심장을 향해 뻗어갔다.

"어? 또 왼쪽이네?"

"……!"

등천화의 한마디는, 완전히 옭아맸다고 여겼던 허무의 귀에 청천벽력과도 같았다.

어떻게 말을 할 수 있지? 아니, 그 상황에서 어떻게 여의마검이 향하는 곳을 알 수 있는 거지?

허무는 어이없는 눈으로 등천화를 쳐다봤다. 그곳에는 키가 작아진 등천화가 멀뚱거리며 서 있었다.

'키가 작아져?'

아니었다. 뇌벽마기의 공격 범위에서 벗어나 거리가 멀어진 까닭에 작아 보인 것이다.

"말도 안 돼!"

더욱 말이 안 되는 일이 곧이어 벌어졌다.

등천화의 발밑에서 먼지가 부글부글 피어나더니, 수라대원들을 일제히 잠재웠던 수법이 모습을 드러내려 하고 있었다.

쿠르르—

먼지폭풍이 허무의 시야를 어지럽혔다.

그의 주위로 섬뜩한 빛이 연속해서 번뜩였다.

다가오는 먼지폭풍을 베어낸 것이다.

촛— 촛— 촛—

계속되는 날카로운 음향이 이어지면서 허무의 시야가 트였다.

'내 눈을 헛갈리게 만들 것은 없다.'

이때, 허무의 생각을 끊으며 다가오는 생경한 음향.

큐웃—!

'……!'

허무는 본능적으로 음향의 정체를 확인한 후에 움직이면 늦는다는 걸 깨달았다. 다행스럽게도 그에겐 근육의 미세한 움직임만으로도 탄력을 받을 수 있는 신법이 있었다.

팟—!

허무는 자신의 앞가슴을 내려다봤다.

허전한 바람이 가슴 안쪽을 파고들었다.

예리한 무기에 의해 옷자락이 베어졌다.

“어? 피했네?”

등천화의 의외라는 목소리.

허무는 멀찌감치 신형을 물렸다.

이어질 등천화의 공격에 대비한 행동이었다.

그러나 등천화를 살피던 그의 눈은 부릅떠졌다.

없었다. 등천화의 손에는 그의 옷자락을 자른 무기가 없었다.

허무는 등에 식은땀이 흐르는 것을 느꼈다.

“무기를 숨기고 있었더냐?”

“무기요? 그런 거 없는데요?”

“큭. 그럼 이 옷은 뭘로 베었지?”

“엄… 제 이마인데요?”

등천화는 이마를 문질렀다.

“이, 이마!”

오 장여 거리를, 그것도 뇌벽마기로 조이고 있는 상황에서 기척도 없이 다가온 것도 놀랍건만, 그 상황에서 이마로 옷자락을 베었다고?

허무는 더 이상 무표정을 유지할 수 없었다.

웃으며 이마를 두드리는 등천화의 순진한 얼굴이 두렵게 느껴졌다. 어수룩하게 행동하면서 이빨을 숨기고 있었다. 허무의 눈에는 그렇게 보였다.

꽉!

여의마검을 강하게 움켜쥐었다. 하지만 다시 공격을 해야 하는데, 쉽게 손이 나가질 않았다. 등천화의 예측할 수 없는 행동이 신경 쓰였다.

휘이익—

움직임을 멈춘 두 사람 사이를 바람이 지나갔다.

"바람……."

등천화는 완운보를 피해낸 허무의 신법을 머릿속으로 그려봤다. 피할 수 있었다는 것은 여의마검으로 찌를 수도 있었다는 걸 의미했다.

붉은 눈으로 쏘아보는 것 같은 여의마검을 보며 머리를 긁적였다. 완운보를 펼칠 수 있게 됐다는 것과 완벽하게 펼친다는 것과는 역시 다른 문제인 것 같았다.

등천화의 생각이 길어지는데도 허무는 공격하지 않았다. 평소의 그답지 않았다. 한 번도 없던 일이라 망설이는 것이다.

이때, 생각에서 깨어난 등천화가 입을 열었다.

"엄… 생각해 봤는데요. 아무리 당신이 나쁜 사람이라도 이 말은 해줘야 할 것 같네요. 그 손이요, 너무 신경 쓰지 말아요. 자꾸 손에 신경을 쓰니까 제대로 된 길이 만들어지지 않잖아요."

"뭐?"

허무는 이런 상황에서 상대를 걱정하는 등천화의 오지랖

에 짜증이 일었다. 잠시 잊고 있었던 더러운 기분이 그를 다시 타오르게 만들었다.

"됐네요. 아까와 똑같아요. 이번엔 다른 걸로 걸어볼게요."

"큭. 한 번 우연찮게 성공했다고 여유를 부리겠다는 거냐?"

"우연 아닌데… 뭐, 상관없겠죠."

등천화는 허무가 어떤 표정을 짓든지 상관없이 주위를 둘러보았다. 조금 전에 떠올랐던 탄현보의 악보가 바람을 통해 전해졌다.

바람을 닮아 자유로운 보법.

설레는 마음으로 바람의 길들이 이리저리 손짓하는 길을 향해 발을 뗐다.

진흙을 이용해 이런저런 모양을 만드는 보드라움이 완운보를 펼치며 느껴졌다. 걸어보라고 손짓하는 바람의 길들은 과연 어떤 느낌을 전해줄지 궁금했다.

생각만으로도 즐거워 웃었다.

바람은, 등천화가 원하는 곳까지 갈 수 있도록 길을 만들어 주었다.

슛.

자리에서 사라진 후에야 허무의 입에서 헛바람이 터져 나왔다.

“헛!”

등천화가 사라졌다. 방금 전까지만 해도 실없이 웃고 있던 녀석이 순식간에 사라진 것이다. 상대의 심장 뛰는 기복까지 놓치지 않던 그의 눈을 속이고 말이다.

그를 더욱 당황스럽게 만드는 것은, 등천화가 사라졌음에도 주위에는 조금의 변화도 일어나지 않고 있다는 것이었다.

고요했다.

살랑—

미풍이 그의 뺨을 살짝 쓰다듬었다.

순간, 허무는 재빨리 여의마검을 들어 올려 얼굴을 가렸다.

빡—!

“큭!”

강렬한 타격음에 이어 여의마검을 통해 묵직한 충격이 전해졌다. 여의마검을 들어 올리며 등천화를 찾았으나, 시야에는 잡히지 않았다.

‘유령이 아니라 바람이었… 헉!’

또다시 머리카락을 간질이는 미풍이 이마를 스쳤다.

이토록 정확하고 강렬한 타격이 가능했으면서 이제껏 숨기다니!

등천화는 허무를 때린 적이 없었다. 단지 길과 길이 만나는 지점을 밟은 것뿐이었다.

바람은 허무의 머리에서 발끝까지 지나갔다 되돌아오고, 맴돌다 떠나가길 반복했다. 등천화의 발은 어디라도 디딜 수 있었다.

흔들리지 않는 상체는 디딜 곳의 위치를 흩뜨리지 않았고, 하체는 등천화의 시선이 닿는 곳까지 잘 인도해 주었다.

빡—!

허무의 어깨가 충격으로 인해 아래쪽으로 덜컥거리며 내려갔다가 올라왔다. 등천화는 그 모습을 보면서도 미안한 생각이 들지 않았다. 창희령의 길이 끊어질 때가 떠오른 탓이다.

만약이라도 허무가 서문세가로 갔다면, 서문혜의 길을 끊지 않을 거라 누가 장담하겠는가. 생각이 여기에 이르자, 허무는 역시 충분히 나쁜 사람이란 것을 다시 한 번 떠올리게 됐다.

쾅—!

세 번째 폭음이 터지며 등천화의 신형이 허공으로 솟구쳤다. 그 아래로 무방비 상태가 된 허무의 놀란 얼굴이 보였다.

꽝! 꽝! 꽝!

힘이 집중된 복부는 들어갔고, 복부를 제외한 나머지 부분은 덜컥거리며 흔들렸다가 이내 부르르 떨었다. 연속해서 세 번을 밟힌 복부는 저항을 불가능하게 했고, 그제야 등천화의 움직임도 멎었다.

　　　　　＊　　　　　＊　　　　　＊

　문대성은 마교의 무리를 혼내준 후 길을 가는 동안 몇 번이나 뒤돌아봤는지 몰랐다. 누군가의 미행을 받고 있기라도 한 것처럼 뒤가 뜨뜻미지근했다.

　개운치 않은 느낌을 계속 가져가기보다는 차라리 떼어보자 싶어서 보폭을 무려 십 장까지 넓혔으나, 지금도 그 느낌은 가시지 않았다.

　자신의 보법을 소리도 없이 쫓아올 수 있는 자는 현 강호에 없다고 단언할 수 있었다. 똑같은 보법을 펼치는 자라면 몰라도 그런 자가 있을 리 없었다.

　'내가 너무 민감하게 생각한 걸까?'

　마교의 무리를 혼내준 것 정도는 얼마든지 모른 척할 수 있었다. 그들이 아무리 대단하다고 해도 초문의 식구들이 마음만 먹으면 언제든 피할 수 있었다. 이것은 착각이 아니라, 초문과 천추성의 인연을 고려하면 충분히 가능한 생각이었다.

　천추성과의 인연은, 초문의 제자 중 유난히 호승심이 강한 유엽비란 녀석과 천추성의 홍승모란 자의 싸움으로 시작됐다.

　홍승모를 이기고 초문으로 돌아오던 유엽비는 천추성의 대규모 추격을 받게 됐으나, 천추성의 그 누구도 유엽비를 잡지 못했다. 만약 풍우신장이 보통 사람이었다면 당장 초문 전체를 응징하려 했겠으나, 그는 보통 사람이 아니었다. 아니, 오히려 대협이란 말이 어울리는 사람이었다.

천추성의 추적을 따돌린 초문의 보법을 인정한다며 초문의 기재를 제자로 받아들일 테니 보내달라고 정중하게 부탁해 왔다. 풍우신장의 현명한 판단에 감복한 문대성은 곧바로 문지혁을 보냈다.

초문의 보법은 빠르고 현묘했으며, 무기를 사용하기에 가장 적합한 보법이란 풍우신장의 찬사는 아직도 문대성의 가슴을 뿌듯하게 해주었다.

그러나 그런 문대성이 벌써 자보에 이어 차보, 그리고 삼보까지 펼치고 있었다.

문대성도 힘들지만, 전력을 다해 문대성을 쫓는 만저유는 더욱 죽을 맛이었다. 처음엔 호기심이 대부분이었으나, 문대성의 보법이 자보로 바뀌는 순간 모든 생각이 달라졌다.

자신과 똑같은 보법을 펼치는 것이다.

자보를 자보로 쫓아갔고, 차보는 차보로 쫓아갔고, 삼보 역시 같은 보법으로 쫓아갔다.

시간이 지날수록 만저유는 자신의 눈을 비벼댔다.

'유령신보, 네가 어떻게 나와 똑같은 보법을 펼치는 거지?'

만저유는 숨이 턱까지 차 올랐다. 하지만 문대성을 놓칠 수는 없었다. 문대성을 놓친다는 것은 보법에서 그에게 졌다는 것을 인정하고 마는 것이었기에.

문대성은 기가 막혔다.

뻥 뚫린 길을 달려도, 나무들이 빽빽한 길을 달려도 여전히 뜨뜻미지근한 느낌은 사라지지 않았다.

'초문삼자의 보고에 의하면 현 강호에 자신들을 따라올 수 있는 자들은 많지 않다고 했다. 마교에선 백마, 정도에선 천추성의 원로들이 전부라고.'

초문삼자가 거짓말하지 않을 사람들이란 건 누구보다 문대성 자신이 잘 알고 있었다.

생각을 정리해 보기로 했다.

만약 그를 쫓는 사람이 마교의 고수라면 부하들이 죽는 걸 방관했을 리 없었다.

그렇다면 천추성의 고수?

하지만 그쪽도 아니다. 그들이라면 마교의 무리를 죽일 때 나타났을 테니까.

결론은 초문삼자가 모르는 신법이나 보법의 고수가 출현했다는 것이었다. 하지만 왜 자신을 쫓아오는가에 대해서는 여전히 의문이었다.

'정말 집요한 자다. 내 속도에 맞춰서 쫓아올 정도로 빠른

자이기도 하고.'

방향을 바꿀 필요가 있었다. 천추성으로 간다는 것을 알려 줄 이유가 없었다. 곧장 천추성과 정반대로 방향을 틀었다.

지금까지 달린 거리만 해도 상당했지만, 실제로는 방향이 자주 바뀐 탓에 그리 멀리는 움직이지 않았다. 이제 방향을 잡았으니 미행하는 자를 만나는 일만 남았다. 다행한 일은, 앞에는 거대한 벽이 길을 가로막고 있다는 것이었다.

'이런!'

만저유는 갑자기 문대성의 신형이 사라지는 것을 보고 급히 쫓아갔다. 정면에 벽이 가로막고 있는 것을 미처 보지 못한 것이 실수였다.

벽 앞에 멈춰 서서 주위를 둘러봤다.

흔들리는 나뭇잎 하나 없었다.

"제길……."

절로 퉁명스런 말이 흘러나왔다.

눈앞에는 벽이 있었고, 그 길을 따라 몇십 장 뒤에는 너른 평원이 보였다. 일반적인 평원이라면 문제될 것이 없겠으나, 사람 키만 한 풀이 빽빽하게 솟아 있었다.

갈등이 됐다.

저곳으로 갈 것인가, 아니면 방향을 돌려 채운하가 도와주라고 했던 사옥랑을 찾아갈 것인가?

그러나 결론은 이미 정해져 있었다.

문대성이 어떻게 자신과 똑같은 보법을 익혔는지 알기 전에는 이곳을 벗어날 수 없었다.

만저유는 이를 꽉 깨물며 너른 평원으로 움직였다.

"허……."

문대성은 기함이 터지려는 자신의 입을 급히 손으로 가렸다. 지금껏 살아오면서 이렇게 놀라본 적은 단연코 없었다. 평원을 향해 움직이는 만저유의 뒷모습은 경악, 그 자체였다.

그가 주루에서 인상 깊게 봤던 자라는 것에서 한 번 놀랐고, 상체를 고정시킨 채 저렇게 빨리 움직이는 보법이 초문 외에 또 있었다는 것에서 또 한 번 놀랐으며, 가장 놀란 것은 만저유가 움직이는 일정한 틀 때문이었다.

똑같았다. 초문의 다섯 가지 보법과 똑같았다.

할 말을 잃은 문대성은 입을 벌린 채 눈만 깜빡였다.

'혹시 저자가 마교의 무리들이 말하던 유령신보?'

문대성으로서는 충분히 상상할 수 있는 일이었다.

저런 보법을 펼칠 수 있는 사람이 그 외에 또 있을 리가 없었다.

'초문의 보법은 원류가 따로 있다. 따로 있다……'

말을 되뇌는 문대성의 머릿속에는 누렇게 색이 바랜 양피지의 기록이 떠올랐다. 사조의 유지가 담긴 두루마리였다. 그

곳에는 초문의 다섯 가지 보법을 먼저 익혀야 하는 이유가 적
혀 있었다.

　나의 사문은 십보문이다. 거기에는 입문해서 죽을 때까지 완
성해야 할 보법이 무려 열 가지나 된다. 하나 황당한 것은 열 가
지 보법 외에는 아무것도 없다는 것이다.
　특히 후반부 다섯 가지 보법은 실제로 배운 적은 없지만, 사
부가 직접 실전에서 사용할 일이 거의 없다고 할 정도로 난해한
것이었다. 나는 그런 두루뭉술한 보법은 익히고 싶지 않았다.
실전에 사용할 수 있는 무공을 배우고 싶었다.
　그러나 전반부 다섯 가지 보법을 몇십 년 동안 익힌 결과, 나
의 생각을 바꿀 필요가 있었다. 물론 내 생각이 틀렸다고는 생각
하지 않는다. 초문을 만들어 십보문의 전반부 다섯 가지 보법을
검법과 함께 사용하면 완벽한 무공이 탄생하리라는 확신을 했기
때문이다.
　후예여, 만약의 경우, 정말 만약의 경우 십보문의 후예를 강
호에서 보게 되면 반드시 보여주어라. 초문의 선택이 얼마나 현
명한지를, 초문의 다섯 가지 보법과 함께 펼치는 검법이야말로
무적임을!

　누렇게 색이 바랜 양피지의 내용은 초문의 문주라면 누구
나 기대하는 내용을 담고 있었다.

그걸 실현시킬 기회가 온 것이다.

문대성은 호흡을 가다듬었다.

만저유의 보법은 만만치가 않지만, 고민이 이어지기엔 거리가 너무 멀어지고 있었다.

두근거리는 심장을 진정시키며 몸을 움직였다.

그에겐 검이 있었다.

보법이 서로 백중지세를 이뤄도 마지막에 살아남을 사람은 자신이 될 것이다. 공격할 수단도 없이 보법만 뛰어난 자가 할 수 있는 것은 아무것도 없으니까.

*　　　*　　　*

언제나 여의마검과 하나였던 작고 하얀 허무의 손이 떨림을 멈추지 못했다. 머리카락은 완전히 하얗게 변색이 됐고, 입에서는 연신 무슨 말인가를 내뱉고 있었다.

"이렇게 만들어놓고… 손에 신경 써서 그렇다고? 앞으로는 손에 신경 쓰지 말고 살아가라고? 으으으……."

상처 입은 짐승의 슬피 우는 울음소리와 같은 신음이 그의 입에서 흘러나왔다.

그에게 있어 만안신석의 기운은 생명이었다.

내공이 없는 상태에서 오로지 여의마검을 통해 들어오는 만안신석의 기운만 가지고 이 자리까지 올라왔다.

그 힘을, 그의 생명을 등천화가 가져가 버렸다.

망연자실한 표정으로 그는 움직일 줄 몰랐다.

이때, 그의 뒤에서 누군가 혀 차는 소리가 들렸다.

"쯧쯧쯧. 기어코 여의마검의 다른 주인들과 똑같아져 버렸군. 하긴 무공을 익혀본들 여의마검을 사용할 때보다 강해지긴 힘들지."

"……!"

허무는 뒤를 돌아보지 않았다. 알고 있는 목소리였다. 돌아보는 순간 어찌 될지를 알려주는 목소리이기도 했다.

힘을 갖게 해주겠다며, 자신만 믿으라며 어린 허무에게 여의마검을 준 자였다.

"다, 당신… 내가 이렇게 될 줄 알았단 말인가? 다 보고 있었으면서도… 그럼 내게 여의마검을 준 이유가 뭐야!"

"이유?"

괴인은 입가를 씰룩이며 목에 걸려 있는 손바닥 길이만 한 푸른 옥빛의 철적을 잡았다.

"그런 게 있을 리가 없지. 킬킬. 지나가는 개새끼 붙잡고 산으로 끌고 올라가는 데 이유가 있겠느냐? 한 푼이면 똥 구덩이인 줄도 모르고 쫓아올 거지새끼에게 적선하는 데 이유가 있느냐고. 없다. 여의마검을 가지면 강해진다고 하니까 달란 건 너야. 네 손이 그따위로 생겨먹게 된 것도, 남의 개가 되어 빌빌거리게 된 것도 네 선택이야. 그렇게 억울하면 도망치지, 검까지 뺏겨서 수고스럽게 만들고. 쯧.”

허무는 괴인의 비웃음에 몸을 꿈틀거렸다.

돌아서려는 것이다.

그러나 허무는 움직이지 못했다.

“컥!”

손가락 하나 움직일 수 없던 허무의 손이 갑자기 자신의 목을 부여잡았다.

괴인은 철적을 들고서 허무를 바라만 보고 있었다.

음(音)은 보이지 않지만, 다루는 사람에 따라 세상 어떤 무기보다 강하다. 예기를 음에 실으면 외부에는 전혀 타격을 주지 않으면서도 내부를 완전히 뭉개 버릴 수 있기 때문이다.

괴인의 몸에서 뿜어지는 기가 강해질수록 허무의 고통은 배가됐고, 결국에는 혀를 길게 빼고 몸부림치다 숨을 놓고 말았다.

툭.

“움직일 힘이 있었다는 건 전력을 다하지 않았다는 뜻. 이런 놈에게 여의마검을 주었으니……. 쯧. 이놈을 통해서 백마전의 노인네들을 끌어내려 한 것이 무의미해졌군. 검도 회수할 겸 내가 직접 나설 수밖에 없겠어. 킬킬. 내가 잠마혈존이란 걸 이젠 밝힐 시기가 됐나? 살음 자단. 참 오랫동안 써왔던 이름인데 아깝군. 장찬익, 너는 아들을 잃으면 어떻게 할지 궁금하구나. 십 년 전에 풍우신장은 아들을 잃더니 모든 것을 팽개치더만. 이참에 오마제와 칠천마까지 나서면 좋겠는데 말이야. 킬킬킬."

자신을 살음 자단이라 밝힌 괴인은 의미심장한 눈빛으로 하늘을 올려다봤다. 진짜 신분을 감추고 살아온 반백 년의 세월을 회상하는 것이다.

"장찬익, 네놈은 우리를 모르지만, 우리는 어둠 속에서 언제나 너를 지켜봐 왔다. 삼백 년이란 시간은 악마대능력을 상대할 수 있는 무공을 만들어내기에 충분한 시간이다. 악마대능력이 존재하는 한, 언제나 두 번째 서열일 수밖에 없는 일곱 개의 무공이 얼마나 강해졌는지 곧 보여주마. 마기가 아닌 암혹마기. 그 차이를 알려주마. 클클클. 잠마야말로 지상 최강의 세력인 것이다! 크하하하!"

자단은 하늘을 향해 광소를 터뜨리고는 쓰러진 허무를 쓰레기 쳐다보듯이 보고는 고개를 돌렸다. 그러다 뭔가가 떠오른 듯 다시 허무의 시체를 쳐다봤다.

"가만! 유령신보가 마교순찰을 죽인 수법은 권이었는데?"

규칙이 예명의 손에 죽었으니, 자단으로서는 당연히 할 수 있는 생각이었다.

허무의 시체를 발로 차서 굴린 후, 시체에 난 상처를 면밀히 훑어봤다.

그러나 목을 부여잡은 상태로 굳어버린 허무의 몸에서는 그 어떤 상처 자국도 보이지 않았다.

"권을 사용하는 놈이 여의마검을 뺏어간 것도 그렇고, 뭔가 잘못된 것 같은데?"

좀 더 일찍 왔어야 했던 모양이다. 죽어버린 허무를 살려내서 죽기 전의 상황을 물어볼 순 없으니.

"일단은 장찬익의 아들놈부터 처리하는 것이 급선무. 그 후에 검을 회수한다. 어차피 그걸 가져오기 전에는 소용없는 검이니까, 유령신보가 검을 갖고 있는 편이 더 나을 수도 있겠군. 자, 이젠 서문세가로 그걸 가지러 가볼까나? 킬킬킬."

자단은 웃음에 약간의 조소를 섞었다.

애초에는 허무와 장주극을 만나게 하려 했다.

여의마검의 기운을 장주극이 그냥 지나칠 리 없고, 둘의 싸움은 불가피하다는 것이 그의 판단이었다. 싸움이 끝났을 때 나타나 장주극을 죽이면 한결 쉽게 장찬익을 끌어낼 수 있건만, 어리석은 허무의 헛짓거리로 일이 꼬이고 만 것이다.

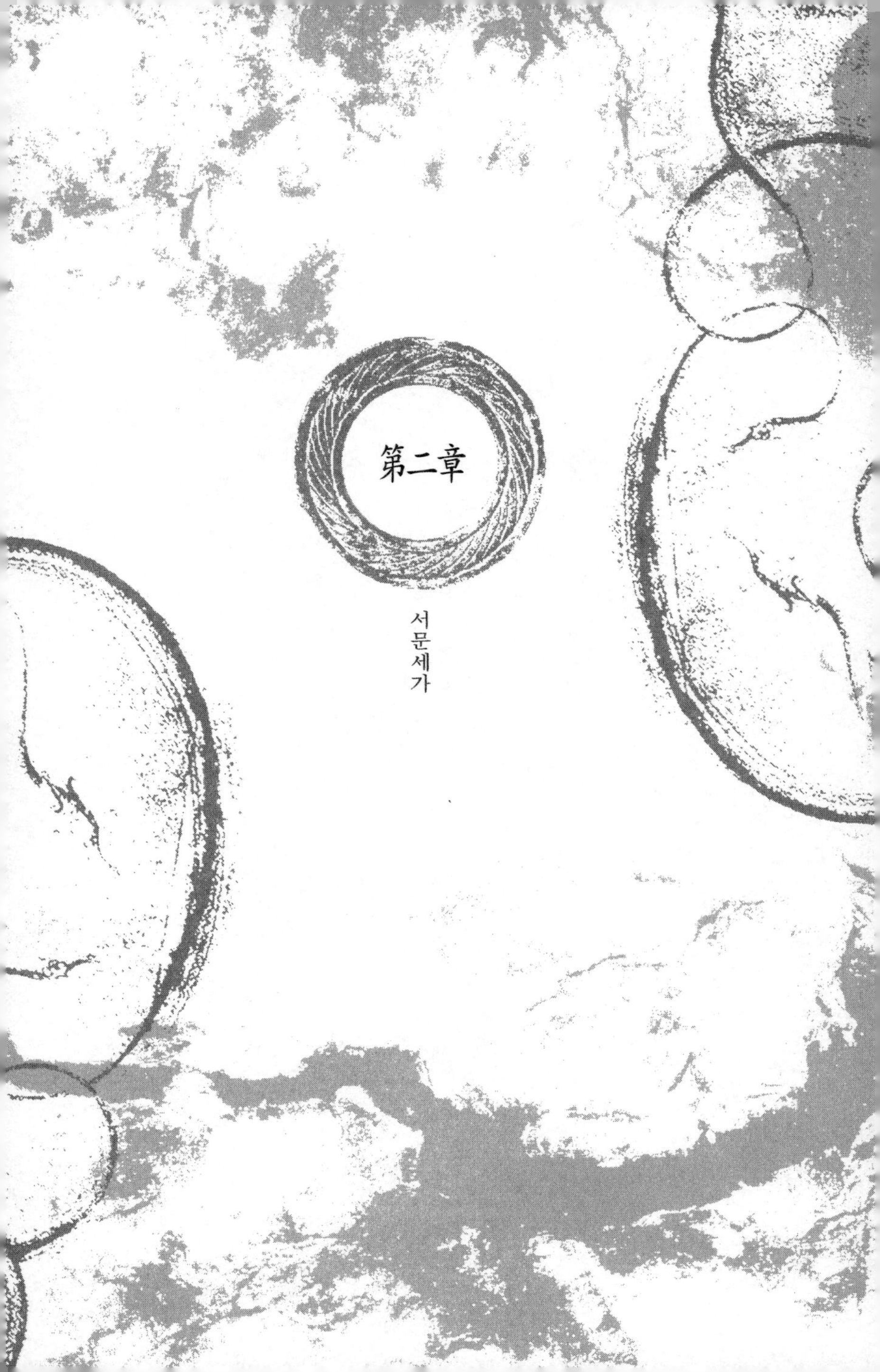

第二章
서문세가

步法
無敵

고풍스러운 방 안에는 서문일청과 수혜련이 수심 가득한 얼굴로 앉아 탁자의 중앙을 보고 있었다. 그곳엔 지난밤에 사라진 딸이 남겨놓은 서찰이 놓여 있었다.

"당신… 왜 그렇게 혜를 못 쫓아내서 안달이세요?"

수혜련이 조용히 말문을 열었으나, 서문일청은 대답하지 않았다. 그 역시도 딸의 행동으로 인해 화가 치밀 대로 치민 상태였다.

"제 말 안 들리세요? 이젠 저까지 내보낼 심산이신가 보죠?"

이번에도 서문일청은 대답하지 않았다.

그러자 수혜련은 더 이상 참지 못하고 탁자를 손바닥으로 내려치며 일어섰다.

"여보!"

"찾고 있소! 혜가 어디로 갔는지 당신도 알잖소? 장액 지부로 갔단 말이오!"

"가서 데리고 오면 되잖아요!"

수혜련은 지지 않고 소리쳤다.

"그게 그렇게 간단한 일이면 고민도 하지 않소."

"그럼 고민하지 말고 그냥 데려오세요."

"어허!"

서문일청이 짐짓 큰소리를 쳤다.

그러나 수혜련이 그런 호통에 겁먹을 여자였으면 애당초 서문일청에게 시집오지도 않았을 것이다.

"지, 지금… 제게 화를 내신 거예요? 그런 거예요? 이럴 수는 없어요, 이럴 수는… 흑… 시집와서 이날 이때까지 당신만 바라보고 살았는데… 이러니 딸이 도망을 가지. 이럴 줄 알았으면 같이 가자고 말하는 건데… 흑흑……."

수혜련은 서러움에 복받친다는 듯이 울기 시작했다.

서문일청의 안색이 갑자기 붉으락푸르락해졌다. 예전에도 이런 적이 있었다. 서문혜를 무당파로 보내주라며 삼 일 낮밤을 울기만 했던 수혜련의 시위를 경험했기 때문이다. 그때 이후로 수혜련이 우는 시늉만 해도 가슴이 철렁하는 그였다.

"우, 우는 거요, 당신?"

서문일청이 조심스럽게 물었다.

"이젠 모든 게 의심스러우신가 보군요. 이 눈물도 다 거짓처럼 보이는 거군요, 그런 거군요. 하아, 갈게요. 제가 나가 드릴게요."

수혜련은 일어나다가 갑자기 비틀거리며 탁자 한쪽을 집고 다시 주저앉았다.

"여보!"

아내의 행동이 진짜든 가짜든 보고 있는 서문일청으로서는 더 이상 버틸 고집이 없었다.

"내가 잘못했소. 알겠소, 가서 데려오리다. 그러니 그만 우시구려."

"정말이세요?"

서문일청은 고개를 끄덕였다.

수혜련이 울면서 다소곳하게 그의 품에 안겼다.

"……."

오십을 바라보는 나이의 서문일청이었으나, 버리지 않은 꿈이 있었다. 바로 오대세가의 위상을 구대문파보다 높게 만들자는 것이었다.

천추성의 원로원에는 왜 구대문파의 장로들만 있어야 하는가? 왜 오대세가의 전대 가주들은 원로원에 초청받지 못하는가?

이것이 싫었다. 최초로 그 일을 해내는 오대세가의 가주가 되고 싶었다. 암왕의 이름을 드높이고 싶었다. 천추성 장액 지부의 일은 곧 감숙성의 일이었다. 당연히 서문세가가 나설 일인 것이다.

그러나 괘씸한 것이 그에게는 서찰 한 통 전해지지 않은 것이다.

서문혜 때문에 체면을 구겨야 할지도 몰랐다.

어제저녁의 일이 떠올랐다.

시집가라는 그와 수혜련의 독촉에 사랑하는 딸, 서문혜가 고백을 했다. 마음에 두고 있는 사람이 있다고 하는 것이 아닌가?

"호호호. 그래? 어느 세가 사람이니? 상관악이란 놈하고는 다르겠지? 인물은? 물론 네 아버지와 비교할 정도의 미남은 아니겠지만, 그래도 약간만 차이났으면 하는 어미의 조그만 소망이 있구나. 호호호. 이것 참, 호호호."

"그는 오대세가 출신이 아니고… 그냥 평범한 집안 출신이에요. 아! 천추성에서 근무를 서요."

"근무? 무슨 일을 하는데 근무를 서?"

"위사요."

"뭐? 위, 위사?"

수혜련은 기절할 것 같은 표정을 지었고, 서문일청은 얼굴을 와락 구기며 딸을 잘못 키웠다며 통탄을 금치 못했다.

그런 두 부부에게 위로랍시고 서문혜가 웃으며 말을 이었다.

"그래도 정문위사예요."

부모의 심정도 몰라주는 야속한 딸이었다.

마치 정문위사를 좋아하는 것이 자랑스럽다는 듯이 말하는 딸을 보며 두 부부는 침묵하고 말았다.

마음에 둘 사람이 따로 있지, 강호 명문세가의 기품있는 딸이 사랑하는 사람이 겨우 위사라니!

천추성의 위사가 아니라, 옥황상제가 사는 곳의 위사라도 마음을 둔다는 건 말이 되질 않았다.

"안 가세요?"

품에 안겨 있던 수혜련이 고개만 든 채로 물었다.

"정문까지 가는데 얼마나 걸린다고. 함께 나갑시다."

"무슨 말씀이세요? 장액으로 가지 않으실 거예요?"

"가신들이 알아서 데려올 텐데 굳이 우리가 수고할 필요 없잖소."

"예?"

"어제저녁, 혜가 세가를 떠나려 한다는 보고를 받았소. 함께 있던 젊은 고수들도 있고 해서, 날이 새거든 데려오라고 했소."

"여보!"

수혜련의 사슴을 닮은 눈에서 갑자기 새파란 광선이 쏟아
지기 시작했다.

"왜, 왜 그렇게……."

"진즉에 말씀하셨어야죠! 괜히 나오지도 않는 눈물만 짜냈
잖아요!"

"미안하오. 진정하구려."

"흥. 진정은 무슨. 당신, 준비해요!"

"뭘 말이오?"

"억지로 쏟은 내 눈물만큼 당신도 쏟을 준비를 하라고요!"

서문일청은 토라진 아내를 달래기 위해 그 뒤로 반나절 내
내 진땀을 빼야 했다. 만약 화산오검이 방문하지 않았으면 서
문혜가 돌아올 때까지 그 상태로 있었을 것이다.

땅거미가 질 무렵의 서문세가.

정문까지 올라가기 위해서는 모두 백팔 개의 계단을 올라
가야 했다.

그곳을 오르는 한 인영.

그의 손에는 손잡이만 있는 검이 쥐어져 있었다.

허무에게서 여의마검을 뺏은 등천화였다.

거의 오십여 계단을 오른 등천화는 잠시 서서 서문세가의
정문을 바라봤다. 그리고는 자신의 양쪽 어깨에 먼지가 묻어

있는지, 다른 곳은 멀쩡한지 살펴본 후에야 다시 걸음을 떼었다.

괜히 심장이 두근거렸다.

"엄… 이상하네. 사부님을 만나러 가는 것도 아닌데 왜 이러지……."

몇 계단이나 올라왔다고 숨까지 찼다.

이런 기분은 최근에는 한 번도 느껴본 적이 없었다.

십보문에서 생활할 때, 사부님한테 혼날 때와 비슷한 기분이다. 아니, 다른 기분이면서 이상하게 비슷했다.

열다섯 살이 되도록 나는 왜 똑바로 걷지 못할까? 하는 고민을 할 때마다 국진력은 혼을 냈고, 그때마다 마음이 좋지 않았다. 혼이 나서가 아니라 혼을 내던 국진력의 마음을 느낀 탓이다.

열다섯 살에 해야 할 고민은 그런 것 말고도 백 가지는 넘는다고, 조금만 지나면 똑바로 걸을 수 있다고.

설렌다는 감정이 어떤 건지 모르기에 경험을 통해 비슷한 감정을 꺼내려는 것이다.

'엄… 서문 소저를 찾아온 것이 잘못된 일이라고 하면 어쩌지? 그냥 걱정이 돼서 찾아온 것뿐이니, 얼굴만 보고 금방 돌아가겠다고 해야겠다.'

결정을 내리자, 힘겹게 올라가던 계단의 나머지를 순식간에 올라갔다.

탕탕.

정문을 두드린 등천화는 문을 열어준 사람이 서문혜면 어쩌나 하는 생각에 계단 아래쪽을 내려다봤다.

그때, 삐걱거리며 문이 열렸다.

꿀꺽.

등천화는 마른침을 삼키며 조심스럽게 돌아섰다.

문에서 걸어나오는 사람은 하인이었다.

"누구십니까?"

"휴우……."

"누구……."

"사람을 찾아왔어요."

"사람?"

하인은 등천화의 어정쩡한 태도에 위아래를 훑어보고는 고개를 삐딱하게 꺾었다. 생긴 건 멀쩡한데 말하는 투가 영 이상했기 때문이다. 의심스러운 눈은 곧장 언제 친절했냐는 듯이 퉁명스러워졌다.

"왜 그러시오?"

"아… 찾아온 이유가 뭐냐는 거죠? 그러니까… 엄… 제가 사람을 찾아왔거든요. 한데, 그 사람의 이름을 말해야 하나요? 규칙이란 각 문파마다 다르잖아요."

등천화의 걱정스러운 말투에 하인은 약간 모자란 사람 보듯이 안됐다는 표정이 됐다. 그리고는 나름대로 등천화에게

도움이 될 수 있는 말을 하려고 입을 떼려 했다.

그 순간, 등천화는 용기를 내어 서문혜를 찾았다.

"서문 소저요."

"…누구라고 했… 습니까?"

"서문혜, 서문 소저 없나요? 여기가 서문 소저의 집이라고 하던데."

"……."

하인은 할 말을 잃고 머릿속이 텅 비어버렸다.

자신으로서는 쳐다볼 수도 없는 신분의 서문혜를 아무렇지도 않게 부를 정도의 청년이 눈앞에 있었다. 감히 오대세가의 자제들이라도 하기 힘든 걸 너무 쉽게 해버렸기 때문이다.

울고 싶었다.

하인은 무서운 속도로 밖으로 튀어나오더니 급히 허리를 숙였다.

"아가씨께서 손님이 오실 거란 분부를 내리지 않으셔서 제가 몰라뵈었습니다, 공자님. 안으로 드시지요! 제가 모시겠습니다."

"없나요? 엄… 여전히 바쁜 사람이네. 집에 와서도 바쁘게 지내는 모양이네."

등천화는 말은 이렇게 해도 속으로는 안심이 됐다.

어찌 됐든 무사하다는 뜻이기 때문이다.

등천화의 대답을 기다리던 하인은 최선을 다해 머리를 굴렸다. 오늘 세가를 방문한 사람은 화산오검과 눈앞의 등천화가 전부였다.

"저… 혹시 화산오검이란 분들을 아시는지……."

조심스럽게 입을 열었다.

어떻게든 실수를 만회하려는 노력이었다.

"아, 맞다! 그분들, 지금 어디 계세요?"

'됐다!'

등천화의 아무렇지도 않은 대답에 하인은 감동하고 말았다. 화산오검처럼 무시하고 들어가면 그만인 것을, 끝까지 대화로 해결하려는 등천화의 태도는 정말이지 낯설었다.

"그분들은 지금 가주님과 함께 계십니다."

"그래요? 들어가도 될까요? 아, 저는 등천화라고 합니다. 천추성에서 왔고요."

등천화가 묻지도 않은 말까지 친절하게 해주었다.

"처, 천추성! 이, 이쪽으로 오시지요."

하인은 천추성이란 말이 나오는 순간 입이 쩍 벌어지며 급히 등천화를 내전 쪽으로 안내했다. 뒤따라가던 등천화의 입가에 미소가 그려진 건 그때였다.

"정문에서 근무 서는 거 힘들죠?"

"헉! 아, 아닙니다. 당치 않습니다."

하인의 당황하는 얼굴을 보면서도 등천화는 다 안다는 듯이 고개를 끄덕였다.

“저도 다 알아요. 정문위사는 세가의 얼굴이잖아요. 당연히 힘들죠.”

“……!”

화산오검과 같은 고수와 친분이 있는 자가 겨우 하인을 진심으로 대하고 있었다. 더구나 등천화의 한마디는 하인이 듣기에 감동, 그 자체였다.

하인의 걸음걸이가 변했다.

당당하고 절도가 생겼다.

흔들거리는 나뭇가지를 연못의 수면에 담근 채로 한가로움을 담뿍 머금은 나무의 정면, 예닐곱 명의 남녀가 정자에 모여 있었다.

위엄이 담긴 나직한 목소리가 젊은 도복 차림의 무인들에게 향했다.

“그동안은 세가 밖을 나가지 않았는데 이젠 생각을 달리해야겠어. 그렇지 않소, 여보? 허허허.”

“그러게요. 어쩜, 화산파의 젊은 고수들은 이렇게 다들 잘생기고 늠름할까? 호호호.”

서문일청과 수혜련은 다섯 사람의 젊은 고수에게 칭찬을 아끼지 않았다. 하지만 받아들여야 하는 화산오검의 입장에선 상당히 곤란한 상황이었다.

서문세가의 힘을 빌려 장액 지부를 구하려는 의도를 반나절 동안 입 밖으로 꺼낼 수가 없었기 때문이다.

"험. 과찬이십니다. 서문세가에는 저희보다 뛰어난 기재가 많다고 들었습니다."

유호경은 더 이상 듣기만 해서는 안 되겠다는 책임감으로 화제를 돌리려 했으나, 말이 고약하게 꼬이고 말았다. 서문세가의 상황을 조금이라도 아는 사람이라면 할 수 없는 말을 해 버린 까닭이다.

서문세가는 무남독녀인 서문혜 외에 기재라 불릴 제자를 받아들이지 않았기 때문이다.

서문일청의 인상이 살짝 구겨지는 것과는 달리, 수혜련은 오히려 활짝 웃었다.

"어머, 농담도 잘하시네요. 우리 혜가 어릴 때부터 재녀라는 소리는 들어봤어도 기재라는 말은 듣지 못했는데…… 호호호."

수혜련의 대답으로 인해 서문일청은 헛웃음을 터뜨릴 수밖에 없었다.

그때, 하인이 누군가와 함께 들어오며 인사를 올렸다.

"가주님, 아가씨를 찾는 손님이 찾아오셨습니다."

"뭐? 누구……."

"등 소협!"

서문일청의 말이 끝나기도 전에 화산오검이 일제히 일어서며 하인 옆에 멀뚱하니 선 등천화를 불렀다.

“등 소협, 괜찮소?”

유호경의 내심이 반영된 질문이었다.

등천화를 혼자 두고 온 것이 마음에 걸리기도 하지만 혹시라도 서문세가주가 오해할 수 있는 말이라도 나오면 화산파의 명예에 타격을 입기 때문이다.

“엄… 저는 괜찮아요. 나쁜 사람을 혼내준 것뿐인데요, 뭐. 결국은 그 사람도 잘 건지 못해서 그런 거예요.”

‘예상이 가능한 대답 좀 하고 삽시다!’

유호경은 등천화의 저런 말이 싫었다.

싸움의 결과에 대해 질문할 준비를 끝냈는데, 걷는 얘기를 왜 하는가 말이다.

그러나 장소가 장소이니만큼 최대한 아무렇지도 않게 웃었다.

분위기가 묘해지자 서문일청이 나섰다.

“허허허. 젊은 소협이 누군지는 모르지만 일단 이리로 오시구려. 다들 젊어서 선 채로 대화를 나누는 것이 괜찮은 모양인데, 우리는 좀 힘들어서…….”

수혜련은 서문일청의 장난스런 권유에 입가를 가리며 웃었다. 약간 멍청해 보이는 등천화의 외모는 화산오검과 비교할 바가 아니었다.

하지마 외모가 마음에 안 든다고 화산오검이 조심스럽게 대하는 사람을 무시할 수는 없는 노릇. 게다가 좀 더 자세히 보니 평범한 사람은 아닌 것도 같았다.

"호호호. 그래요. 이리로 올라와서 대화를 마저 하세요. 먼 길을 오신 것 같은데, 차부터 한잔하세요."

수혜련은 빈자리를 가리키며 앉으라는 시늉을 했다.

곁에 서 있던 하인은 시간이 갈수록 등천화에 대한 존경심이 무럭무럭 피어났다. 가주와 가모의 환대를 받을 수 있는 사람이 흔치 않다는 것을 누구보다 잘 아는 그였다.

"가주님! 저는 가보도록 하겠습니다."

"응?"

서문일청은 갑자기 목소리에 힘이 들어간 하인을 물끄러미 바라봤다. 서문세가의 식솔들을 일일이 기억은 하지 못해도 대충은 기억하고 있었다.

그런 그의 기억에 눈앞의 하인은 없었다. 그저 뭘 잘못 먹어서 저런 것이라 생각하고 말았다.

"그래, 가서 일해라."

"예!"

하인은 허리가 접히도록 구부린 후 돌아섰다.

"이곳까지 친절하게 안내해 줘서 고마웠어요."

등천화는 순진한 웃음으로 하인에게 보답했다.

그러자 하인은 뭔가 울컥하고 치솟는 기분을 느끼며 눈시울이 붉어지고 말았다. 지금까지 살아오는 동안 한 번도 이런 기분을 느껴본 적이 없었기 때문이다.

“감사합니다, 대협!”

진심에서 우러나온 인사였다.

그에게 등천화 이상 가는 대협의 풍모를 보여준 사람은 없었다. 당연히 그에게는 앞으로 계속해서 대협인 것이다.

하인의 기묘한 반응에 서문일청은 어리둥절해지고 말았다. 함께 있던 수혜련도 다소 의외인지 서문일청과 시선을 교환하며 고개를 갸웃거렸다.

이때, 등천화의 발이 스르르 미끄러지며 정자로 건너왔다. 정자에서 일어난 화산오검도, 앉아 있던 서문일청 부부도 그 모습에 대해서는 신경 쓰지 못했다.

어느새 탁자까지 다가온 등천화는 김이 모락모락 피어나는 찻잔 앞에 앉았다. 그리고는 찻잔을 양손으로 들어 올리며 ‘후’ 하고 불어 한 모금 들이마셨다. 따뜻한 차가 목을 타고 넘어갔다. 좋았다.

“맛있다!”

등천화의 진심이 담긴 외침에 수혜련은 깜짝 놀라 쳐다봤다. 화산오검 중 유난히 똑똑해 보이는 유호경을 보고 있다가 놀라서 돌아본 것이다.

“그, 그래요? 호호호. 이이는 평생 한 번도 해주지 않던 말인데. 아무튼 칭찬, 고마워요. 호호호.”

서문일청과 화산오검은 한 모금 마신 후에 더 이상 마시려 하지 않는 차였다. 모두 당황했지만 가장 당황한 사람은 그녀

자신이었다.

등천화는 입가를 가리며 웃는 수혜련의 모습에서 서문혜가 보이자, 예의 순진한 웃음을 지어 보였다.

"여보, 가모의 체면이 있지. 험험."

서문일청이 자신의 찻잔을 들었다가 도저히 안 되겠는지 내려놓고는 헛기침을 했다.

"어머, 제 말이 사실이잖아요."

"여, 여보."

"흐웅, 오늘따라 당신 이상한 거 알아요?"

수혜련은 서문일청에게 눈을 흘겼다.

평소와 달리 갑자기 권위를 내세우려는 모습이 보기 싫었기 때문이다.

두 사람의 아웅다웅하는 모습은 보고 있는 사람들에겐 무척 흐뭇한 광경이었다.

틀에 얽매이지 않는다곤 하지만 서문세가는 강호오대세가 중 한 곳이란 명성을 얻고 있었다. 그곳을 대표하는 가주와 가모의 대화라고 여기기엔 지나치게 편했다. 더구나 두 사람의 나이가 중년을 넘어섰다는 것까지 고려하면 대단한 금슬이 아닐 수 없었다.

"두 분의 모습을 보니 부러움이 절로 듭니다. 서문세가의 명성이 나날이 드높아지는 데에는 다 이유가 있었던 겁니다. 하하하."

유호경의 진심 어린 말에 다시 한 번 수혜련의 입가에 환한 미소가 얹혀졌다.

"어머, 화산파는 입담으로도 제자를 뽑나 봐요? 하나같이 훤칠한 데다가 말도 잘해. 어쩜 좋아, 사위 삼으면 좋겠네. 호호호."

수혜련은 아쉬운 눈으로 화산오검을 바라봤다.

그러자 화산오검의 시선이 일제히 등천화에게로 향했다. 서문혜에게 안부를 전해달라던 등천화의 말이 떠올랐기 때문이다.

"등 소협, 서문 소저를 알고 있다고 하지 않았소?"

"그랬죠."

"한데, 정작 서문 소저의 부모님께서는 등 소협을 모르시는 것 같소만……."

유호경의 질문에 등천화는 뚱한 얼굴로 쳐다봤다.

"엄… 당연하죠. 제가 두 분을 모르는데, 두 분이 어떻게 아시겠어요? 제가 유 소협의 부모님을 모르듯이, 두 분께서도 절 모르시는 거예요."

"……."

유호경은 등천화의 친절한 설명에 할 말을 잃고 멍하니 바라봤다. 그의 부모님을 모르는 것과 눈앞의 두 사람을 모르는 것이 어떻게 비유가 되는지 전혀 이해가 안 되고 있었다.

그런 유호경의 시선을 아는지 모르는지 등천화는 따뜻한

차 마시기에 열중했다.

수혜련은 등천화의 말을 듣고 나니 대화에 끼어들기가 어색해졌다. 하고많은 말 중에 저런 식으로 대답을 할 줄은 전혀 짐작하지 못했기 때문이다.

"호호호. 여보, 저 소협은 제가 끓인 차가 정말 좋은가 봐요."

"허, 그러게 말이오. 자꾸 마시는군. 쉽지 않은… 허허허."

서문일청은 등천화의 모습에 썩은 미소를 짓고 말았다. 차 맛을 아는 자라면 저런 반응을 보일 리 없었다. 하지만 그런 것이야 지나가면 그만이겠으나, 매일 얼굴을 부딪치고 살아가야 하는 부부에겐 심각한 문제를 야기시킬 소지가 있었다.

수혜련은 앞으로 차를 내올 때마다 칭찬을 기대하며 이전처럼 마시든 말든 놓고 가는 훌륭한 배려를 하지 않을지도 몰랐다.

수혜련은 직감적으로 서문일청의 안색이 나빠지는 이유가 자신과 똑같지 않다는 걸 알아챘다.

"호.호.호. 왜요오?"

수혜련의 눈이 납작하게 되며 곧 사나워질 태세로 변했다. 뜨끔한 서문일청은 급히 말을 돌렸다.

"허허허. 부인의 차 끓이는 솜씨야 내가 보장하지 않소. 나도 부인이 끓여준 차를 몹시 좋아한다오."

말을 끝냈어도 수혜련의 표정이 누그러질 기미가 보이지

않자 등천화를 돌아봤다.

"아! 그건 그렇고, 자네가 우리 혜를 어떻게 알고 있는지 궁금하군. 대답해 주지 않을 텐가?"

서문일청의 눈빛이 예리하게 빛났다.

그러자 수혜련도 의심을 걷고서 등천화를 쳐다봤다.

차를 좋아하는 것과 딸의 문제는 별개였다. 냉정해질 때는 냉정해지는 그녀였다.

"천추성에서 알게 됐어요."

"천추성?"

두 부부는 깜짝 놀란 표정을 지었다. 솔직히 등천화의 복장을 봐서는 천추성의 고수라는 인상을 받기 힘들었기 때문이다.

"자주 보다가 못 보니까 궁금하더라구요. 그래서 집에 잘 도착했나 보려고 왔어요."

등천화의 말은 두 부부가 충분히 오해할 소지를 만들어주었다. 마음대로 천추성을 들락날락거릴 수 있는 신분이란 말로 들렸기 때문이다.

그러나 순순히 인정하는 건 딸을 사랑하는 부모로서의 의무는 아닌 것 같았다.

"험. 그러니까, 그게 왜 궁금했느냐는 말일세. 좀 더 자세하게 말을 해주면 안 되겠는가?"

"엄… 그러면 안 되나요? 이상하네, 저는 자주 보던 사람이 없어지면 궁금하고 그러던데……."

등천화는 코를 슥 문지르며 오히려 두 부부를 난감하게 바라봤다. 그 모습을 바라보던 수혜련의 머릿속에 불현듯 떠오르는 한 사람이 있었다.

'혹시…….'

엄마의 육감이 발동한 것이다.

"소협, 혹시 천추성에서 근무를 하나요?"

"어? 어떻게 아셨어요?"

등천화가 신기한 눈으로 쳐다보자, 수혜련은 실망한 눈이 됐다.

"부인, 그럼…….."

서문일청도 뭔가를 깨달은 목소리가 됐다.

"예, 맞아요. 그 사람인 것 같아요."

수혜련의 목소리에 힘이 하나도 없었다.

"허!"

서문일청은 허한 웃음을 짧게 터뜨렸다.

"그래도 정문위사예요."

서문혜의 목소리가 귀에 들리는 것만 같았다.

두 부부의 억장이 무너지는 것도 모르고 유호경은 짚을 지고 불길로 뛰어들고 말았다.

“하하하. 서문 소저가 두 분께 등 소협에 관해서 말을 한 모양이네요. 다행입니다, 이제라도 알아보셔서.”

“…….”

“…….”

서문일청과 수혜련은 울지도, 웃지도 못하는 기묘한 표정이 됐다. 세상의 어느 부모가 눈에 넣어도 안 아픈 딸을 정문위사에게 주고 싶겠는가.

그러나 등천화를 한 방에 때려죽이고 싶은 마음을 드러낼 수도 없었다. 그랬다가는 오대세가의 수위를 차지하고 있는 서문세가의 체면이 엉망이 되기 때문이다.

‘실력이란 것이 있을 턱이 없겠지만, 딸을 만나려면 시험을 거쳐야 한다고 속이자. 그래서 수련장으로 데려가 죽지 않을 때까지 패버리자. 지가 버티겠어? 혜가 울고불고 난리를 치겠지만, 차라리 그 편이 나아.’

부부는 이심전심이었다.

수혜련도 서문일청과 거의 흡사한 생각을 하고 있었다. 아무리 등천화가 그녀의 차를 좋아한다고 해도 딸아이의 신랑이 될 사람으로는 영 아니었다.

“휴우…….”

그녀의 입에서 답답한 한숨이 흘러나왔다.

*   *   *

“비켜!”

갈피독의 목소리엔 날이 서 있었다.

길을 가로막은 열두 명의 고수 뒤로 사옥랑이 탄 마차가 떠나는 것이 보였다. 시간을 더 늦췄다가는 놓칠지도 몰랐다.

쉭—

갈피독은 빠르고 군더더기없는 동작으로 그들 사이를 파고들어 수십 개의 수영(手影)을 만들어냈다.

쾅!

갈피독을 포위하고 있던 열두 명은 서로의 간격을 유지한 채로 휘청거렸다.

지옥파라수 팔성의 공격을 받아낸 것이다.

“씁…….”

갈피독은 바싹 마른 입술을 혀로 적시며 양 주먹을 불끈 쥐었다. 급해진 마음 때문에 이들의 실력을 과소평가했던 모양이다.

“꺼져.”

조금 전의 공격으로 열두 명 중 가장 뛰어난 자를 찾아냈다. 정중앙에서 느껴지는 반탄력이 다른 곳보다 강했다.

중앙의 넙대대한 얼굴의 사내.

평범한 인상이 오히려 뭔가 있어 보였다. 그는 갈피독의 시선을 전혀 피하지 않고 있었다. 아니, 오히려 검을 들어 갈피독을 향해 겨누는 대범함까지 보여주었다. 다른 사람들은 그의 움직임을 뒤따랐다.

갈피독은 손을 멈추며 그를 가리켰다.

"너구나."

넙대대한 사내는 처음엔 무슨 말인지 모르겠다는 표정을 짓다가 결국 입가에 웃음을 짓고 말았다.

"후후후. 낭왕이란 이름이 허명은 아닌 모양이군."

"내가 누군지 알고 있어? 그럼 옥랑과 무관하지 않다는 뜻이구나. 누구냐?"

"우리는……."

"니들이 누군지는 관심없고, 누가 나를 막으라고 명령했냐는 질문에만 대답해. 대가리가 누군지 알아야 죽이러 갈 게 아니냐."

"쿠하하! 우리는 마화혈 제칠조다. 마화혈주님의 명령 외에는 듣지 않는."

"마화혈주? 알았다. 알았으니 니들은… 뒈져!"

갈피독의 분노는 이들이 생각하는 정도를 한참 뛰어넘고 있었다. 그걸 알았다면 저딴 소리를 지껄이는 대신 백 리 밖으로 도망을 쳤겠지만.

팟—

갈피독의 신형이 순식간에 열두 명의 시야에서 사라졌다. 꾸준히 지켜보고 있던 넙대대한 얼굴의 사내는 갑작스런 상황에 깜짝 놀랐다.

"이럴 수가……!"

지옥파라수만 막으면 그만이란 판단이 잘못됐다.

지옥팔보를 펼치는 갈피독의 능력은 상상 이상으로 뛰어났다. 어느새 갈피독은 열두 명의 중앙에 서서 비웃고 있었다.

"킥킥킥. 니들이 어떻게 내 마음을 알겠느냐? 나는 여기서 니들과 노닥거릴 시간이 없는 사람이야. 그래서 니들은 죽는 거야. 그래도 이거 하나는 알려주마. 보법의 고수를 이렇게 가까운 거리에서 상대하는 것이 얼마나 공포스러운 것인지."

갈피독의 눈이 번뜩였다 싶은 순간, 가장 가까이 있는 두 사람의 목이 손에 들어왔다. 곧바로 손목을 회전시켰다.

뽁.

호로병 마개 따는 소리가 그들을 지나치며 들려왔다. 갈피독의 동작이 그만큼 빨라진 것이다.

"산개!"

넙대대한 얼굴의 사내는 급히 소리치며 물러서려 했지만, 이미 중앙을 빼앗긴 그들에게 선택이란 있을 수 없었다. '뽁' 하는 기분 나쁜 음향을 다시 들어야 했고, 두 명의 부하가 쓰러지는 모습을 봐야 했다.

갈피독의 공격을 피하고 싶어도 손이 보여야 피할 게 아닌가? 부하들의 몸에 가려져 전혀 보이지 않았다. 보였다 싶으면 어김없이 갈피독의 손에는 부하의 목이 잡혀 있었다.

뽁.

마지막 기분 나쁜 음향과 함께 살아남은 사람은 오직 넙대대한 얼굴의 사내뿐이었다.

"……!"

넙대대한 얼굴의 사내는 얼이 빠진 표정으로 멍하니 서 있었다. 정보가 잘못됐다. 낭인이지만 조심하라는 따위의 정보는 필요없었다. 사옥랑을 쫓지 못하도록 방해만 하라고 했어야 했다.

번쩍!

갈피독의 손에서 일어난 푸른 섬광이 그의 눈을 가렸다. 지옥명강은 그가 막을 시간도 주지 않고 그의 전신을 할퀴고 지나갔다.

'이런 엄청난 자를 무슨 수로 상대하라고…….'

생각은 이어지지 못했다.

다섯 조각으로 잘려진 머리가 바닥에 떨어지면서 그의 눈동자에 저만치 사라지고 있는 갈피독이 담겼다.

눈동자에서 갈피독의 모습이 완전히 사라졌을 때, 그의 눈동자에 나타난 형상. 구부정한 등에 백태 낀 눈을 한 노인 한 명이었다.

"감숙성이 난리군. 낭왕이 나타났다는 말은 유령신보가 근처에 있다는 뜻. 이번엔 도망치지 못하겠지. 크크큭."

숫―

혈포사신들의 수장 목우가 나타났다.

"주군, 알아봤습니다."

"말해봐라."

"수라대 전원과 마화혈 일부가 이곳에 모여 있습니다. 겨우 천추성 장액 지부 하나를 치기 위해 모인 인원치고는 너무 과합……."

"판단은 내가 한다."

"……."

"마화혈이 움직인 것은 수라대 때문이다. 도련님께서 수라대를 감숙성에 집합시킨 이유를 알기 위해서 보낸 것이겠지."

"그럼 도련님의 신변이 위험하지 않습니까?"

"크크큭. 도련님의 신변? 그런 건 걱정하지 않아도 된다. 도련님의 신변을 보호하는 이십일밀위(二十一密衛)가 있으니까."

'이십일밀위?'

목우는 백안마군에게 감히 질문은 하지 못하고 혼자서 되뇌었다. 당연한 것이 그가 알고 있을 정도라면 '밀위'라는 말이 붙지 않았을 테니까.

이십일밀위는 장주극을 위한 비밀 호위대였다.

그들의 능력이 어느 정도인지는 전혀 알려지지 않았지만,

백마전의 고수들과 장주극이 태어날 때 있던 백마 몇몇만이 알고 있을 뿐이었다.

"목우, 다른 건 관심없다. 내가 이번 일에 나선 이유는 유령신보 때문이다. 구의걸이란 쥐새끼를 죽일 정도의 실력이면서 도망을 친 건 나를 기만한 것이다. 크크큭. 이 백안마군을 우습게본 거야! 그런 짓거리를 한 놈을 내버려 두면 나, 백안마군이 아니지. 이번엔 반드시!"

푸스슥—

바닥에 깊게 팬 발자국 위로 아지랑이가 피어올랐다. 무게 때문에 눌린 것이 아니라 열에 의해 녹으며 생긴 자국이었다.

"낭왕의 뒤를 쫓겠습니다."

목우의 마지막 목소리는 허공에서 전해져 왔다.

*　　　*　　　*

만저유는 벌써 얼마나 평원을 뒤지고 다니는지 몰랐다. 문대성을 놓친 지 벌써 반나절은 지난 것 같았다.

눈이 뒤집히기 일보 직전이었다. 같은 보법을 익히고 있는 자를 놓쳤다는 것은 진 것에 다름 아니었다.

채운하와 약속을 할 때까지만 해도 이런 일이 일어나리라고는 상상도 하지 못했다. 하지만 사라진 문대성을 찾기 위해 더 이상 시간을 소비할 수도 없었다.

땅을 발로 후려 팼다.

사옥랑을 도와준 후에 다시 찾아올 수밖에 없게 됐기 때문이다.

팟.

만저유는 이내 신형을 백팔십 도 회전하여 자리를 벗어났다.

'헛!'

문대성은 움직이던 자세 그대로 쓰러졌다. 발끝으로 중심을 이동한 까닭에 상체가 바닥에 닿지 않았다. 음보를 익혀야만 가능한 모습이었다.

만저유가 발견하진 못했을 것이다.

백팔십 도를 돌았다고 해도 문대성과 정면이 아니었기 때문이다. 문대성은 숨을 멈춘 채 가만히 있었다. 세 번 정도의 호흡을 고른 후에 슬며시 고개만 들어 주위를 살폈다.

만저유의 모습이 사라졌다.

문대성은 자세를 유지하며 발끝의 위치를 바꿨다. 얼굴이 하늘을 향했고 눈동자를 이용해 뒤쪽을 살폈다. 역시나 그곳에도 만저유는 없었다.

"그를 눈앞에서 놓쳤구나……."

문대성은 똑바로 서며 중얼거렸다.

이 한마디는 평생 한 번도 하지 않을 줄 알았다.

보법으로는 최고라 자부하던 그가 누군가에게 들킬지 몰라 숨은 것이다.

틱. 틱.

물에 젖은 수건에서 물이 떨어지듯이 그의 전신에서 무언가가 빠져나가는 소리가 들리기 시작했다.

근육들이 제자리를 찾아가는 소리였다. 보법을 펼치기 위한 최적의 상태를 만드는 소리였다.

"다시 찾는다!"

*　　　　*　　　　*

쾅!

염라의를 입은 거칠고 커다란 손이 탁자를 단번에 부숴 버렸다. 광염라 엄패라는 별호 하나로 천추성 장액 지부장의 자리를 고수하고 있는 자였다.

푸른 수염이 파리하게 빛을 발했다.

"뭐냐, 저것들은 왜 공격하지 않는 거냐!"

그의 눈에서 살기가 줄기줄기 뻗어 나오고 있었다. 칠백여 명에 달하는 수라대원들이 장액 지부를 포위한 채 벌써 보름을 그냥 보내고 있었다.

이러지도 저러지도 못하는 엄패의 입장에서는 딱 죽을 맛이었다. 그렇다고 먼저 움직이자니, 포위하고 있는 자들이 전부라고 장담할 수도 없었다.

미치고 팔짝 뛰겠다!

기다리는 고수들은 아직 소식도 전해오지 않고 있었고, 지부 안에서 대기하고 있는 부하들은 겁에 질려 벌벌 떨고 있었다. 되는 일이 하나도 없었다. 이 모든 것이 수라대원들의 중앙에 있는 자 때문이었다.

창밖을 내다보는 엄패의 눈에 마침 막사가 열리며 잘생긴 얼굴의 청년이 보였다.

"저놈… 저놈!"

"지부장님, 참으셔야 합니다. 먼저 움직이면 저들의 수작에 넘어가는 꼴이 됩니다."

"반드시 그렇다고 확신하느냐?"

"예?"

"아닐 수도 있잖느냐, 아닐 수도…….”

엄패의 목소리에 광기가 흐르고 있었다.

눈에 보이는 전력이 전부일 수도 있다는 생각을 머릿속에 세뇌시키는 것이다.

마교 놈들은 저 인원이 전부이다. 저놈들의 허세를 받아주면 공격은 물 건너간 얘기가 된다. 안 싸워서 그렇지, 싸우기만 하면 무조건 이긴다.

무엇보다 마교의 수장으로 보이는 잘생긴 얼굴의 청년을 작살내 버리고 싶었다. 자신을 조롱하는 듯이 나왔다가 사라지고, 나왔다가 사라지길 반복하는 모습이 영 눈에 거슬렸기 때문이다.

"곧 지원해 줄 고수가 도착할 것입니다. 지부장님, 조금만 참아보십시오."

지부장의 군사 역할을 하는 구진의 충고였다.

"보름이나 참았다! 더 이상 뭘 참으라는 것이냐! 이러다가는 죽도 밥도 안 된다. 우리가 먼저 공격하는 것이 최선이다. 다른 부하들에게도 그리 알려라. 우리는 공격한다!"

엄패의 결정에 구진은 얼굴이 하얗게 질렸다.

마교의 수라대에 대한 소문은 많았지만, 이처럼 많은 인원이 한꺼번에 움직인 경우는 들어본 적이 없었다.

누군가가 이들을 모은 것이다.

막사에서 나와 수라대원들의 기합 들어간 얼굴을 죽 훑어본 장주극은 마른 공기를 들이마시며 웃었다. 입꼬리가 올라가며 웃지 않을 때의 모습과 판이한 얼굴이 됐다.

"금환마제, 아직도 기다려야 하느냐?"

"삼백 명 정도가 빠져 있습니다."

"삼백 명이라……."

장주극의 표정이 기묘해졌다.

입에는 웃음이, 눈에는 살기가 어리기 시작했다.

"모이는 장소가 민악 지부에서 장액 지부로 바뀌어서 실수가 있었던 것 같습니다.”

“그래?”

금환마제는 장주극의 짧은 한마디에 소름이 돋는 걸 느꼈다. 별말 아니었다. 긍정도 부정도 아닌 그냥 그런 한마디였다.

“보름이면 내가 여기 있다는 소문이 퍼지긴 했겠지?”

“예, 물론입니다.”

“그런데도 아직 나타나지 않는단 말이군. 내 이름을 잊은 건가? 충분히 그럴 위인이긴 하지. 푸하!”

‘위인? 도착하지 않은 수라대원들에게 하는 말이 아니었단 말인가?’

장주극이 실성한 사람처럼 웃기 시작한 것은 얼마 지나지 않아서였다. 등천화의 얼굴이 떠오른 탓이다. 얼빵하지만 변화를 예측할 수 없는 보법의 고수, 장주극의 첫 목표가 되는 영광의 멍청이의 얼굴이.

“됐다. 겨우 천추성의 지부 하나를 없애는데 다 있을 필요는 없지.”

“지금 공격합니까?”

“공격?”

“……?”

장주극의 싸늘한 반문에 금환마제는 이유를 몰라 대답을 하지 못했다.

“금환마제, 공격이란 건 상대가 있을 때나 하는 말이다. 저곳에 내 상대가 있느냐?”

“…어, 없습니다.”

“없애는 것이다. 돌조각, 풀뿌리 하나 안 남기고. 알겠느냐?”

곧 벌어질 일이 즐거워 견딜 수 없다는 듯 장주극의 입꼬리가 살짝 올라갔다.

그릇에 담긴 투명한 물에 먹물 한 방울을 떨어뜨렸을 때 쫙 번지는 모습이라고 해야 할까?

금환마제는 장주극의 눈동자에서 시작된 사이한 기운이 점점 전신으로 확산되는 것을 느꼈다.

감정없는 눈, 좀 더 말끔해진 듯한 피부, 그리고 범접하기 힘들게 만드는 낯선 살기.

‘내가 그동안 봐온 수라대주님의 모습이 이랬나?’

지금까지 한 번도 본 적이 없는 낯선 청년이 그곳에 있었다, 범접할 수 없는 기운을 내뿜으면서.

장주극이 보름 동안 이곳에 진을 치고 있었던 데에는 이유가 있었다. 소문을 듣고 한 사람이 찾아오길 바란 것이다.

막 장주극의 명령을 받은 금환마제가 돌아서려 할 때였다.

“반 시진이다.”

“예? 반 시진이라고 하시면…….”

금환마제는 무심코 장액 지부의 정문을 돌아봤다. 그리고는 단 한 번도 지휘에 따라본 일 없는 칠백 명의 둘러봤다.

장주극에게서 시선을 떼어 장액 지부의 담과 칠백여 수라 대원을 돌아보는 그 잠깐 사이, 그의 시선을 기다리는 굉음이 터졌다.

쿠콰콰콰쾅—!

금환마제의 고개가 보이지 않을 정도로 빨리 돌아갔다. 견고하게 보이던 담이 허물어지며 둥근 구멍이 생겼다. 방금 전까지 명령을 내리던 한 사람이 그곳으로 떨어져 내리고 있었다.

수라진경을 대성해야만 보일 수 있는 모습이었다.

장액 지부의 무사들은 비명을 지르며 도망치는 반면, 수라 대원들은 주먹을 쥐며 앞으로 한 발씩 움직이기 시작했다.

보름 내내 세워둔 것에 대한 불만 따위는 어느 누구의 머릿속에도 없었다. 조금 전의 한 방으로 모조리 날아가고 만 것이다.

장주극의 움직임은 거기서 끝이 아니었다.

"끄아아악……!"

꼬리를 물고 이어지는 비명들이 장액 지부로 다가가는 수라대원의 귀에 들려왔다.

"멈춰라!"

금환마제는 의지를 잃어버린 사람처럼 움직이는 부하들을 멈추게 한 후 사라진 장액 지부 정면 앞에서 장주극을 기다렸다.

　잠시 후 장주극이 누군가의 목을 잡고서 걸어나오고 있었다. 피 한 방울 묻히지 않은 모습이었다.

　"수라대원은 안으로⋯⋯."

　"들어갈 필요 없다. 금환마제, 이자가 지부장이란 자라더군."

　그제야 금환마제는 장주극의 손에 들려 있는 광염라 엄패를 기억해 낼 수 있었다. 오십여 초는 겨뤄야 승부를 낼 수 있는 자였다.

　안으로 들어간 지 얼마나 됐다고 저런 자의 목을 쥐고 나온단 말인가?

　"모두 나와라."

　장주극은 정문 안을 향해 누군가를 불렀다.

　금환마제는 의아한 눈으로 나오는 인물들을 살폈다.

　장액 지부의 고수들이었다.

　"금환마제, 수라대원들을 살리고 싶으냐?"

　"무슨 말씀이신지⋯⋯."

　"명령을 이행하지 못했으니 다 죽어야지."

　"⋯⋯!"

　장주극의 얼굴엔 아무런 표정이 없었다.

　표정이 없기에 더욱 잔인해 보였다.

　"전부 죽일 수는 없고⋯ 살려놓은 놈들과 지금부터 일 대

일로 싸운다. 첫 줄이 싸우고 두 번째 줄이 싸운다. 저들 중에
수라대원과 싸워서 이긴 자가 있으면 풀어준다. 반대로 수라
대원이 지면, 그가 속한 조의 전원이 죽는다.”

“흡!”

금환마제는 깜짝 놀라 수라대원들을 돌아봤다.

수라대원 칠백여 명과 장액 지부에서 살아남은 천추성의
무사들의 얼굴에 긴장감이 조성됐다.

그걸 지켜보는 장주극의 얼굴에는 잔인한 무표정보다 더
욱 소름 끼치는 미소가 지어졌다. 그의 몸을 감싸고 있던 분
홍빛 광채는 아직 사라지지 않은 채였다.

“시작해라.”

고요한 침묵이 일시에 장내를 휘감았다.

스스슷.

곧 일어나게 될 일을 예고하는 바람이 불었다. 그 바람에
실릴 피만이 아직 흐르지 않고 있을 뿐.

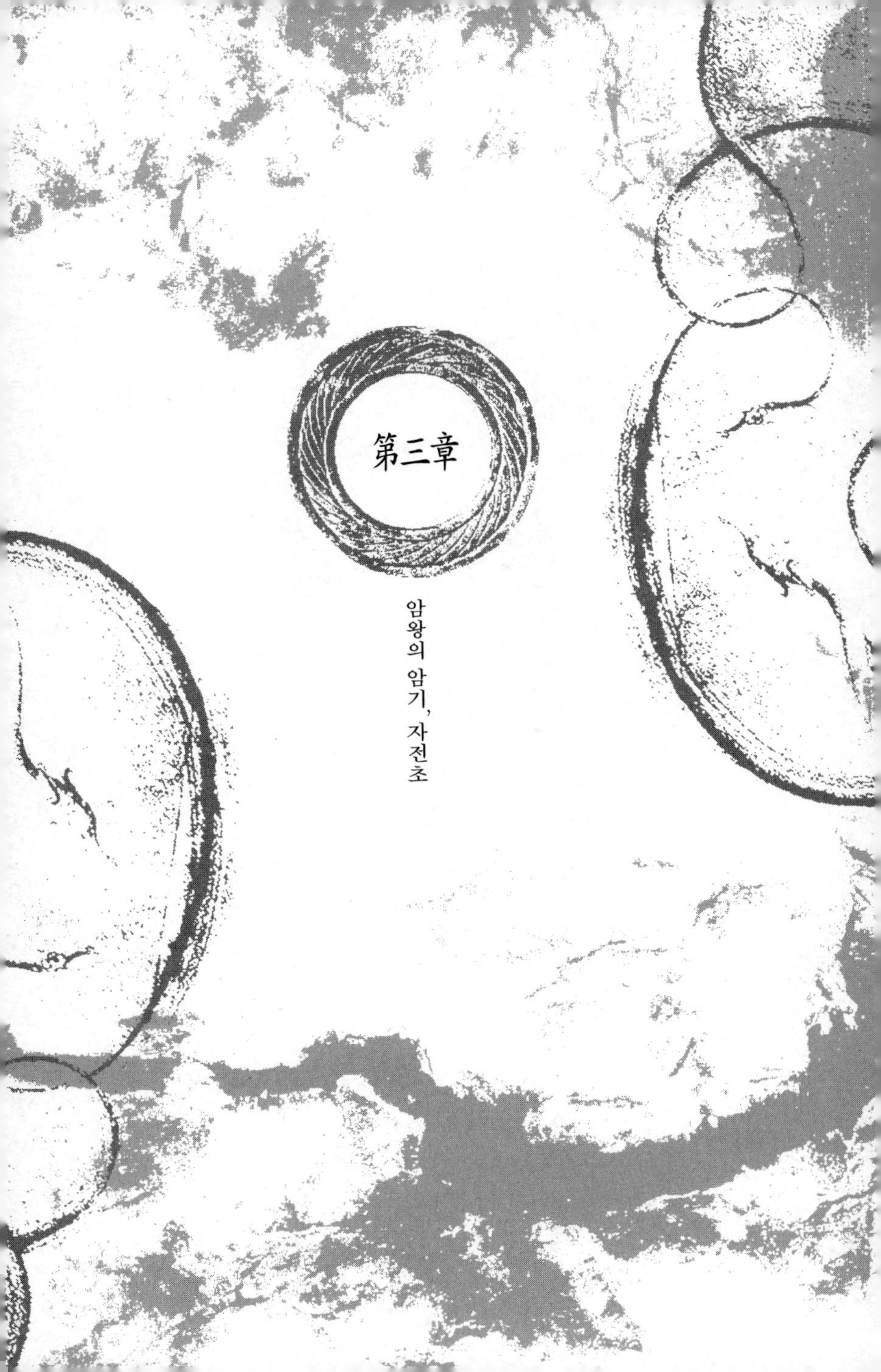

第三章

암왕의 암기, 자전초

步法
無敵

　서문세가의 무공 수련은 주로 거처 앞의 마당을 사용하는
데, 초식의 운용과 실전에서 사용할 수 있는 수법을 익히는
공간이 따로 마련되어 있기 때문이다. 내공과 자세를 잡는 수
련은 좁은 공간에서도 충분했다.
　서문세가 뒤편의 산에는 경사진 비탈면이 움직임을 제어
했고, 시야를 가려서 움직임을 방해하는 아름드리 나무들이
빽빽했다. 또한 바닥에는 사람의 무릎 정도까지밖에 자라지
않지만, 끝이 뾰족하게 자라서 자칫 발이라도 잘못 놀리면 위
험할 수 있는 복죽(蔔竹)이 깔려 있었다.
　패레렉—

길이는 어른의 손바닥 절반 정도에, 예리한 날이 세 개나 달린 암기가 숲을 가로질렀다. 이 암기의 이름은 세류표(洗流鏢)라고 하며, 상대의 피를 허공에서 씻는다 해서 붙여진 이름이었다.

세류표는 아름드리 나무를 돌더니, 피할 곳도 마땅찮은 곳에 선 등천화를 향해 날아갔다.

위쪽에는 세류표를 날린 서문일청이 썩 좋지 않은 표정을 짓고 있었다.

'혜야, 네가 자초한 일이다.'

서문일청이 몇십 년을 수련한 초식이었다. 목표만 확인하면 눈 감고도 맞힐 수 있었다. 고수들도 피하기 어려운 수법을 겨우 위사 따위가 피할 리 없었다.

서문일청은 결과를 예상하고 고개를 돌렸다.

대협이라 불리는 그에게 이번 한 수는 양심의 가책을 느끼게 만들었다. 굳이 이런 방법까지 써야 했을까? 스스로 물어보지만, 회수하기엔 이미 불가능한 거리라는 핑계로 합리화했다.

이때, 그의 귀로 세류표가 돌아오는 소리가 들렸다.

척.

받아 든 서문일청은 한숨을 내쉬며 아래쪽을 내려다봤다.

"……!"

서문일청은 아래쪽에서 눈을 멀뚱거리며 서 있는 등천화

를 보고서 등골이 서늘해지는 것을 느꼈다. 목이 잘렸어야 할 녀석이 그 자리에 그대로 서 있는 것이 아닌가?

그나마 그의 실력을 의심하지 않게 해준 것은, 등천화의 옆에 나타난 아름다운 미소의 수혜련이었다.

"아! 부인."

"호호호. 여보, 등 소협을 데려왔으면 이곳에 대해 안내라도 해주셔야지, 그렇게 멀리 계시면 어떡해요. 제가 데리고 올라갈게요."

"허허허. 알겠소, 부인. 고생했소."

서문일청은 수혜련이 등천화를 살려준 것이라고 확신했다. 그제야 혹시나 등천화가 자신의 세류표를 피했을지도 모른다는 황당한 생각을 잊을 수 있었다.

'부인… 딸아이의 미래가 달려 있거늘, 저리도 마음이 착해서야……. 차라리 모른 척하지.'

서문일청은 등천화에게 무슨 말인가를 건네며 올라오는 수혜련을 안타까운 눈으로 바라봤다.

"가요, 등 소협."

수혜련은 등천화에게 길을 알려주며 먼저 움직였다.

그러나 당연히 따라올 줄 알았던 등천화의 움직이는 기척이 느껴지지 않았다.

"등 소협?"

"엄……."

등천화는 할 말 많은 눈으로 수혜련을 바라봤다.

"등 소협?"

등천화의 할 말 많은 표정을 보며 수혜련은 최대한 활짝 웃는 표정으로 불렀다. 하지만 등천화는 여전히 할 말 많은 눈으로 쳐다보기만 했다.

"호호… 호호호……."

수혜련은 어색한 상황을 일단 웃음으로 지나치려 했다. 하지만 웃는 것도 잠깐이지, 등천화의 아무것도 읽을 수 없는 눈을 바라보며 계속 웃기란 쉽지 않았다.

상황이 이상해지고 말았다. 한 사람은 뚱한 눈으로 보고, 다른 한 사람은 계속 웃어야 하는 이상한 버티기로 돌입된 것이다.

등천화야 가만히 있으면 그만이지만, 웃음으로 시작한 수혜련으로서는 얼굴 근육들과 쉴 새 없이 상의해야 했다. 그녀는 버티는 것에 한계를 느끼고 말았다.

"아! 우리 세가의 수련장이 참 좋죠? 가주께서 하루도 거르지 않고 암기 수련을 하는 곳이에요."

등천화는 여전히 그녀를 보고만 있었다.

"참, 가주께서 암왕이라 불리는 건 아시죠? 제가 이곳에 시집온 이유가 뭔지 아세요? 젊을 때였어요. 가주께서 저를 이곳으로 데려오시더니, 저곳… 바로 저 위치였어요. 어쩜… 지금도 그날을 생각하면 소녀처럼 가슴이 뛴다니까요. 호호호. 생각해 보세요, 이 수많은 아름드리 나무들을 건드리지 않고 바닥에 사랑한다는 글자를 새기는 거예요."

수혜련은 자신의 양손을 마주 잡으며 당시의 그녀로 돌아갔다. 그 모습에 등천화의 생각 많은 얼굴이 원래의 표정으로 되돌아올 수 있었다. 수혜련의 모습에서 서문혜를 봤기 때문이다.

"엄… 나무들은 움직일 수 없으니까……."

등천화의 혼잣말이었다.

"예? 뭐라고 했죠, 등 소협?"

"나무들은 안 움직이잖아요."

"……."

수혜련은 말속에 두 가지 뜻을 담았다.

한 가지는 서문일청의 암기가 언제 날아올지 모르니 조심하라는 것이고, 다른 한 가지는 서문혜에게 서문일청처럼 멋진 무공으로 사랑을 고백할 수 있겠느냐는 뜻이었다.

대답할 생각은 않고, 나무들은 안 움직인다? 저 순진한 웃음만 아니면 한 대 콕 쥐어박고 싶었다.

'도대체 저런 자신감이 어디서 나오지?'

그녀는 등천화의 반응에 서문일청이 기다리고 있다는 생각을 잊고 말았다.

분노 실린 음성이 들린 것도 그때였다.

"후후후. 그럼 한 번 '움직이는 것'을 상대로 시험해 보면 되겠군."

"어머!"

수혜련이 깜짝 놀라 돌아서자, 그곳엔 서문일청이 화난 얼굴로 서 있었다.

"나무는 움직이지 않는다고? 사람은 어떤가? 자네가 한 번 해보지 그러나?"

"여보, 그건 제가……."

수혜련은 괜한 말을 해서 등천화가 곤란해졌다는 생각에 나서려 했으나, 그녀의 배려도 모르고 등천화가 오히려 기다렸다는 듯이 그녀의 말을 잘랐다.

"그래도 되나요?"

"소, 소협!"

수혜련이 기함을 질렀다.

"사람은 말에 대한 책임을 져야 하네."

서문일청의 몸에서 순간적으로 등천화의 머리칼을 뒤쪽으로 밀어버릴 정도의 투기가 발산됐다.

"그럼요. 사실 아까 '쉭쉭쉭' 거리는 뾰족한 것이 저를 맞히지 못하고 지나갔을 때, 되돌아오는 줄 알고 기다렸거든요. 저는 나무와 달라서 움직이거든요."

"익!"

등천화의 말은 순수했지만, 받아들이는 사람의 입장에서

는 충분히 울화통이 터질 수 있는 말이기도 했다. 지금까지 등천화와 대화를 나눈 사람들이 전부 그랬던 것처럼 서문일청도 얼굴이 붉으락푸르락해졌다.

서문일청의 얼굴이 어떻게 변하든, 등천화는 골똘히 생각에 잠겼다.

'세상에는 진짜 신기한 길들이 많구나. 손이 닿는 곳까지, 발이 닿는 곳까지만 길을 만들 수 있는 게 아니라, 아주 먼 거리까지 닿을 수 있었던 거야. 다시 볼 수 있게 됐으니, 제대로 봐야지. 헤……'

생각만으로도 신이 났다.

세류표가 목에 닿으려는 순간 삼보로 피했다. 하지만 세류표의 궤도가 허공에서 바뀌더니 눈이라도 달린 것처럼 주욱 늘어나는 것이 아닌가?

그 신기한 수법을 서문일청이 다시 보여주겠다고 하는 것이다.

서문일청은 순진한 웃음을 잃지 않는 등천화를 보며 말도 안 되는 의구심을 갖게 됐다.

'부인의 도움 없이 이 녀석이 세류표를 피했다?'

등천화를 뚫어져라 쳐다봤다.

두 사람의 분위기가 험악해지자, 수혜련은 자신이 도착하기 전에 있었던 일에 대해 알고 싶어져 서문일청에게 눈짓을 보냈다.

"여보?"

"아, 별거 아니오. 허허허. 당신이 오기 전에 세류표를 시험 삼아 던졌는데, 그걸 말하는 모양이오. 물론 부인도 보다시피 소협은 멀쩡하오. 허허허."

"……!"

수혜련은 너무 놀라서 할 말을 잃었다. 등천화를 죽이지 못했다는 말을 하는 서문일청의 얼굴에 당황하는 기색이 역력했기 때문이다.

서문일청은 수혜련의 반응에 등천화가 혼자서 세류표를 피했다는 것을 깨달았다. 말하고도 민망해서 급히 다시 설명을 하려 했다.

"부인도 알다시피, 내가 맞히려고 던졌으면……."

"에이그, 알죠! 제가 다 알죠. 그래도 다른 손님들 있는데 한 분만 챙기시는 건 곤란해요. 호호호. 등 소협, 내려가요. 내가 맛있는 차를 준비해 놨어요."

수혜련은 서문일청이 난처하지 않도록 농담으로 받아들이고는 돌아섰다.

등천화가 죽지 않은 건 잘된 일이었다. 이런 일은 아무리 조심해도 밖으로 알려지게 되어 있는데, 화산오검까지 와 있는 상황에선 차라리 벌어지지 않는 편이 나았다.

'잘한 거예요, 여보. 우리 혜를 포기시키는 방법은 얼마든지 있어요.'

그때였다.

"저… 언제 시작하죠?"

등천화의 뜬금없는 질문이 아쉬운 듯 발길을 돌리려는 서문일청을 붙잡았다.

"시작?"

"이번에도 그, 뾰족한 걸 사용하시나요?"

"……!"

서문일청은 머릿속이 환해졌다. 짚을 지고 불에 뛰어들어도 유분수지, 수혜련 때문에 살아난 목숨을 잘 건사할 생각은 않고 오히려 죽여달라고 사정하고 있었다.

"당연하지!"

서문일청의 눈이 이글이글 타올랐다.

수혜련은 그 모습을 보고 말려야 한다는 마음 반, 말리기 전에 일이 일어났으면 하는 마음 반의 경계에 들어섰다. 조금 전이라면 몰라도 지금은 어떤 일이 일어나도 서문일청은 잘못이 없게 되기 때문이다.

'혜의 미래를 생각하면 말리지 말아야 하지만, 등 소협의 순진하고 실력없는 모습을 보면 불쌍하기도 하고. 일단 구하자.'

결정을 내리는 순간, 그녀의 눈이 동그랗게 떠지며 제자리에 멈춰 서고 말았다.

등천화의 표정이 기묘했다. 마치 좋은 장난감이라도 본 듯한 저 천진난만한 표정은 뭐란 말인가?

'암왕을 상대로 자신이… 있을 리가 없잖아!'

누구보다 남편에 대해서 잘 알고 있는 그녀였다.

기적이 일어나기 전엔, 등천화가 남편의 암기를 피할 확률 따윈 없었다. 하지만 등천화의 저 표정… 저 표정은 걱정하는 것이 오히려 잘못된 것처럼 느껴지게 만들고 있었다. 아니나 다를까, 등천화의 쑥스러운 말이 그녀의 귀를 울렸다.

"엄… 아까는 뭐랄까… 길이 확실하질 않았어요. 느리지는 않았는데 피하기는 더 쉬웠다고 해야 하나? 아무튼 그랬어요. 이번엔 기대해도 될까요?"

'저, 저 사람, 지금 무슨 말을 하는 거야? 운이 좋아 피한 걸 다행으로 여기지 않고, 오히려 죽음을 자초해? 혜야, 도대체 저 사람 뭐니?'

수혜련의 걱정스러움을 한 방에 날려 버린 등천화의 한마디는 당연히 서문일청의 자존심을 자극했다.

"지금… 자네는 자네가 무슨 말을 하고 있는지 알고 있는 가?"

"서문 대협이 던지는 걸 피해보겠다고 한 것 외에는 없는 데요? 엄… 제가 다른 말도 했나요?"

"하! 삼왕 중 한 명인 내게 도전을 하고서… 좋아! 그 자신감 하나만은 인정해 주지. 후후후. 그렇게까지 사정을 하는 데에야 보여주도록 하지. 풀잎 모양이네. 하지만 자네가 그걸 피하면, 물론 피할 수 없겠지만. 아니, 죽지만 않으면 자네의 소원이 뭐든지 내, 다 들어주겠네. 부인, 올라갑시다."

"여보, 진정하세요. 등 소협이 뭘 몰라서……."

"당연히 몰랐겠지! 저런 건방은 아무 때나 나오는 게 아니오. 그러니 알려줘야겠소, 암기가 얼마나 무서운 것인지. 자전초(紫電草)를 사용하겠소."

"자, 자전초!"

수혜련은 등천화도 이해할 수 없었지만, 저 젊은 사람에게 자전초를 사용하겠다는 서문일청도 이해를 할 수가 없었다.

그러나 이미 상황은 그녀의 손을 떠난 후였다.

위쪽으로 올라가는 서문일청의 뒷모습을 보던 그녀는 조용한 목소리에 걱정을 담았다.

"등 소협, 조심하세요. 가주께서 사용하시려는 풀잎은 보통 풀잎이 아니에요. 자전초라고, 서문세가에서 제조된 암기 중 폭발력이 가장 강해요. 혜를 위해서 도와주고 싶지만 이 말 외에는 해줄 수가 없네요."

"괜찮아요. 폭발하는 풀잎이면 폭발하기 전에 피하면 되죠, 뭐. 너무 걱정하지 마세요. 참, 서문 소저는 아버님보다 어머님을 많이 닮았네요."

등천화의 웃음에는 아무런 거리낌이 없었다.

이런 상황에서 저런 대답이라니.

수혜련은 더 이상 말을 해주는 것이 무의함을 깨달았다.

자전초는 이름 그대로 붉은 뇌성을 일으키는 풀잎이지만, 만년한철로 된 암기였다. 서문일청의 자전신공이 감싸고 있어 상대의 기를 쫓아간다. 무서운 점은 여타의 암기와 달리 적의 몸을 직접 뚫거나 베지 않고 타격을 줄 수 있다는 것이다.

등천화는 여전히 태평스러운 얼굴이었다. 이젠 등천화의 운에 맡길 수밖에 없었다.

위잉―

"아!"

멀리서 바람을 가르는 음향이 들려왔다.

수혜련은 자전초가 다가오는 것을 알고서 재빨리 등천화로부터 떨어지며 순식간에 모습을 드러낸 자전초의 궤적을 눈으로 따라갔다.

붉은빛을 띤 자전초는 가까워질수록 빨라졌고, 그대로 등천화의 목을 자르고 지나갔다.

"흡!"

수혜련은 끔찍한 광경에 대한 상상으로 눈을 질끈 감았다. 하지만 자전초가 지나간 후에도 등천화는 여전히 제자리에 서서 고개를 자유롭게 움직이고 있었다.

'목이 잘리고도 어떻게 움직일 수가 있……'

그녀의 의문은 당연했다.

그러나 등천화는 애당초 자전초의 날에 맞지를 않았다. 다가오는 자전초를 피해 버렸기 때문이다.

　서문일청이 등천화를 데리고 나간 지 벌써 한 시진은 족히
되는 것 같았다. 화산오검은 등천화에게 할 말이 있어서 기다
리던 중이었다.

　"유령신보 정도라면 이번 일에 큰 도움을 줄 수 있을 것입
니다. 허무라는 자를 어떻게 처리했는지는 몰라도 무사히 돌
아온 걸 보면 우리의 예상보다 훨씬 뛰어난 자일지도 모르겠
습니다. 게다가 우리를 먼저 보낸 마음가짐은 협의 마음과 근
접하다 할 것입니다."

　유호경의 뿌듯한 표정이 깃든 얼굴에는 확신이 가득했다.
기대하는 것이 있을 때 저런 표정이 나오는 것이다.

　"유 사형, 유령신보가 우리를 먼저 보낸 일이 알려지면 곤
란하지 않겠습니까?"

　화군악은 자기 확신이 남다른 유호경의 말을 자르는 일은
되도록 삼가는 편이었으나, 자존심이 걸린 일이기에 유호경
과 싸울지도 모른다는 생각을 하면서도 나서야 했다.

　"막내야, 그건 걱정하지 마라. 유령신보는 천추성에 몸담
은 사람이다. 즉, 화산파와도 무관하지 않다는 뜻이지. 사람
들에게 알려지면 오히려 더 좋은 결과로 나타날 수 있다."

　유호경의 확신에 찬 말에 다른 사람들의 고개가 절로 끄덕
여졌다. 더 이상 말을 꺼내면 유호경에게 한 시진은 족히 넘

을 설교를 들어야 한다.

화군악의 수긍하는 표정에 유호경은 수혜련이 사라진 방향으로 시선을 던졌다.

"가볼까?"

"유 사형, 서문 가주께서 금방 오신다고, 기다리라고 하셨잖습니까?"

"둘러보다 발견했다고 하면 돼. 서문 가주께서 유령신보를 데려갈 때의 표정을 봤느냐? 후후후. 서문 소저와의 관계를 탐탁찮게 여기는 눈치야. 그때는 모른 척했으나, 내 눈은 못 속인다."

"그럼 더더욱 가면 안 되잖습니까?"

"후후후. 우리가 유령신보를 도와주면 되잖느냐?"

"예?"

유호경은 화군악의 반문에 대답하지 않고 머릿속으로 여러 가지 계획을 세웠다. 어떤 경우든 화산오검이 책임을 져야 할 상황은 없었다.

생각을 끝낸 유호경이 화산오검을 이끌고 대전을 나올 때였다.

정문으로 들어오는 일단의 무리가 있었다.

"세 분 너무하세요!"

"저희도 어쩔 수 없습니다, 아가씨."

여인은 서문세가의 무남독녀 서문혜였고, 세 명의 중년인은 삼 대째 서문세가의 가신을 지내고 있는 자들이었다. 서문혜의 고집이 말도 못하기에, 어르고 달래며 데려오느라 지친 표정들이었다.

"제가 그렇게 말을 했잖아요."

"아가씨, 그게 말이 됩니까? 서문세가가 공격받는 것과 천추성 장액 지부가 공격받는 것이 어떻게 똑같을 수 있습니까?"

"제가 천추성 사람이잖아요."

"저희는 서문세가 사람이지 천추성 사람이 아니잖습니까? 가주님 역시 마찬가지 생각이십니다."

"그러니까 저만 가겠다고요."

"그러니까 안 된다는 말씀입니다."

서문혜는 한마디도 지지 않고 대답하는 가신들이 너무 얄미웠으나, 그녀의 실력으로 이들을 따돌리는 것은 불가능했다.

그나마 다행인 것은 사형들 셋을 보냈다는 것이다. 물론 가신들 입장에서는 그들 셋이 뭘 하든 관심도 없었지만.

"서문 소저?"

대전 쪽에서 그녀를 부르는 낯선 목소리에 고개를 돌리자, 다섯 명의 헌앙한 청년이 그녀를 보고 있었다.

"누구……."

"아! 우리는 화산파의 화산오검입니다. 장액 지부를 지원하기 위해 가는 길에 잠시 들렀습니다."

역시나 화산오검을 대표해서 유호경이 예의 바르게 대답했다. 순간, 서문혜의 얼굴이 활짝 피었다. 장액 지부로 갈 수 있는 방법이 열렸기 때문이다.

"언제 가시려고요? 아버지는 보셨어요? 저와 함께 가라고 하시던가요?"

"아… 그것이……."

쏟아지는 그녀의 질문에 유호경은 난색을 표했다.

미모는 기대한 대로 대단한 미인이었으나, 성격이 생각보다 엄청나 보였기 때문이다.

"험험. 뵙기는 했지만, 장액 지부에 대한 얘기는 아직 결정을 짓지 못했습니다."

"왜요? 아니, 언제 오셨는데 아직 결정을 못 지었어요?"

"예? 좀 천천히… 하하하. 우리는 서문세가에 도착한 지 채 두 시진이 안 됐습니다. 아! 안 그래도 지금 서문 가주님을 뵈러 가려던 참인데 함께 가시겠습니까? 뒷산 쪽으로 등 소협을 데리고 가셨거든요."

유호경의 머릿속에서 서문혜와 함께 가는 편이 낫다고 말해주고 있었다.

"드, 등 소협… 혹시 천추성에 온……."

서문혜는 기대에 찬 시선으로 유호경의 표정을 살폈다. 그의 대답에 따라 얼굴이 환하게 펴질 기세였다.

“맞습니다, 등 소협.”

“어머!”

손으로 입을 가리며 펄쩍펄쩍 뛰었다.

유호경은 서문혜의 반응에 자신의 판단이 정확했음을 알고서 사형제들을 돌아봤다. 하지만 좋아하기에는 일렀다. 이어질 줄 알았던 서문혜와의 대화가 거기서 끝이 났기 때문이다.

그녀의 신형이 어느새 화산오검을 지나쳐 뒷산으로 올라가고 있었다.

“엇, 서문 소저?”

붙잡으려는 유호경보다 먼저 그녀의 뒤를 따르는 세 줄기 바람이 있었다. 단순히 서문혜를 따라온 사람들이라 생각했건만 지금 보니 상당한 고수들이었다.

기회를 놓쳐서는 말이 되질 않았다.

“같이 가시죠, 서문 소저!”

막 유호경이 사형제들과 함께 움직이려 할 때였다. 가신들 중 가장 늦게 움직이던 자가 돌아서며 고개를 좌우로 흔들었다.

“자네들은 이곳에서 기다리게. 아가씨께서 가시는 곳은 서문세가의 금지니까.”

그는 대답도 기다리지 않고 곧바로 움직였다.

유호경은 그의 경고를 무시하고 따라가려 했으나, 그를 붙

잡는 손이 있었다.

"유 사제, 기다려라. 이곳은 화산파가 아니야. 자중해라. 우리는 여기서 기다리기로 한다."

"예? 사형, 그냥……."

"과한 것은 아니 한만 못한 것이다, 유 사제."

묵검의 한마디에 유호경은 안타까운 눈으로 서문혜의 뒤를 좇았다.

츠츠르르릇—

자전초가 회전하는 각도에 따라 다른 소리를 내며 허공으로 솟구쳤다. 불끈 힘을 준 손아귀처럼, 채 피어나지 못한 연꽃 모양처럼 생긴 물체가 이내 땅으로 떨어져 내리며 닫았던 손아귀를 폈다. 연꽃이 활짝 피어났다.

차— 크라랏—

음보로 경사면을 쥐고 있던 등천화는 발가락을 펴며 자전초를 향해 무서운 속도로 날아갔다. 차보의 움직임이 극한에 이르면 신형이 마치 없어졌다 나타나는 것처럼 보이게 되는데, 지금이 그랬다. 자전초를 향해 날아가는 등천화의 신형이 가끔씩 사라지는 착각을 일으켰다.

'어머, 어머! 저럴 수가……!'

수혜련은 지켜보다 자신도 모르게 손으로 입을 가렸다. 등천화의 움직임은 그만큼 신기에 가까웠다.

서문일청의 자전초와 등천화의 신기한 움직임은 벌써 이십여 번이나 교차했다.

자전초가 빠르고 정확하다면, 등천화의 움직임은 더 빠르고 더 정확했다. 허공을 걷는 것 같다 싶으면 날아다니는 것 같았고, 땅에서 걷는 것 같으면 어느새 허공으로 떠올라 자전초의 추적을 따돌리고 있었다.

"아!"

수혜련이 감탄에 감탄을 거듭하며 양손을 마주 잡고 탄성을 터뜨릴 때, 등천화의 움직임이 또 변화했다.

등천화의 몸이 자전초를 가린다 싶더니 어느새 '빙글' 돌며 자전초를 감싸는 형태가 됐고, 거기서 몸만 빼내면 피할 수 있는 상황에서 다시 같은 방향으로 '빙글' 돌더니 자전초를 배 위에 올려놓는 자세를 취했다.

"어울려… 어울려! 등 소협, 그대로 따돌려요!"

수혜련은 조화라는 말을 수도 없이 들어왔지만, 등천화와 자전초가 보여주는 광경만큼 절실히 느껴본 적은 없었다. 절로 소리쳐 등천화를 응원했다.

"조화로움은 암기를 사용하는 사람에겐 필수이고, 아니, 무공을 익히는 모든 무인의 기본이고, 그것을 알아야 대성할 수 있다."

듣는 순간에는 강렬했지만 벌써 잊고 지낸 시간이 오래된 말이었다. 그 말을 잊지 않은 이유는, 언제나 서문일청과 조화를 이루려 했지, 독립적인 존재로서의 그녀는 원치 않았기 때문이다.

그러기에 그녀의 눈에는 보이고 있었다, 등천화가 지금 자전초를 상대하는 것이 아니라 그것과 조화를 이루려고 하는 것이란 것을.

"그, 그렇지… 어머, 아래로!"

응원에 열중하던 그녀는 어느새 자전초가 되어 등천화를 향해 돌진하고 있었다.

자전초를 감싸던 등천화의 신형은 점점 빨라졌고, 어떤 때는 무형의 구름을 만들어 자전초를 유인하다가, 어떤 때는 바람처럼 사라져 수혜련을 당혹스럽게 만들기도 했다.

그리고 어느 순간, 수혜련의 몰입을 깨는 거대한 폭음이 터졌다.

쿠콰콰콰쾅—!

"헉!"

번뜩 깨어난 그녀는 환한 빛에 노출되기라도 한 것처럼 시선을 이리저리 돌렸다. 등천화를 찾았다. 자전초는 서문일청이 거두어들였는지 보이지 않았고, 등천화는 싸우던 장소에서 완전히 모습을 감췄다.

"등 소협……."

수혜련은 엄습해 오는 불안감에 등천화를 여러 번 불렀다.

“아… 재밌다.”

수혜련은 맑은 음성의 주인공이 등천화임을 알고서 재빨리 돌아섰다. 그녀의 뒤쪽에 나타난 등천화의 얼굴에는 편안한 웃음이 걸려 있었다.

“등 소협, 괜찮아요?”

“그럼요. 서문 가주님, 정말 대단하세요. 이런 길이 있을 줄은 몰랐어요.”

보는 사람으로 하여금 안심하게 만드는 저 순진한 웃음. 수혜련은 등천화에게 다가가 무방비로 서 있는 등천화의 등짝을 후려쳤다.

짝.

“으이그. 걱정했잖아요.”

“아… 야.”

등천화는 깜짝 놀라 수혜련을 돌아봤다.

서문혜에 이어 그녀의 어머니까지 등을 때린 것이다.

‘아프다…….’

손이 매운 건 모녀가 똑같았다.

당황하는 등천화를 보며 수혜련은 ‘까르르’ 웃기 시작했다. 그 덕분에 등천화 역시 얼굴 가득 행복한 웃음을 지을 수 있었다.

수혜련이 만들어내는 길은 아주 익숙했다. 서문혜에게서 느껴지던 길과 똑같았기 때문이다. 그 길을 보는 것만으로도

충분히 행복해지는. 이럴 때 사람들은 행복하다고 하는 것이
아닐지…….

 '헤…….'

"험. 뭐, 그렇게 암기에 대해 알고 싶으면 말해주지. 사
실……."
"저는 괜찮아……."
"들어!"
"엄… 예."
"험. 어디까지… 아! 암기의 고수가 되기 위해서는 내공과
외공이 모두 뛰어나야 하네. 내공만 뛰어나서도 안 되고 외공
으로는 더더욱 힘들지."
서문일청은 강제로 들려주면서 마지못해 입을 열었다는
듯이 말을 시작했다.
등천화는 그런 서문일청을 보면서 웃었다.
고집이 느껴지는 그의 눈을 보고 있자 마음이 편안하게 가
라앉는 것 같았다.
"아! 서문 대협께서 암기를 손으로 잡은 것과 관련이 있는
거죠?"
"맞네! 바로 그걸 말하는 걸세. 제아무리 암기를 날카롭게
만들어도 사용하는 사람이 다쳐서야 소용이 없잖은가? 그래
서 외공이 필요한 걸세. 또! 사람들은 이런 식으로 생각할 수

도 있네. 거리를 두지 않으면 승산이 있다고. 하나 외공을 익히고 있으면 박투술의 고수라 해도 쉽게 당하지 않네.”

“아…….”

등천화의 입에서 가끔씩 터지는 탄성은 서문일청의 설명에 더할 나위 없는 추렴구가 됐다. 말하는 사람과 듣는 사람이 혼연일체가 되어 있으니 당연히 대화는 깊어질밖에.

“암기를 오랜 시간 수련하다 보면 자연스럽게 쌓여서 얻어지는 것이 있네. 바로 보법이지. 모든 무공의 기본이 되는 보법이야말로 최고의 무공이라 할 수 있네.”

서문일청은 말을 멈추며 등천화의 반응을 기다렸다.

“엄… 그렇구나… 보법이구나. 역시 보법이었어.”

등천화는 무언가 의문이 해결된 듯한 표정이 됐다.

자전초의 움직임에 절로 흥이 나 다섯 가지나 되는 보법을 펼친 것과 암기를 잘 던지기 위한 기본이 보법이라는 말을 충분히 이해한 까닭이었다.

“한 가지 궁금한 것이 있네.”

“예?”

“어떻게 자전초가 자네의 기에 반응하지 않은 거지?”

“반응… 무슨 뜻이죠?”

“자전초가 마치… 혼자서 헛짓하다가 돌아온 것 같았다는 말일세. 자전초는 서문세가에서 가장 다루기 어려운 암기인 만큼 현 강호에서 가장 무서운 암기라고 할 수 있다네. 손이 잘릴 위험도 크고, 내공이 일정한 경지를 넘어서지 않으면 되돌아오게 만들기도 쉽지 않지. 그런 자전초가 마지막을 제외하면 자네와 전혀 반응하지 않았다, 이 뜻일세."

"엄… 그런 건 잘……."

"혹시 무기를 사용했나?"

"무기… 아니… 아! 사용하진 않았지만 갖고 있어요."

"보여주겠나?"

"예."

등천화는 아무렇지도 않게 여의마검을 꺼냈다. 여의마검의 손잡이가 막 등천화의 품에서 빠져나올 때, 서문일청의 눈이 크게 치떠졌다.

"이이… 이것이 자네 것인가?"

"제 것이 아니라, 서문세가로 오다가 나쁜 사람에게서 뺏었어요."

"나쁜 사람? 그리고 뺏… 어?"

"허무라는 사람인데, 이젠 나쁜 짓 못할 거예요. 이 검을 뺏으니까 아무것도 못하던데요?"

"그자의 생김새가 어떤가? 혹시 얼굴이 검고 몸에 털이 많은 자가 아니던가?"

"하얗던데요? 털… 없고요. 길이 손에서 시작되는 것 빼면 이상한 건 없었어요."

서문일청은 등천화가 말하는 '길' 에 대한 의미를 어느 정도 짐작할 것 같았다. 자신이 말하는 내공이란 것과 비슷한 의미를 지닌 것 같았다. 도대체 이런 이상한 말을 가리키는 사문이 어딘지 궁금해졌다.

"그럼 내가 생각하던 자는 아닌 모양이군. 그나저나 자네의 사문은 어딘가?"

"십보문이요."

자랑스럽게 대답을 한 등천화가 예의 순진한 웃음을 지어 보였다.

"십보문?"

들어본 적 없는 문파였다.

그러나 혹여 등천화가 실망할까 봐 내색하지는 않았다. 여의마검에 대해 좀 더 질문을 하려고 할 때였다.

그도 상대하기 두려운 사람이 말을 걸어왔다.

"호호호. 두 분이 무슨 얘기를 그렇게 심각하게 나누세요? 여기 좀 보세요."

두 사람을 남겨놓고 잠시 자리를 피했던 수혜련이 웃으며 나타났다.

"험. 별거 아니오. 저 나이에 천하의 암왕이 던진 암기를 두 번이나 피한 괴물에게 몇 가지 묻고 있던 중이었소."

서문일청은 대답을 하면서 슬쩍 여의마검을 소매 춤으로 감추었다.

"혜를 믿으세요. 혜가 언제 당신을 실망시킨 적이 있었어

요? 등 소협… 어머, 그러고 보니 이젠 부를 호칭도 마땅치가
않네…….”

수혜련은 등천화가 서문일청의 자전초를 상대할 때부터
이미 사윗감으로 점찍은 후였다. 이 기회에 아예 호칭까지 정
할 욕심에 말을 흐린 것이다.

“엄… 집에서는 큰형이 ‘멍충이’ 라고 불렀어요. 부모님께
서는 이름을 부르셨고… 천추성에서는 ‘등 위사’ 라고…….”

“푸훗. 호호호. 등 소협! 자상한 데다가 재미있기까지. 혜
가 좋아하지 않을 수 없겠어요, 정말. 호호호.”

수혜련은 등천화가 무슨 말을 해도 재미있었다.

이때, 그녀의 뒤에서 무시무시하게 뾰족한 음성이 들렸다.

“아빠!”

서문혜가 허리에 양손을 얹은 채로 서문일청을 쏘아보며
다가왔다. 평소의 서문일청이라면 당연히 달려가 딸을 다독
여 주었겠지만, 이번에는 엄중한 표정을 지으며 목소리를 높
였다.

“왜! 아비를 그렇게 무섭게 부르는 딸이 어디 있냐! 왜!
왜!”

“…….”

서문일청의 생소한 반응에 서문혜는 당황해서 화를 낸 다
음의 행동을 잊고 말았다.

“과년한 처자가 말이야, 아무 때나 소리나 지르고. 여보,

도대체 이 사람은 저 녀석의 어디가 좋다고 찾아왔다고 하오?
쯧쯧쯧.”

서문일청은 할 말 잃은 딸의 모습에 혀를 몇 번 차고는 수
혜련의 동의를 구했다. 수혜련은 기다렸다는 듯이 서문일청
과 한편이 되었다.

“그러게요. 저도 그게 궁금하더라구요. 그렇다고 물어보는
것도 그렇기는 해요. 하나뿐인 딸자식이 좋아하는 사람인
데…….”

‘조, 좋아서 찾아왔다고?’

항상 서문혜의 편을 들어주던 엄마가 눈을 흘기든, 아빠가
혼을 내든 서문혜의 귀에는 다음 말이 들어오지 않았다.

두근두근.

서문혜의 가슴이 마구 날뛰었다.

‘어머, 어머, 등 소협이 그런 말을… 어머, 어쩜 좋아. 저 사
람은 그런 말을 왜 아버지께… 어머, 어머.’

서문혜는 언제 화를 냈냐는 듯이 눈을 동그랗게 뜨며 부모
님을 쳐다봤다. 기대에 찬 시선이었다.

“저, 저 사람이 그랬어요?”

“뭘?”

“아니, 조금 전에 아빠가… 난 저 사람 좋아한다고 말한 적
없어요. 나, 참. 내가 언제 자길 좋아했다고… 흥흥.”

서문혜가 토라진 표정으로 등천화를 새침하게 쳐다보다가

고개를 돌렸다.

"그럼 내가 들은 건 뭐지? 좋아하는 사람이 있다고 그런 건 너잖아?"

"어, 엄마!"

"아유, 귀청 떨어지겠다. 이젠 엄마한테도 화를 내는 거니? 너 어릴 때 얘기해 줘도 괜찮아?"

"아, 안 돼요!"

딸의 허둥대는 모습에 서문일청과 수혜련의 얼굴은 활짝 피었다. 혹시 둘러댄 말일지도 모른다는 생각을 약간 해봤던 두 사람이기에 걱정은 완전히 사라지고 말았다. 이젠 얼마든 지 행복해해도 될 것 같았다.

"허허허. 녀석아, 그렇게 좋더냐? 부모야 딸자식이 죽을까 봐 노심초사해도 상관없고?"

"여보, 그런 말 해도 소용없어요. 그냥 모른 척해줘요. 호 호호. 저도 그랬잖아요."

수혜련은 소녀 시절로 돌아갔다.

그때였다.

"엄… 서문 소저, 왜 말도 없이 가서 걱정하게 해요. 집에 와서도 또 어딜 갔었다면서요?"

등천화의 엉뚱한 질문에 서문일청과 수혜련은 또다시 터 질 서문혜의 고함을 기대했으나, 그녀의 입에서 나온 말이 가 관이었다.

"정말 내 걱정 했어요?"

"걱정했죠. 악 소협이 문 공자를 찾아와서… 집에 갔다고 해서… 하도 안 찾아오니까… 그냥 왔어요. 잘 있나 보려고 요."

"피… 어? 갈 대협은요?"

"볼일이 있다고 나중에 보기로 했어요."

"별일이네? 딱 붙어서 떨어지지 않을 줄 알았더니? 호호 호. 아무튼 잘 왔어요."

서문혜는 여기까지 말하고는 잠시 멈추었다가 다시 말을 이으려 했다.

그러나 눈치라면 서문일청과 수혜련이 그녀보다 한 수 위 였다. 당연히 장액 지부에 관한 얘기를 꺼내려 한다는 걸 알 고서 그녀의 말을 끊었다.

"허허허. 이럴 것이 아니라, 일단 내려가세. 자네와 같은 젊은 고수를 만난 것도 인연인데, 차나 한 잔 더 하세나."

"호호호. 그래요. 내려가요, 등 소협."

수혜련은 말을 끝내고는 재빨리 딸의 손을 잡고 아래쪽으 로 끌었다.

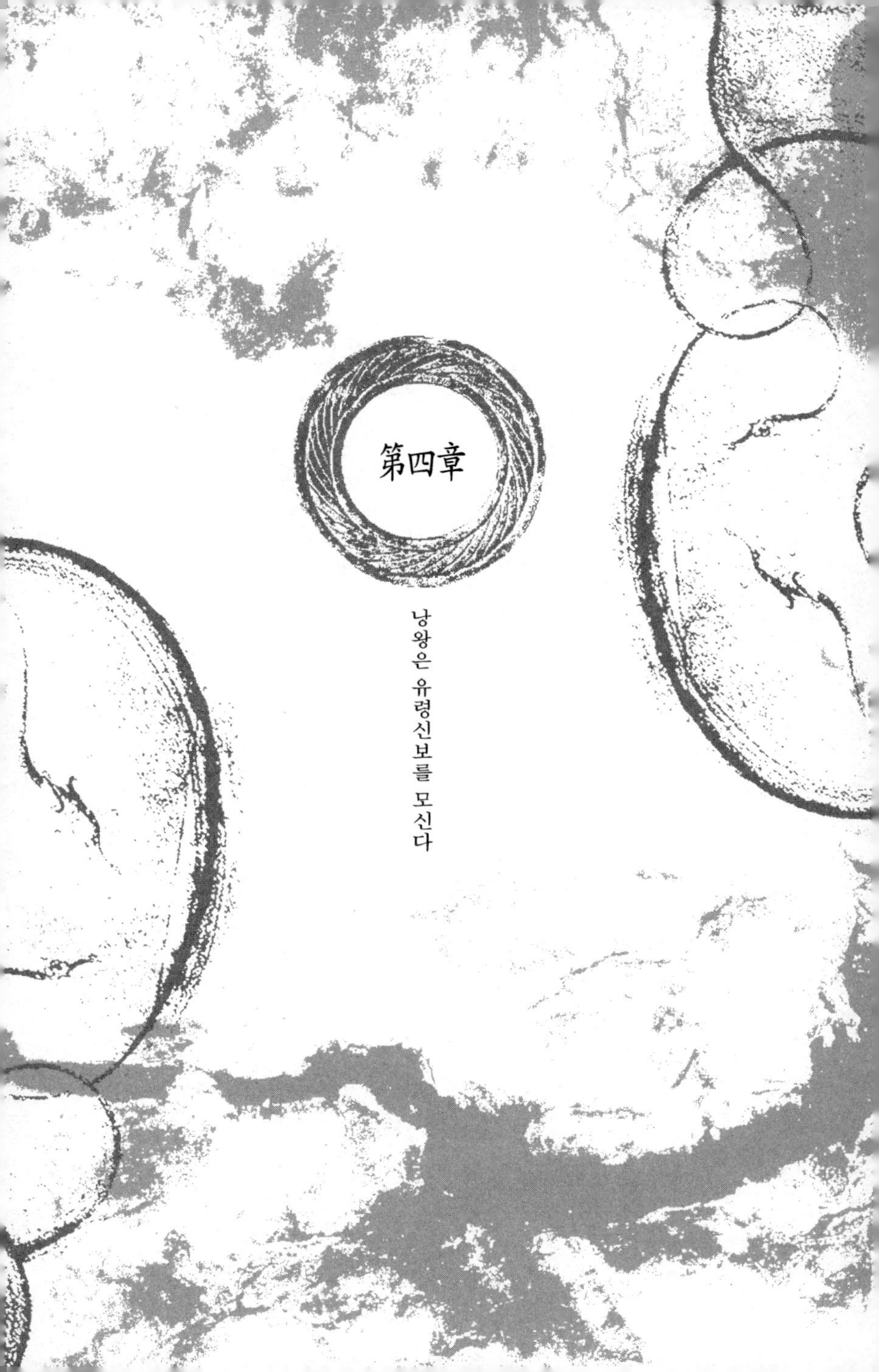

第四章

낭왕은 유령신보를 모신다

步法
無敵

　잠깐 나간 줄 알았던 등천화와 갈피독이 돌아오지 않은 지 오늘로 벌써 보름이 훌쩍 넘어버렸다.

　문지혁은 그동안 악군휘를 상대로 호신위 세 가지의 장단점을 파악해 가고 있었다. 물론 풍우건중의 도움이 없었다면 불가능한 일이었다.

　"자네는 열흘 전에 최선을 다하지 못했다고 했네. 하지만 정말 열심이더군. 지혁이도 처음보다 많이 진지해졌고. 자네, 처음부터 창을 익혔나?"

　풍우건중이 악군휘를 향해 물었다.

　그러자 악군휘의 눈이 휘둥그레졌다.

“예? 예!”

“지혁이의 공격은 자네의 생각처럼 간단한 것이 아닐세. 먼저 하나씩 정리를 해야 하네. 긴 창을 갖고 있지만 거리를 마음대로 조절할 정도의 내공은 부족하고, 그 거리를 극복하기 위해서 방어에 치중하면 압(壓)에 의해서 꼼짝도 못하지.”

“마, 맞습니다!”

악군휘는 지금까지 자신이 느껴오던 문제점을 너무도 정확하게 지적해 주는 풍우건중을 존경이 가득한 눈으로 쳐다봤다.

“한 번이라도 지혁이를 이기고 싶은 생각이 있나?”

“이, 있습니다!”

“그래? 그럼 한 가지만 알면 되네. 나를 따라오게.”

풍우건중은 악군휘를 연무장 한곳으로 데려가서는 간단한 손짓과 함께 방향을 지적했다. 고개를 갸웃거리는 악군휘에게 좀 더 자세히 무언가를 지시했고, 그 시간은 얼마 되지 않았다.

문지혁은 그 모든 광경을 보면서 은근히 무시당한 기분이 들었다. 겨우 저 정도의 충고로 내공과 무공이 월등한 자신이 당할 것이란 생각을 하다니. 풍우건중에 대한 원망이 두 눈에 그대로 드러났다.

악군휘가 풍우건중의 앞에서 취한 행동은 오직 한 가지, 찌르기였다.

설마 저 단순한 공격으로 상대하게 하려고?

문지혁의 말도 안 되는 예상은 정확했다.

악군휘가 다가와 대련을 청했고, 역시나 찌르기 자세를 취했다.

문지혁은 풍우건중에게 배신감을 느꼈다. 눈에서 무시무시한 기운이 퍼지기 시작하며 그대로 악군휘를 감쌌다.

망안, 모든 것을 잃어버리게 만드는 호신위 세 가지 중 하나였다. 거기에서 그치지 않고 손바닥 위로 세 개의 구슬처럼 생긴 빛덩어리를 만들었다.

엄청난 기운이 일시에 몰려오자, 악군휘는 바짝 긴장한 얼굴로 풍우건중이 해준 말을 떠올렸다.

"현재의 자네는 어떤 초식을 펼쳐도 지혁이를 이길 수 없네. 아니, 앞으로 몇십 년이 지나도 마찬가지일 걸세. 내공과 초식은 무인에겐 넘을 수 없는 벽처럼 느껴질 테니. 하나 전혀 가능성이 없는 것도 아니지. 자네, 지혁이와 처음 싸울 때를 기억하나? 창이 아닌 몸에 집중해서 제대로 된 위력이 사라지고 말았던 그 창법. 전부 막으려고 하면 전부 놓치네. 하나만, 한곳만 노리게."

풍우건중은 그 말을 끝으로 무조건 찌르기만 해보라고 했다. 연습도 단 세 번. 하지만 이전의 찌르기와 구별되는 것이 있었다. 풍우건중이 알려준 찌르기라는 것이 컸지만, 삼색구

궁연환창법을 몸이 아닌 창으로 펼치게 된 것이다.

그 차이는 컸다. 꼼짝도 못할 것 같던 몸이 움직였고, 동시에 창끝이 움직였으며, 문지혁의 목젖을 향해 천천히 다가갈 수 있었다.

안간힘을 다한 창끝은 아홉 개로 나누어졌고, 삼색신창 세 개가 세 곳을 동시에 찔러갔다.

"헛!"

깜짝 놀란 문지혁의 외침이 터졌고, 악군휘는 자신감이 전신으로 퍼지는 것을 느꼈다.

'이거구나!'

짜릿함이 몸에 이식됐다.

"하! 하하하!"

계속해서 웃을 수 없어 짧게 끊어서 웃었다.

문지혁의 당황하는 표정을 보며 승리감에 취한 것이다.

문지혁은 그런 악군휘를 노려보다가 풍우건중을 향해 돌아섰다.

"소성주님, 제대로 해도 되겠습니까?"

"제대로? 여전히 악 소협을 무시했던 거냐?"

"그, 그건 아닙니다!"

"마음대로. 단! 호신위만으로 상대해야 한다."

"……!"

문지혁은 아랫입술을 잘근 씹었다.

가문에서 대대로 내려오는 보법을 사용할 생각이었다가 들키고 말았기 때문이다.

그런 문지혁을 보는 풍우건중의 눈이 복잡해졌다.

'십 년 전의 나와 비교해도 한참 모자란다. 사공원 그 친구는 얼마나 달라져 있을까? 최고라는 생각이 머릿속을 지배하면 아무것도 보이지 않지. 한시도 멈춰 있기 싫으니 움직일밖에. 하나, 움직이지 않을 때의 답답함은 움직이는 순간이 더욱 빛나게끔 만들어주지. 그걸 참지 못하면 나처럼 된다네. 자네는 그런 우(憂)를 범하지 말게.'

생각은 사공원을 염려하고 있었지만, 실제로 풍우건중의 머릿속을 비집고 들어오는 영상은 사공원이 아니었다. 멍청한 얼굴로 잘도 웃는 한 사람의 얼굴이었다.

왜 등천화의 멍청한 얼굴이 떠오르는가!

고개를 저으며 생각을 멈췄을 때, 그의 곁에 옥상아가 모습을 드러냈다.

"소성주님, 잠시 자리를 옮기시지요."

"무슨 일이냐?"

"나후무장 두 사람이 왔습니다."

"나후무장 둘? 그런데?"

"귀찮은 일을 싫어하셔서……."

"후후후. 알았다."

풍우건중은 옥상아의 청을 받아들여 내전으로 자리를 옮

졌다. 나후무장이라면 각용성의 명령을 받았을 테고, 굳이 자신이 나온 것을 알릴 필요는 없었다.

"두 분, 잠시 멈추시겠습니까?"
악군휘가 들어서는 두 사람을 가로막았다.
두 사람의 가슴에는 '나후' 란 글자가 새겨져 있었다.
표종후와 벽호룡이었다.
"버러지 같은 놈이 입이 있다고 말은 잘하는구나. 멈췄다. 어떻게 할 셈이냐? 문 공자님한테 붙으니 좋더냐?"
두 사람의 모욕적인 언사는 듣고 있기 민망할 정도였다.
문지혁은 더 들을 수가 없어 두 사람의 말을 잘랐다.
"말이란 입에서 나오는 대로 뱉는다고 말이 아니다! 악 소협과 무슨 일이 있었는지 몰라도 나후무장씩이나 되는 사람의 입에 담을 말은 아닌 듯하구나."
문지혁의 호통에 표종후와 벽호룡은 포권을 취하며 허리를 숙였다, 마치 지금에서야 발견했다는 듯이.
인사를 받는 문지혁의 표정이 좋을 리 없었다.
"문 공자님, 악군휘란 놈이 나후전을 농락한 사실을 알고 계십니까?"
벽호룡의 말에 표종후의 얼굴이 붉어지며 관자놀이에 힘이 들어갔다.
"나후전에 들어오겠다며 바람을 잡다가 이곳에서 문 공자님의 수련 상대가 됐다면 이해가 가실지 모르겠습니다.”

표종후는 벽호룡이 말하지 않은 부분을 보충하며 앞으로 나섰다. 팽팽한 시선 교환이 두 사람 사이에 이어졌다.

“벽 무장님, 제가 언제 나후전을 농락했습니까? 나후전에 안 가겠다고 말씀드린 지 벌써 한 달이 지났습니다. 무슨 뚱딴지같은 소립니까?”

악군휘도 더 이상은 참기 힘든지 발끈해서 소리쳤다.

“한 달?”

“벽 무장님이 직접 들으셨잖습니까?”

“내가? 난 들은 적 없다.”

“지금 장난하십니까?”

“오, 겁나는데? 곧 나후전주님께서 오실 테니까, 잘 말씀드려 봐. 지금처럼 굴었다가는 죽을지도 모르니까 조심하고. 문공자님, 나후전주님께서 오신다는 것을 미리 알려 드려야 할 것 같아서 먼저 왔습니다.”

벽호룡은 악군휘의 당황하는 모습을 보면서 서문혜도 함께 엮지 못한 것이 후회됐다. 하지만 아직 완전히 실패한 것은 아니었다. 곧 각용성이 나설 테니 상황이 나빠지는 데에는 전혀 지장이 없었다.

‘이곳을 나후전주께서 뒤집어엎어 버리시면 서문혜까지 은하전으로 흡수할 수 있다. 그렇게만 되면 나후전뿐만 아니라, 은하전도 내 손으로 움직일 날도 멀지 않게 되는 거지.’

벽호룡의 꿈은 이랬다. 문지혁이 나서는 순간, 각용성이 이곳을 쓸어버릴 것이고, 그렇게까지 안 되더라도 악군휘를 빼올 수는 있었다.

'표종후, 네가 아무리 지랄발광을 해도 전주님의 신임은 내가 받게 될 것이다. 오대세가를 마음대로 주무를 수 있는 기회는 아직 있다.'

벽호룡의 사심 가득한 눈빛이 악군휘의 눈에 꽂혔다가 이내 사라졌다.

"저것들이 감히!"

옥상아는 참지 못하고 나서려 했다.

척.

풍우건중의 손이 그녀의 어깨를 잡았다.

"용성이가 온다는구나. 예전에도 성격이 좋지 않더니 부하들도 녀석을 따라가는 모양이구나. 용성이는 내가 타이르는 것이 낫겠다."

"하지만……."

"어차피 알려지게 되어 있다. 운 그 친구를 만나는 건 좀 나중이었으면 했지만, 이젠 어쩔 수 없지."

"……."

옥상아는 속에서 천불이 끓는 표정이 됐다.

그 표정을 본 풍우건중은 슬쩍 한 가지 제안을 했다.

“저들을 일 초에 물러서게 할 수 있으면 나가고, 그렇지 않
으면 용성이가 올 때까지 기다리거라.”

“이, 일 초!”

옥상아는 나후무장 둘을 쳐다봤다. 일 초로는 불가능한 인
간들이었다.

“지혁이가 알아서 할 게다.”

“무례한 놈들이군. 허락도 없이 나타나 각 사형이 오신다
고? 그 정도의 예의밖에 없는 놈들을 보냈다는 건, 예의없이
대해도 그만이란 뜻.”

“……!”

문지혁의 말이 끝나는 순간 표종후와 벽호룡의 얼굴이 사
색이 됐다. 서로 눈치를 보다가 피하려 했으나 이미 문지혁의
신형이 제자리를 떠난 후였다.

“협!”

두 사람은 동시에 기함을 지르며 피하려 했다.

그러나 정작 그를 향해 간 것은 사람이 아니었다.

눈이었다. 문지혁에 의해 형상화된 허상이었다. 하지만 실
체이기도 했다.

“……!”

두 사람은 눈을 크게 치뜬 채로 물러서지도 못하고 움직이
지도 못했다. 앞뒤로 거대한 산이 가로막고 있는 것처럼 꼼짝

할 수 없게 만들었기 때문이다.

"무, 무슨… 커헉!"

잃어버린 영혼을 찾는 눈이라 했다.

망안.

눈빛에 진기를 실어 상대를 공격할 수 있는 호신위의 수법 중 하나였다. 문지혁의 호신위는 이미 일정 이상의 성취를 넘은 것 같았다.

"짓? 감히 나 문지혁의 망안을 보고 짓이라 표현하다니, 아주 간덩이가 부을 대로 부은 놈이구나."

그의 눈빛이 더욱 차가워졌다.

"막내야, 그러다 무장 둘을 죽이겠다."

"……!"

어디선가 날아온 미풍에 의해 문지혁의 망안이 급격히 축소됐다.

"커헙……."

"후웁, 후웁."

표종후와 벽호룡의 안색이 하얗게 질려서 숨을 몰아쉬었다. 문지혁은 자신들과는 격이 다른 고수였다. 두 사람은 망안의 무서움에서 풀리고서야 두려움에 떨 수 있었다.

하늘 밖의 하늘이란 말이 절로 실감나는 순간이었다.

정문에 몸을 드러낸 한 명의 사내.

"그냥 그렇게 서 있을 테냐, 막내야?"

“각 사형을 뵙습니다.”

“많이 변했구나.”

화욱.

각용성이 슬쩍 손을 젓자, 문지혁도 소매를 흔들어 그의 기세에 대항했다.

푸스슷.

“정말 많은 성장을 했구나, 막내야. 그나저나 어찌 된 일인지 설명해 주겠느냐?”

“자세한 건 저도 모르겠습니다. 저들 둘이 허락도 없이 들어와서는 악 소협이 나후전을 농락했다며 다그치더군요.”

문지혁은 각용성을 똑바로 바라보며 한마디도 지지 않고 대답했다. 각용성은 그런 문지혁에게 꽤나 많은 변화가 있었다는 것을 깨달았다.

“그럼 악군휘에게 들어보면 되겠군. 너는 나를 기만한 사실이 없느냐?”

“없습니다.”

“그래? 그럼 두 무장이 잘못 알았다는 뜻인데… 나는 이 두 사람을 믿는다. 잘못은 네가 한 것이다.”

“예?”

각용성은 황당한 표정의 악군휘를 보지 않고 있었다.

악군휘의 뒤쪽, 문지혁의 굳은 얼굴을 보고 있었다. 애당초 각용성은 악군휘에게 관심이 없었던 것이다.

"용성, 그만 해라. 막내 사제를 괴롭혀서 뭘 하겠다는 거
냐?"

"……!"

각용성의 눈이 점점 커졌다. 사실 이곳에 있을지도 모른다
는 얘기를 듣고 설마하는 마음으로 왔건만, 정말로 있었다.

천천히 시선을 돌렸다.

"소, 소성주님……."

한 사람이 해쓱해진 모습으로 서 있었다.

"저, 정말… 맞으십니까?"

말까지 더듬는 각용성의 전신이 뇌전에라도 맞은 사람처
럼 떨리기 시작했다. 저런 모습을 본 적이 없는 표종후와 벽
호룡은 모습을 드러낸 풍우건중을 자세히 쳐다봤다.

"들은 모양이구나. 안 그래도 조만간 찾아가 볼 생각이었
다. 오늘은 그만 하고 돌아가거라."

"……."

"원 그 친구에게는 네가 잘 말해다오. 십 년 만에 만나서
싸우자고 덤비면 곤란하니까. 후후후. 그럴 몸도 아니고."

각용성은 풍우건중의 말이 끝났음에도 한참 동안 석상이
라도 된 듯이 움직이지 못했다.

*   *   *

“멈춰라, 낭왕! 백안마군께서 뵙길 바라신다. 얌전히 따라
오도록.”

붉은색 옷을 입은 수십 명의 무인들이 갈피독의 옆쪽에서
모습을 드러내며 가로막았다.

혈포사신들은 갈피독이 자신들의 말대로 해줄 것이라 믿
었던가? 갈피독의 다음 행동을 기다리며 서 있었다. 하지만
이것은 갈피독을 무시하는 처사였다.

“큿.”

갈피독은 콧방귀를 뀌며 지나치려 했다.

“낭왕, 멈추라고 했다!”

혈포사신의 사자후에 갈피독은 고개를 돌리는 것 대신에
입을 열었다.

“백안마동이고 백안마군이고, 죽기 싫으면 꺼지라고 그
래.”

“……!”

혈포사신들은 갈피독의 당당함에 할 말을 잃은 채 서로 쳐
다보기만 했다.

그때, 그냥 지나치려던 갈피독이 멈춰 섰다.

혈포사신들은 ‘그럼 그렇지’ 하는 표정으로 웃었다.

그러나 양손을 말아 쥔 갈피독은 귀찮은 표정이었다.

“왜 반말이야!”

갈피독은 화끈하게 소리를 지르고 나니 가슴이 확 트이는

것을 느꼈다. 진즉에 이럴 것을.

낭인에게 세력이란 무의미했다.

인생, 홀로 가는 것이다.

그 이상도, 이하도 없는 삶에 무엇을 더 더하겠다고 죽자 사자 사옥랑을 쫓아가는 걸까?

갈피독은 괜히 자신의 행동이 부끄러워졌다.

가슴을 펴고 목을 몇 번 풀었다.

기분이 좋아졌다.

"셋 센다. 하나!"

혹, 하고 쏟아져 나오는 갈피독의 기운이 예사롭지 않았다. 내공을 최고조로 끌어올린 것 같았다.

'제길, 지금 물러섰다가는 죽도 밥도 안 된다. 백안마군께 서 오셔야 하는데.'

혈포사신의 생각이라도 읽었던가?

"크크큭. 지옥명강이군. 혈포사신들아, 너희들의 실력으로 는 막지 못한다. 모두 물러서라!"

백안마군의 목소리가 주위를 들썩였다가 가라앉았다.

혈포사신들이 일제히 허리를 굽혔다.

"됐다. 너희들로는 애당초 무리였다. 그동안 잘 숨어 지냈 는가, 낭왕?"

백안마군이 말을 걸고 있음에도 갈피독은 여전히 표정에 변화가 없었다.

"잘도… 난 당신에게 관심없으니까 당신도 관심 꺼!"

주위에 싸늘한 공기가 흘렀다.

갈피독의 몸이 순간적으로 두 배는 부푼 것처럼 커졌다. 그 정도로 강한 기운이 그의 몸에서 흘러나왔다.

"그래야지. 그래야 낭왕답지. 크크큭. 오너라!"

백안마군의 신형이 두둥실, 허공으로 떠올랐다.

주위 공기가 푸식거리며 마찰을 일으켰다.

투기(鬪氣)의 충돌로 인해 공기가 덥혀졌다. 지켜보는 혈포 사신들은 자신들의 의지와 무관하게 진땀을 흘리며 결과를 지켜봐야 했다.

"아, 죽기 전에 하나만 묻자. 유령신보는 어디 있느냐?"

"큭. 웃기고 자빠졌군. 당신은 그를 만나지 않는 편이 좋아. 안 그래도 벼르고 있으니까."

"나를?"

백안마군은 흥미로운 표정으로 반문했다.

"구의걸이라는 놈 때문에 화가 많이 나 있어. 당신을 보면 죽이려고 들걸? 걸리기 전에 이곳에서 얼쩡대지 말고 도망 가."

"큭. 크하하하하!"

백안마군은 파안대소를 터뜨렸다. 유령신보를 벼르고 있는 사람은 자신인데 오히려 도망을 가라? 어이가 없었다. 하지만 말을 하는 갈피독의 표정은 진지하기 이를 데가 없었다.

"이미 한 번 도망친 놈이 나를 벼르고 있다고? 이거, 정말 기대되는데? 내가 바로 백안마군이다."

"그런다고 하더만."

"그런데도 그따위 소릴 지껄인단 말이지?"

"쿵. 백태가 귀에도 끼었나? 그래서 하는 말이야, 이 빌어먹을 백태 눈깔아!"

"……."

백안마군은 갈피독의 말에 동요하지 않았다.

각오를 담은 사람의 눈은 다르다. 그의 경험상으로는 그랬다. 누군가를 위해서라면 목숨이라도 바칠 수 있을 때에야 가질 수 있는 눈이다.

마교주 장찬익을 위해서라면 목숨도 아깝지 않은 그였기에 갈픽독의 자세가 달라진 것을 알아봤다.

실력은 이전과 변함이 없는 주제에 눈에는 각오를 담고 있었다.

"뭐냐, 네게 그런 눈을 갖게 만든 것이 뭐지?"

"눈? 쿵. 유령신보와 같이 있으면 그렇게 돼."

"유령신보. 역시 뭔가 있었군. 그전에. 왜 마교를 배신하고 유령신보를 따라가게 된 거지?"

"배신? 난 그런 거 모른다. 단지 그가 나를 이겼기 때문에, 내 가슴을 벌렁거리게 만들었으니까 따를 뿐."

다른 대답을 기대했던 백안마군의 눈에 살기가 번쩍였다

가 사라졌다.

"유령신보는 내가 모시는 사람이니까."

"……!"

저런 말은 결코 거짓으로도 할 수 없는 말이었다. 천하의 낭왕에게 주군이 생겼다는 믿지 못할 말을 하고 있었다. 갈피독을 마교로 끌어오기 위해 많은 정보를 수집했지만, 어디에도 갈피독이 누구 밑에 있을 가능성에 대한 말은 없었다. 그럴 리가 없다는 뜻이었다.

"크크큭. 재미있군. 낭왕의 주군이 유령신보라……. 크하! 하하하!"

"웃지 마라. 그렇게 웃다가 구의걸이란 놈은 얼굴이 아주 작살났어. 킥킥킥."

백안마군은 어디서 저런 자신감이 나오는지 몰라 인상을 썼다. 그 순간 폭음이 터졌다. 갈피독의 신형이 순식간에 다가오며 손을 썼기 때문이다.

쿠쾅!

갈피독의 선공으로 둘 사이의 간격이 급격히 좁혀졌다.

"확실히 달라졌군."

짜증스런 백안마군의 한마디에는 여러 가지 뜻이 내포되어 있었다. 조금 전에 갈피독이 한 말을 인정한다는 것도 그중 하나였다.

"나는 원래부터 이랬어."

“그랬으면 전에 죽었겠지.”

“그런가? 하긴, 그 녀석을 슬프게 하고 싶진 않지.”

두 사람의 시선이 긴박하게 서로를 노려봤다.

갈피독은 백안마군이 지옥명강을 어떻게 막았는지 떠올렸다. 간단한 손짓으로 튕겨낼 지옥명강이 아님에도 그는 그렇게 했다. 덕분에 어떻게 상대해야 하는지 깨달은 바가 있었다.

“후웁… 좀 더 당겨볼까? 합!”

지옥팔보 후반부를 펼치며 지옥파라수로 짓쳐 들어갔다.

승부의 관건은 반드시 내공이 뛰어나거나 초식이 뛰어나야 되는 것은 아니다. 지금처럼 내공으로 몇 겹씩 두른 자의 경우는 그 벽을 좁혀야 한다.

판단은 곧 실행으로 옮겨졌고, 간격을 좁혀서 지옥파라수를 복부에 꽂으면 이긴다고 확신했다.

그러나 막상 한 걸음 내디딜 때였다.

갈피독의 복부에서 시작된 충격이 내장을 태울 듯이 휩쓸며 위쪽으로 몰려갔다.

“끄으읍……!”

갈피독의 부릅떠진 눈에 투명한 눈으로 비웃고 있는 백안마군이 다가와 있었다.

“감히 나, 백안마군을 상대로 간격을 지배하려고 들어? 태양백안마공에 의해 내장이 녹아내리는 고통이 어떤 것인지 알려주마. 죽어! 크핫!"

화르륵.

갈피독은 내부를 통째로 태워 버릴 것 같은 고통에 몸부림치면서도 엉뚱한 생각에 웃음이 나왔다.

'킥킥. 언제부터 내 몸에 장작이 있었지? 저 빌어먹을 투명 눈깔 정말 짜증난다. 앞으로는 나물류나 나무에서 나는 식물은 입에도 안 댄다. 제길!'

엉뚱한 상상 덕분인지, 정신을 잃을 것 같던 고통을 어느 정도 남의 것으로 만들 수 있었다.

그러면서도 한 가지는 잊지 않았다.

전진!

한 발을 뗐다. 간격만큼은 포기할 수 없었다.

내장이 녹아내려도 한 방은 먹여야 했다. 그러기 위해서는 아직도 서너 발 남아 있었다. 의지로 똘똘 뭉친 갈피독의 걸음은 지옥파라수가 태양백안마공으로 둘러싸인 백안마군의 복부에 좀 더 다가갈 수 있게 해주었다.

백안마군은 아무리 내공을 끌어올려도 갈피독이 걸음을 멈추지 않자, 놀람이 두려움으로 바뀌었다.

'그 짧은 시간 동안 무슨 수련을 한 거지?'

낭왕의 나이는 오십을 넘었다. 그 나이에는 무언가를 바꾼다는 것은, 아니, 그런 변화조차 시도하는 것은 자살 행위가 될 수도 있었다.

백안마군의 의문은 거기서 끝이 아니었다.

'헛!

갈피독의 내부를 태워 버릴 태양백안마공이 주춤하는 것이 아닌가?

갈피독의 얼굴에는 땀이 흥건했다. 간신히 버티고 있는 것이 분명한데, 어떻게 이런 반탄력이 나올 수 있는지 믿을 수가 없었다.

"끄아아아압!"

갈피독의 입에서 사자후와 함께 연기가 흘러나왔다.

살점이 타는 비릿한 내음이었다.

필요하다, 지랄 맞은 텅 빈 마음을 채워줄 힘!

홍—

갈비뼈를 모조리 늘여서 상체를 뒤쪽으로 접던 갈피독은 그 자세 그대로 어느 누군가의 행위를 흉내 냈다.

구의걸을 들이받던 등천화였다.

꽝!

들이받은 갈피독의 두개골이 충격으로 흔들리는 것을 느꼈다. 하지만 여기서 포기하면 기껏 다가온 이유가 없었다.

꽝!

갈피독의 시도는 한 번 더 이어졌고, 그제야 속이 시원해지며 웃음을 지을 수 있었다.

이젠 멋대로 해도 좋았다.

그때, 그의 몸이 허공으로 떠올랐다. 그리고는 빠르게 어디론가 옮겨졌다.

*　　　*　　　*

서문일청의 방 안으로 들어온 인원은 화산오검까지 모두 아홉 명이나 됐다.

'멀쩡해, 너무 멀쩡해.'

밖에서부터 유호경은 등천화를 계속해서 살폈다. 암기에 상한 곳이라곤 한 군데도 보이지 않았고, 오히려 산으로 올라갈 때의 어색함이 사라져 분위기가 무척이나 보기 좋았다.

특히 서문혜는 입가에 웃음을 가득 담은 채로 등천화에게 계속해서 말을 걸고 있었다.

어떤 사이이기에 저런 대화가 가능한 걸까?

유호경은 몹시 궁금했다.

'서문 소저는 아름다운 여인이다. 하긴, 칠룡삼봉 중 최고의 미모라고 했으니 이상할 것도 없지. 하지만… 도대체 등 소협의 어디가 마음에 드는 거지?'

외모로 본다면 등천화와는 비교할 수 없는 화산오검이었다. 한데 아예 쳐다볼 생각도 않는 것이 신경질났다. 유호경의 이런 생각은 다른 화산오검들도 마찬가지인 듯 모두들 얼굴이 편치 않았다.

"혜야, 이분들은 앞으로 화산파를 책임질 화산오검이다. 인사를 먼저 나눠야지."

서문일청은 방으로 들어와서도 여전히 웃기 바쁜 딸에게 눈치를 주었다. 등천화와 한참 얘기 중이던 서문혜의 시선이 화산오검을 향했다.

"벌써 인사를 했는걸요? 참, 세가로 오다가 마교의 고수를 만났다면서요?"

"어떻게……."

"등 소협이 말해줬어요. 그 사람은 걱정할 필요 없대요. 잘 타일러서 보내려고 했는데, 끝까지 놓아주질 않아서 무기를 뺏어버렸다네요. 하여간 재미있는 사람이라니까. 호호호. 그는 앞으론 사람들을 숨어서 해치거나 하진 못할 거예요."

서문혜는 등천화의 대변인이라도 되는 것처럼 아주 자세하게 설명을 했다.

그때,

"마교의 고수?"

서문혜의 말에 서문일청이 놀란 표정으로 쳐다봤다.

그런 얘기는 전혀 듣질 못했기 때문이다.

"허무라고 하던데. 들어본 이름이에요?"

"허무… 허무… 모르겠는걸? 이보게, 그자가 여의마검의 주인인가?"

"어?"

등천화는 서문일청의 질문에 놀란 표정을 지었다. 한 번도 검의 이름이 여의마검이라고 한 적이 없었는데 먼저 말을 꺼냈기 때문이다.

"아빠, 아는 사람이에요? 모른다고 하셨잖아요?"

"모른다. 내가 알고 있는 자와 전혀 딴판인 것 같아서…….
부인, 아무래도 장액 지부를 도와줘야 할 것 같소."

"예? 갑자기 허무란 사람 얘기를 하다가 왜 그런 결정을 내리셨어요?"

수혜련의 놀람과 달리 서문혜는 뛸 듯이 기쁜 표정이 됐다. 등천화의 팔에 매달리다시피 하며 가만히 내버려 두면 환호까지 지를 태세였다.

기뻐하는 딸을 보는 서문일청의 눈빛이 좋지 않았다.

유호경의 날카로운 눈매는 여의마검이 서문세가와 연관이 있음을 확신했다.

"서문 가주님, 너무 감사한 결정에 제가 천추성을 대신해서 인사를 드리겠습니다."

"그럴 필요 없네, 대의나 그런 것 때문이 아니니. 딸아이가 위험해질까 봐, 그럼 대가 끊기잖은가."

"……."

일단은 서문세가의 정예를 장액 지부까지 데려가는 것이 중요하기에 유호경은 묻고 싶은 말을 억지로 집어넣으며 모른 척했다.

다른 사람들은 몰라도 한 사람만은 걱정이 가득한 표정을 풀지 않았다. 방으로 들어온 이후 지금까지 웃음이 떠나지 않던 수혜련이었다.

그녀의 걱정은 서문일청의 손에 닿아 있었다. 저 손에 들려질 물건이 대체 무엇이기에 저런 결정을 내렸을까? 서문일청의 표정을 저렇게까지 어둡게 만들 수 있는 물건이 뭘까?

다음날.

화급을 다투는 결정이 내려졌다고 좋아하던 화산오검은 서문일청이 움직일 생각을 하지 않자 다시 그의 거처로 찾아갔다.

그러나 그곳에는 그들보다 먼저 온 방문객이 있었다.

서문일청 부부와 서문혜, 등천화가 함께 있는 것이 아닌가?

다가가려는 사형제들을 유호경이 막아섰다.

"잠시만 지켜보도록 하지요."

목소리는 들리지 않았으나, 한눈에 서문일청이 등천화에게 무공을 전수하고 있음을 알 수 있었다.

"암기는 알고 보면 다루는 방법이 아주 간단하네. 던지고 받는 것이 전부이지. 하지만 여기엔 한 가지 절대적인 것이 필요하네. 폭발력의 원천이 되는 내공일세."

“엄… 내공… 제겐 그런 것이 없는데요? 그래도 배울 수 있나요?”

“내공이 없다고?”

서문일청은 황당한 표정으로 등천화를 쳐다봤다.

내공이 이미 상당한 경지에 이르렀다는 것을 알고 있었다. 직접 부딪쳐 봤으니 거짓말을 한다고 해서 믿어줄 리가 없었다.

“어쨌든. 이 수법은 다른 사람에게 줄 순 없네. 서문세가의 직계에게만 전해지기 때문이지. 자네는 아직 서문세가의 사람이라 말할 수는 없지만, 혜를 생각해서 특별히 알려주도록 하겠네.”

이미 사위로 인정을 하고 있다는 뜻이었다.

“엄… 그렇게 소중한 것이면 굳이 알려주지 않으셔도…….”

“아빠, 뭐 하세요? 배운다잖아요. 호호호. 그죠?”

서문혜는 등천화의 어깨를 꼬집으며 말을 자르고는 대답을 강요했다.

“아파요, 내가 하면 싫다고 하면서.”

등천화는 서문혜를 보며 찡그린 표정을 지었다.

서문세가의 암기 수법을 배운다는 것이 얼마나 영광인지를 전혀 모르고 있었다.

“가만히 있어요, 내가 다 알아서 할 테니까. 아빠, 이 사람이 배운대요.”

"허허허. 결정 잘한 걸세. 사실 우리 혜만 한 애를 만나긴 쉽지 않네. 어렸을 때부터 자립심을 강하게 키워서 혼자서도 잘 놀았네."

"여보, 그만. 하던 얘기나 하세요. 무슨 자랑거리라고. 호호호."

수혜련이 급히 서문일청의 말을 끊었다.

지난밤 서문일청이 그녀 앞에서 여의마검을 꺼내놓으며 왜 장액 지부를 돕겠다는 결정을 내렸는지에 대해 설명했다.

본래 여의마검은 서문세가의 기보 중 한 가지로, 서문일청의 형이 가지고 나가기 전까지는 이곳에 있었다. 서문세가의 입장에서 보면 패륜을 저지른 그 형이 몇십 년 동안 소식 한 번 없다가 여의마검을 통해 나타났음을 알리고 있었다.

사실 서문일청이 등천화에게 암기 던지는 수법을 알려주 겠다는 말에는 여러 가지 의미가 담긴 것이다.

서문혜는 고운 손이 망가진다는 이유로 가르치질 않았고, 다른 사람에겐 함부로 전할 수도 없다.

"암기를 던지는 것은 무척 쉽네. 하지만 암기란 한 사람을 상대하기 위해 만들어진 무기가 아니네. 한 번 던지고 마는 암기도 많지만, 서문세가의 암기는 흔적을 남기지 않기로 유 명하지. 던지고 받는 암기기 때문이야. 자, 저기 보이는 돌을 한 번 맞혀보게."

"돌이요?"

등천화는 땅에서 주워 든 돌조각을 서문일청이 가리키는 돌을 향해 던졌다. '딱' 하는 소리와 함께 정확히 맞혔다.

"……"

서문일청은 너무 쉬운 문제를 냈나 싶었다. 아무리 눈이 좋은 고수라도 한 번에 맞히기 힘든 돌이었다. 우연히 맞힌 모양이다.

"허. 잘하는군. 그럼 그 옆에 좀 더 작은 돌멩이를 맞혀보게."

역시나 등천화는 쉽게 돌멩이를 맞혔다. 서문일청은 더 이상 시험을 하지 않고 곧바로 본론을 말하기 시작했다.

"그렇지. 바로 그걸세. 빠르고 정확한 동작이야말로 암기 수법의 필수라 할 수 있지. 그럼 되돌아오게 만드는 수법에 대해 공부를 해보기로 하세. 회(回)라는 수법일세."

서문일청은 세류표를 꺼내 등천화가 맞힌 돌을 때리고는 돌아오게 만들었다. 그 과정을 자세히 지켜본 등천화는 주위에 떨어진 둥그런 돌멩이를 집어 들고는 던졌다.

딱.

역시나 정확했다. 하지만 던졌던 돌멩이는 되돌아오지 않고 엉뚱한 방향으로 튀었다. 그 모습에 '설마 돌아오겠어?'라고 생각하던 서문일청은 안심을, 등천화는 심각한 표정을 지었다.

그러나 이내 등천화의 표정은 밝아졌다.

그 모습에 지켜보던 서문혜가 의아한 얼굴로 조용히 물었
다.

"왜 웃어요?"

"저 돌멩이요. 안 돌아와서 이상했는데, 굳이 돌아오게 하
지 않아도 될 것 같아서요."

"예?"

"가서 받으면 되죠."

"……."

서문혜는 등천화의 표현에 익숙하기에 무슨 말을 하는지
대번에 꿰뚫어 볼 수 있었다. 돌멩이를 던지고 그걸 움직여서
받겠다는 뜻이기 때문이다.

"그런 생각을 한 것만으로도 훌륭하네. 하지만 그건 임기
응변에 불과하네. 암기를 잡는 고수도 있고, 쳐내는 고수도
있고, 잘라 버리는 고수도 있네. 그들을 만나면 어쩔 텐가?"

"엄… 그러네요."

등천화의 얼굴이 다시 심각해졌다.

서문일청은 친근한 얼굴로 다가가 돌멩이의 모양과 속도
에 관한 조언을 아끼지 않고 들려주었다.

등천화는 처음엔 암기를 '던진다는 것의 의미' 를 이해하
지 못했다. 암기를 잡고 일정한 궤적을 머릿속으로 그린 후
던져야 한다는 일종의 규칙을 이해하지 못한 셈이다.

'이렇게 복잡한 과정을 거치기 전에 곤란한 일이 일어나지

않을까?

보법을 펼칠 때와는 판이하게 다른 구조라 영 어색했다. 등천화에게 있어 보법은 일상이었다. 움직이는 순간 나머지 과정이 유기체처럼 알아서 맞춰주었다.

"좀 어렵지?"

서문일청이 고심하는 등천화에게 또 다른 조언을 해주기 위해 다가갔다.

"엄… 어렵다기보다는 복잡해요."

"그렇지, 복잡하지."

"한 번만 더 시범을 볼 수 없을까요?"

"그게 뭐가 어렵겠나. 허허허."

등천화의 호기심 가득한 표정은 서문일청으로 하여금 조금 전보다 뭔가 있어 보이도록 만들었다. 돌멩이는 아무렇게나 던진 것 같더니, 마치 살아 있는 생명체처럼 목표한 돌에 부딪쳤다.

"봤나? 던지는 것만으로는 목표를 맞히지 못해. 암기의 궤적을 수시로 수정해 줘야 해. 물론 자네처럼 시도 때도 없이 움직이는 사람에겐 좀 더 신경을 써야겠지. 험. 초식이란 그 궤적을 통제하는 도구라고 보면 틀림없네. 초식을 잘못 사용하거나 무리하게 사용하면 오히려 시전자를 해칠 수 있지."

"시전자를요?"

"되돌아오는 암기를 잡지 못하면 오히려 시전자가 해를 당하게 되는 이치지.”

“아! 그렇구나.”

등천화는 그제야 무슨 말인지 알았다는 듯이 고개를 끄덕였다. 그리고는 서문일청의 말을 곰곰이 되짚어봤다.

“그럼… 일단은 암기를 날리기 위해서는 길을 만들고… 그 길 위에 올려놓아야 하는구나……”

코를 두어 번 쓰다듬었고 머리를 두어 번 긁적였다.

서문일청은 신기한 눈으로 등천화를 바라봤다.

‘올려놓는다라… 저런 단어를 사용하려면 암기를 몇십 년은 다뤄봐야 하는 건데. 허허, 허허허.’

서문일청은 등천화의 말을 다른 식으로 생각했다, 암기를 던지는 것이 아니라 흐름에 맡긴다는. 암기의 고수들만이 할 수 있는 표현으로 받아들인 것이다.

검을 사용하는 무인이 검의 투로를 따라 손을 놀리듯, 암기를 사용하는 무인은 암기의 궤적을 따라 도와줄 손이 필요했다. 손의 역할은 그것뿐이었다.

대단한 해석력이 아닐 수 없었다.

“놀라워. 자네의 고민은 이미 몇 단계를 뛰어넘는 곳에 가 있네. 제대로 된 고민을 하고 있다는 거지. 궤적을 만드는 건 쉽지 않네. 오랫동안 익숙해진 자신만의 길을 만들어서 사용하는 법을 체득해야 하기 때문일세. 그 길을 몇 개나 가지고 있느냐에 따라 고수들 간의 격차가 커지네. 이러한 과정을 통해 경지에 오르는 방법을 통칭 정궤(正軌)라 하네.”

말을 마친 서문일청은 등천화의 반응을 기다렸다.

이해했으면 다음에 관심을 가질 것이요, 그렇지 않으면 무심하게 넘어갈 것이다.

다음 설명을 어떤 식으로 해줘야 할지 준비하는 재미가 쏠쏠했다.

“엄… 정궤라면 올바른 궤도… 나쁜 궤도도 있나요?”

“나쁜 궤도? 하하! 자네는 역시 사람을 웃게 만드는 재주가 있어. 파하하! 올바르지 않은, 즉 사도로 빠진 궤도, 당연히 있지. 그것을 통칭, 사궤(邪軌)라 부르네. 사람의 피나 음(音)을 사용하는 경우 종종 착각을 깨달음으로 오인해 그쪽으로 빠지는 경우가 있지. ‘몸에서 빠져나온 피가 적을 공격한다’. 어떤가, 흥미롭지 않나? 하지만 그건 절대적으로 잘못된 것일세. 그 설명은 음에도 마찬가지로 적용되니, 한꺼번에 설명함세. 피를 한 방울씩 꺼내 상대를 공격하면 어찌 되겠나? 음에 내공을 실어, 보이지 않는 공격을 하면 어찌 되겠는가?”

“엄……..”

등천화는 별 상관 없다고 대답하려다 입을 닫았다.

서문일청의 눈에서 갑자기 살광이 쏟아졌기 때문이다.

“그런 수법들은 처음 보는 사람에겐 위협이 될 수 있지만, 나나 당가의 가주 정도 되는 사람에겐 어림도 없네! 그따위 조잡한 수법은 언제든 깨뜨려 줄 수 있지.”

"정궤를 사용하는 사람에겐 사궤가 안 통한다? 한데 왜 사궤란 것이 생겼죠?"

당연한 의문이었다.

"정궤를 익히는 사람보다 사궤를 익히는 자가 진전이 더 빠르거든. 물론 시간이 흐르면 정반대로 돌아가지."

"엄… 처음부터 빠르면 되잖아요."

"허허. 그게 그렇게 쉬우면 사궤를 따르는 자가 생길 리가 없잖은가?"

"잘 모르겠지만… 나중에 사궤를 배운 사람을 만나면 알게 되겠죠."

등천화의 순진한 웃음과 함께 쉽게 넘어가려는 태도는 서문일청이 '정궤만 수련해도 평생이 모자라는데, 무슨 사궤냐!' 라고 외치면서 등천화의 목을 잡아서 흔들고 싶게 만들었다. 하지만 그건 생각만으로 그치고 말았다. 서문일청은 헛기침을 몇 번 하며 숨을 돌리고는 다음 말을 이으려 했다.

그 순간, 그의 입을 막는 경쾌한 음향이 터졌다.

딱!

"……?"

서문일청은 소리가 난 곳을 쳐다보고, 시선을 돌려 활짝 펴진 등천화의 손바닥 위를 쳐다봤다. 그곳에 있던 작은 돌이 보이지 않았다.

"자네… 던졌나?"

“던지지 말라고 하셨잖아요.”

“그럼 저 소린 뭔가?”

“저 돌을 보고 어떻게 날아가는 것이 좋을지 생각한 다음, 그 길에다 돌멩이를 올려놓았어요. 생각보다 잘 안 되네요.”

“…….”

서문일청은 등천화의 말을 자신이 잘못 들었다고 여겼다. 방금 대화를 나눈 이론적인 부분을 실천했다는 말이기 때문이다.

서문일청의 눈이 납작해졌다.

“자네… 배운 적 있지?”

“뭘요?”

“암기 던지는 법.”

“엄… 그럴 리가요.”

“그럼 지금 내 얘기를 듣고 한 거란 말인가?”

“다른 사람들은 제게 그런 얘기 안 해줬어요.”

“…….”

등천화의 눈에는 조금의 거짓도 없이 맑았다.

“사실인 모양이군. 흠. 내 얘기를 한 번 듣고 나서 그대로 재현했다는 말이라고? 허허허. 말이 되냐! 이, 빌어먹을 놈아!”

서문일청이 눈을 부라리며 금나수를 사용해 등천화의 손목을 잡아갔다. 보법으로는 그 역시 인정하는 등천화가 순순히 잡혀줄 리 없었다.

“별로 어렵지 않던데……”

등천화는 서문일청의 금나수를 피하면서도 할 말은 다 했다. 놀릴 생각이 있을 리 없겠지만, 듣는 사람에게는 그 말이 더 짜증났다.

얼굴까지 붉어진 서문일청이 버럭 소리를 질렀다.

“네 말이 사실이라면, 다시 해봐!”

“뭘요?”

“조금 전에 했던 거, 다시 해보라고!”

“엄… 왜 화를… 알겠습니다.”

등천화는 주위에 떨어져 있는 돌멩이를 하나 주워 들고서는 손바닥 위에 올려놓았다.

‘응?’

서문일청은 등천화의 손을 보지 않았다.

상체는 고정된 채 쉴 새 없이 움직이는 등천화의 발을 보고 있었다.

저게 무슨 해괴한 짓이지?

움직이지 않으면 힘을 낼 수 없는 등천화의 특이한 방식을 본 적이 없기 때문이다. 하지만 해보라고 했으니 참고 지켜봤다.

등천화가 손가락을 움켜쥐었다가 펼쳤다.

핏—

‘지금 어떻게 한 거지?’

등천화의 손을 떠난 돌멩이는 빠른 속도로 날아가 희한한 곡선을 그렸다. 그리고는 '딱' 하는 소리와 함께 목표로 정한 돌의 옆에 떨어졌다.

"이번엔 안 맞네? 하여간 이렇게 한 건데요?"

등천화가 뚱한 눈으로 서문일청을 쳐다보자, 서문일청은 한동안 아무런 대답도 하지 못하고 눈만 깜빡거렸다.

"이건 도대체… 천부적인 재능을 가졌다고 해야 하나, 엉뚱하다고 해야 하나? 허허, 허허허."

서문일청은 웃었다. 이제껏 그가 설명한 내용을 잘 이해한 것 같더니, 전혀 엉뚱한 행동을 했기 때문이다.

유호경은 서문일청이 등천화를 가르치는 걸 보며 호기심이 가득한 눈이 됐다. 수혜련과 서문혜는 뭐가 그리 좋은지 연신 웃기만 했다.

둘 사이에 뭔가 있었다.

알아보기 위해 일부러 기척을 내어 서문혜가 돌아보게 만들었다.

"어머, 오셨어요?"

"하하하. 저 두 분, 참으로 보기 좋습니다. 서문 소저, 마치 사제지간 같지 않습니까?"

"호호호. 아버지와 등 소협이 사제지간처럼 보인다고요? 에이, 그런 거 아녀요. 아버지께서 등 소협이 보법만… 에 도움이 될 거라며 간단한 암기 수법을 알려주는 중이세요.”

서문혜는 하마터면 등천화가 보법밖에 모른다는 말을 할 뻔했다. 다행히 끝까지 말을 하지 않아서 유호경이 눈치 채지 못한 것 같았다.

“간단한 수법이오? 하하하. 전혀 그렇게 보이지 않는데요? 가문의 비전은 타인에게 가르쳐 주지 않는 것인데… 하하하. 하긴, 등 소협이 남이 아닐 수도 있죠.”

유호경이 농담 비슷하게 말을 건네자 서문혜는 그 뜻을 알고서 얼굴을 붉혔으나 부정하지는 않았다. 아니, 오히려 당연한 질문을 왜 하냐는 듯이 웃었다.

“호호호. 사실 등 소협은 암기 수법을 배우지 않아도 돼요.”

“하긴, 등 소협의 보법은 정말 괴물 급이긴 하죠.”

“어머, 보셨어요?”

“그럼요. 도움도 받았는걸요.”

“다른 사람이 들으면 거짓말이라고 하겠지만 사실이잖아요. 그죠?”

‘다른 사람들이 거짓말이라고 해도 서문 소저만은 등 소협을 믿는다는 말이군. 후후후. 부럽다.’

밝게 웃는 서문혜의 얼굴에는 등천화에 대한 믿음이 가득했다.

“우리가 싸워야 할 상대가 마교의 고수들만 아니면 충분히 그렇죠. 충분히.”

유호경은 일부러 반신반의하는 목소리를 냈다.

서문혜의 반응이 궁금하기도 했고, 그가 알지 못하는 또 다른 비밀이라도 말해줄까 싶어 일부러 그런 것이다.

그러나 그의 태도에 반응해 준 사람은 따로 있었다.

“흠. 자네는 마교를 너무 과대평가하고 있군.”

서문일청은 웃으며 자신만만한 표정을 지었다.

암왕다운 모습이었으나, 등천화는 암왕이 아니었다.

“과대평가는 아니라 생각합니다. 잠깐 배운 암기 수법으로 상대할 수 있는 마교의 백마들이 아니니까요. 수많은 정도명숙들께서 돌아가신 것만 봐도 알 수 있죠.”

“어, 백마요? 그 사람들이 온대요?”

서문일청과 유호경의 대화를 일순간에 잘라 버리는 일도양단의 뚱한 말이 등천화의 입을 통해 나왔다.

“그, 그걸 내가 어찌 알겠소?”

“엄… 모르면서 왜 그런 말을…….”

“…….”

질책인 것 같기도 하고 그냥 던진 말인 것도 같은, 대답하기 곤란한 질문을 건넨 등천화 때문에 유호경은 할 말을 잃고 말았다.

이때 서문일청이 유호경과는 정반대의 반응을 보였다. 갑자기 박수를 치기 시작한 것이다.

짝짝짝.

"……?"

"역시 등 소협이야! 돌멩이 하나면 백마라도 상관없다는 뜻인가? 좋아, 좋아! 백마라면 나도 상대하기 버거운 자들이거늘. 그 정도의 기개는 있어야 사나이지, 암!"

서문일청은 등천화가 자랑스럽다는 듯이 고개까지 끄덕였다. 이럴 때 등천화가 겸손한 한마디라도 한다면 누구도 의심하지 않을 상황이 될 것 같았다.

그러나 등천화는 자신에 대한 얘기라는 것을 모르는 표정을 짓고 있었다.

'유령신보, 정말 모를 자다. 항상 예상을 뛰어넘는 저 태도와 상대를 방심시키는 저 표정. 그리고 그때 보여준 무공이라면 정말 가능할지도… 허! 지금 내가 무슨 생각을 하고 있는 거지?'

유호경은 서서히 서문일청의 말을 인정하는 쪽으로 기울고 있었다.

"혜야, 가주께서 등 소협이 너무 마음에 드는 모양이다. 하긴, 저렇게 의연한 생각을 지닌 사람을 싫어하면 그게 더 이상하긴 하지."

"……."

서문혜는 이들 중 누구보다 등천화에 대해 잘 알고 있었다. 등천화에게 그런 생각이 있을 리 없다는 생각을 하지만 기대에 찬 부모님께 실망을 안겨 드리고 싶진 않았다.

'참, 대단한 재주긴 해. 저 사람이 대화에만 끼어들면 어느 새 중심이 되어버린다니까. 호호호.'

이럴 때는 완전히 동화되는 편이 좋았다.

"정말 대단해요, 등 소협!"

서문혜는 엄지손가락을 번쩍 치켜세우며 환호했다.

그러자 수혜련도 덩달아 환호했고, 화산오검도 가만히 있을 수 없게 되자 박수를 쳤다.

"엄……."

"서문세가가 자네를 돕겠네!"

"화산오검도 등 소협을 따르겠습니다!"

갑자기 마당 전체가 후끈 달아올랐다. 분위기에 동참하지 않으면 안 될 것 같은 묘한 압박이 형성된 것이다.

"엄……."

등천화는 이런 식의 기대를 짊어져 본 경험이 없어서 가만히 있기는 했지만, 가슴이 뭉클해지는 건 느낄 수 있었다.

'뭐, 뭔가 해야 하는 것 같은데… 물어볼 수도 없고, 어쩌나…….'

등천화의 걱정스러운 내심도 모르고 서문일청은 점점 더 강력한 지지의 시선을 보내왔다.

'내 사위라서가 아니라, 대단한 사람이야. 순식간에 화산오검을 따르게 만들다니. 대단해!'

　머쓱한 등천화가 코를 문지르자 그 모습에 서문혜가 자지러지듯이 웃었다.

　딸의 행복한 웃음에 수혜련이 따라 웃자 전염되듯이 일제히 웃음을 터뜨렸다.

　"하하하."

　"호호호."

　'엄… 이런 기분… 나쁘지 않아.'

　씨익.

　등천화는 서문혜를 찾아온 것이 무척 잘한 일이라고 생각했다.

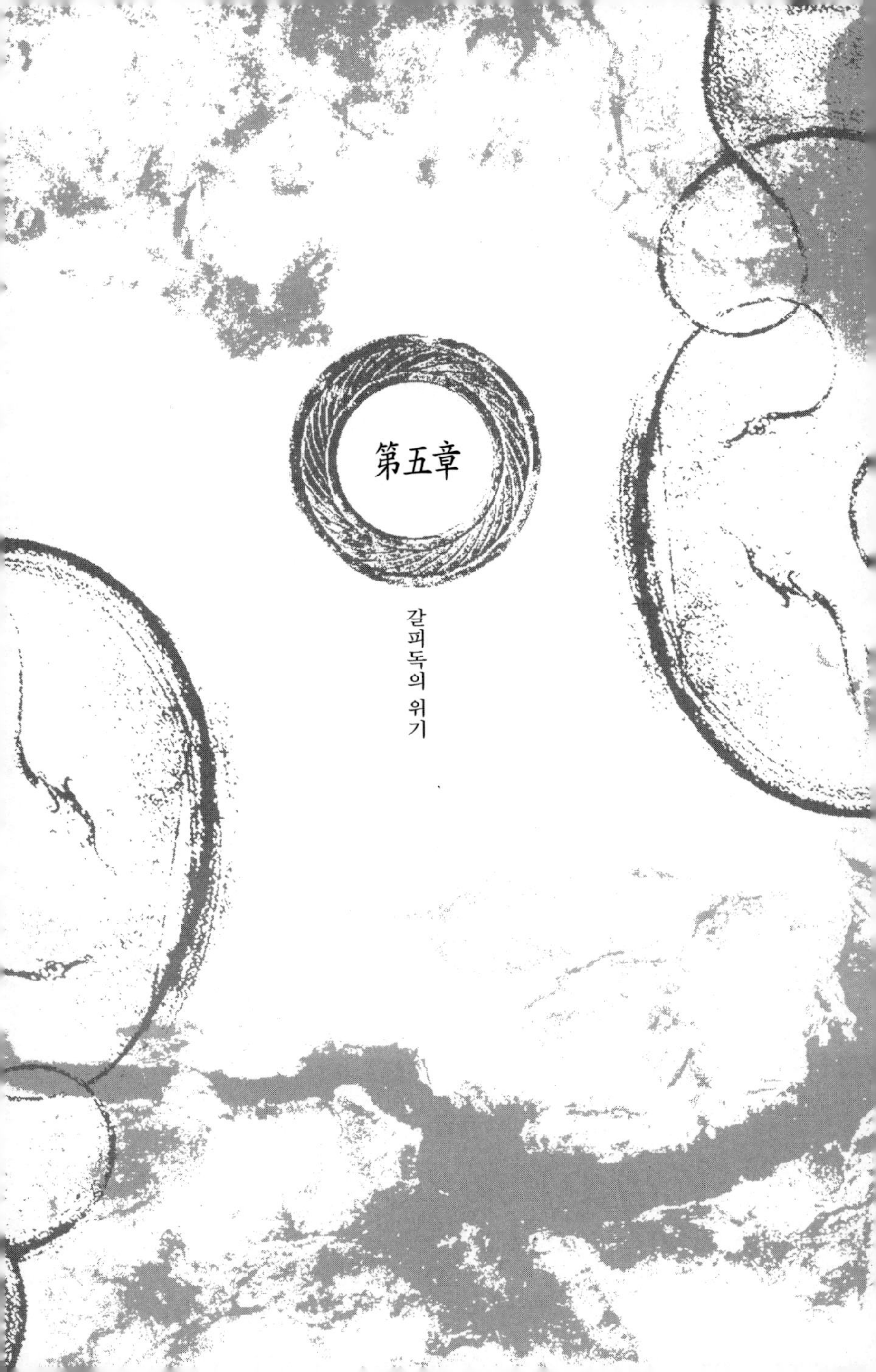
第五章
갈피독의 위기

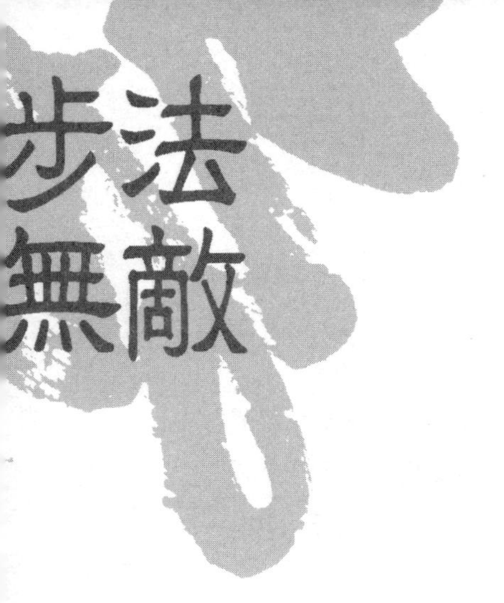

문대성은 옆구리에 들린 물체를 내려놓고는 거친 숨을 몰아쉬었다. 만저유를 따돌릴 때보다 더 빨리 움직였다.

혈포사신들이 뿜어내는 기운은 마교의 그것이었다. 그들에게 둘러싸인 채 혼자 고군분투하는 갈피독이야말로 대협이라 불릴 자격이 있었다.

그 모습이 문대성을 가만히 지켜보도록 내버려 두지 않았다. 갈피독의 격렬한 박치기에 끄떡도 안 하던 백안마군이 처음으로 인상을 쓸 때, 그 순간을 이용해 갈피독을 구해냈다.

이곳까지 어떻게 달려왔는지 모를 정도로 전력을 다해 달려왔다. 중간중간 방향을 바꿔서 움직인 덕분에 그나마 아직은 찾지 못한 것 같았다.

꿈틀.

"괜찮소?"

"……."

갈피독은 간신히 눈을 떠 질문하는 자를 쳐다봤다.

처음 보는 노인이 그곳에 있었다. 멀끔하게 생긴, 평소에
봤다면 충분히 재수없어할 웃음까지 지은 노인이.

"…마군은……."

"그가 마군이었소? 내 예상이 맞았군. 어쩐지 마교의 고수
로 보인다고 했지. 붉은 거적데기를 걸치고 있는 녀석들은 어
느 정도 따돌린 것 같으나, 마군이란 자의 능력이라면 곧 쫓
아올 것이오."

갈피독은 노인의 걱정이 전혀 반갑지 않았다.

떠나야 하는데 자신이 거치적거린다는 뜻이라고 받아들였
기 때문이다.

"끙… 면 될 것 아니오."

"뭐 하는 거요, 아직 움직이면 안 되오."

"…찮소. 웩……."

갈피독은 상체를 약간 일으켰다가 한 사발가량의 검붉은
피를 쏟아냈다. 문대성의 걱정과 달리 속이 무척 편해졌다.

"퉤엣. 그런 눈으로 보지 마시오. 이래 봬도 그런 눈으로
보는 것에 익숙하지, 받는 건 영 어색하니까. 뭐… 구해준 건

고맙수다. 난 갈피독이란 낭인이오. 은인 어쩌구저쩌구 하지 말란 소리요. 인생이 그러니까."

"허허허. 그런 기대는 안 할 테니 걱정 마시오. 나는 문대성이란 사람이오. 손자를 보러 나왔다가 이 근처를 배회하고 있다오."

문대성은 갈피독의 성질이 여간하지 않음을 알고서 일부러 부드럽게 말했다.

"문대성. 기억했소. 자, 그만 갈 길 가보시오. 괜히 내 곁에서 얼쩡대다가 곤욕 치르지 말고."

"허허허. 그런 걱정은 마시오. 나를 잡을 수 있는 사람은 현 강호에 얼마 안 되니."

"큭. 자신감이 대단한 양반이군. 마교의 백마를 상대로 그런 소릴 하다니. 알았소, 당신 **빠**르오. 그러니까 혼자서 가시우. 나는 어차피 다시 가서 죽든 살든 결정을 봐야 하니까."

"……?"

기껏 구해주니까 다시 가서 죽겠다고?

문대성은 갈피독의 고집스러운 얼굴을 이상한 눈으로 쳐다봤다. 누구나 인생에 있어서 한 가지씩은 사연이 있겠으나, 갈피독의 얼굴에 드러난 각오는 필사적이었다.

"도대체 뭣 때문에 또 간다는 말이오?"

"해결해야 할 문제가 있소. 내 가슴을 뛰게 해놓고, 그 말이 거짓이랍디다. 당연히 그런 여자를 사랑한 내가 해결해야 하지 않겠소?"

갈피독의 눈에서 형형한 안광이 쏟아졌다. 언제 내상을 입었나 싶을 정도로 강렬했다.

'이 사람의 신분이 뭐기에 이 정도의 기를 내뿜는 거지? 가슴을 뛰게 해놓고 거짓말이라고 했다고? 나로서는 알 수 없는 일이구나.'

문대성은 갈피독의 눈을 보자 소름이 돋았다.

이 정도로 격한 감정을 드러낼 수 있기 위해서는 그만한 절박한 경험을 경험해야 가능한 일이다. 그에게는 그런 경험이 없었다. 지키는 것에 익숙한 그로서는 오히려 부러웠다.

"몸이나 좀 추스르시오. 나도 그곳으로 되돌아가야 하니까."

"……?"

갈피독은 당연히 화를 낼 줄 알았던 문대성이 오히려 도와주려 하자 이상한 눈으로 그를 살폈다. 백안마군과 혈포사신들을 따돌리고 자신을 구해낼 정도의 고수라면 도움이야 되겠지만, 정체도 모르는 사람에게 짐이 되기는 싫었다.

"짐이 되진 않을 것이오."

갈피독은 스스로 다짐하듯이 말을 하고는 곧장 운공에 들어갔다. 지옥명강을 일으킬 정도의 내공은 남아 있었다. 낭인의 삶이 그렇듯이, 스스로를 지켜내는 법에 익숙한 그였다. 운공을 시작하기 전이라면 몰라도 이제는 문대성이 공격한다고 해도 쉽게 죽일 수는 없을 것이다.

지옥명강은 일종의 호신강기로 운공이 끝날 때까지 외부의 충격을 막아주는 효능이 있었다.

'백안마군… 그, 돌머리! 지랄 같은 놈의 머리통! 왜케 딴딴한 거냐!'

지옥파라수만으로는 백안마군의 머리통을 깨기는 힘들었다. 한계를 극복할 방법이 필요했다, 그것도 아주 절실하게.

힘을 갖고 싶다, 힘을!

문대성이 갈피독과 함께 있는 곳에서 멀지 않은 곳.

차자작—

사방이 온통 붉은 물결로 넘실거렸다. 혈포사신 칠십여 명이 산을 이 잡듯이 뒤지고 있었다.

이마에 붉은 자국이 선명히 보이는 백안마군의 하얀 눈동자는 쉴 새 없이 살기를 쏟아내며 주위를 살폈다.

"유령신보가 근처에 있다. 찾아라, 숨을 만한 곳은 전부 다 찾아!"

아아아아—

백안마군의 목소리는 이내 메아리가 되어 사방을 떠돌아다녔다.

혈포사신들의 움직임이 더욱 빨라졌다. 갈피독을 구해간 자를 봤으면 이렇게 분하지는 않았을 것이다.

갈피독의 필사적인 몸부림과 함께 이마에 가해지는 충격
으로 잠시 고개를 숙였다가 뜨는 순간, 누군가 갈피독을 구해
가고 없었다.

혈포사신들조차 정확한 모습을 보지 못했다고 하니, 구해
간 자가 누군지는 답이 나왔다. 그런 움직임을 가질 수 있는
자는 현 강호에 한 명밖에 없었다. 그것도 백안마군이 잘 아
는 자였다.

유령신보!

그 외에는 아무도 할 수 없는 일이었다.

그러나 백안마군은 분노 때문에 한 가지를 잊고 있었다. 바
로 이곳이 천추성 장액 지부 근처라는 사실과 수많은 무인들
이 모여들고 있다는 사실이었다.

먼저 수라대 전원과 마화혈의 무인들이 있었고, 천추성의
무인들 역시 속속 모여들고 있었다.

메아리는 산을 넘고, 그 다음 산을 넘을 때까지 계속해서
이어졌다.

아아아—

'응?

장주극의 시선이 메아리가 들려오는 방향으로 돌아갔다.
그는 장액 지부를 깨끗이 정리하고 총단으로 돌아가는 길이
었다.

나타나 주길 기대했던 유령신보가 끝끝내 나타나지 않아 지루하게 움직이던 터였다. 사실 이번 출정으로 장주극은 꽤 많은 것을 얻었다.

수라진경의 위력을 알게 됐고 자신감도 충분히 얻을 수 있게 됐다.

"저 소리는 뭐냐, 금환마제?"

금환마제는 재빨리 수라대원에게 알아오라고 시키려 했으나 장주극은 손을 내저으며 그만두라는 신호를 보냈다.

"총단으로 돌아가는 동안 나, 장주극에 대한 인상을 확실히 심어줄 필요가 있지. 내가 직접 가보겠다."

금환마제는 장액 지부에서의 소름 끼치는 장주극을 본 후였다.

수라대원과 일 대 일로 붙게 만든 장액 지부의 무인들은 모두 처참하게 죽었다. 하나, 그 모습은 지켜보던 장주극의 눈과 비교하면 아무것도 아니었다.

광기로 가득한 그 눈, 살기를 전신에 두르고 사신(死神)처럼 번들거리던 그 눈을 봤기 때문이다.

금환마제가 대답을 못하는 사이, 장주극이 다시 한 번 명령을 내렸다.

"수라대원과 함께 쫓아와라. 마교의 수라대가 근처에 있다는 것을 알면서도 저렇게 소리를 지를 정도라면… 금방 죽지는 않을 자겠군. 흐흐흐."

‘살기가 너무 진하시다.’

장액 지부 밖에서 막사를 치고 있을 때만 해도 저런 모습은 보지 못했다. 죽음을 집행하고 난 후에 급격히 변하고 있었다.

걱정스런 금환마제의 시선이 장주극의 뒤를 좇았다.

백안마군은 이마를 문지르며 긴장을 풀지 않았다.

언제든 유령신보가 나타나는 순간, 쫓아가 죽이기 위해서는 준비를 하고 있어야 했다.

“죽일 놈! 이번엔 반드시 찢어 죽여주마!”

혈포사신들은 백안마군의 살기 어린 모습에 긴장하며 더 빨리 퍼졌다가 좁히는 동작을 반복했다.

“누구냐!”

혈포사신 중 한 명이 누군가를 발견하고 소리쳤다.

백안마군은 곧장 신형을 날려 그곳으로 날아갔고, 의외의 인물을 보게 됐다.

“…도련님?”

“호호호. 백안마군이셨구려.”

‘정말 장주극 도련님?’

백안마군은 총단에서 봤을 때보다 장주극의 키가 좀 큰 것도 같고, 분위기도 너무 딴판이라 의아한 얼굴이 됐다.

“이곳은 어쩐 일이십니까, 도련님?”

“그러는 백안마군은 이곳에 어쩐 일이시오?”

반기는 질문이 아니라, 왜 왔냐는 듯한 백안마군의 질문에 장주극은 빈정 상한 목소리로 비꼬았다.

“저야…….”

백안마군은 할 말이 궁해져 더듬거렸다. 있는 그대로 말하기가 좀 그랬다. 조금 전의 상황을 전혀 모르는 장주극에게 처음부터 설명할 시간이 없는 것이 가장 큰 이유였다.

“유령신보란 놈을 쫓고 있었습니다.”

앞뒤 다 빼고 대답했다.

“유령신보!”

백안마군의 예상과 달리, 장주극이 눈을 크게 치뜨며 갑자기 버럭 소리를 지르는 것이 아닌가?

“흐흐흐. 유령신보!”

장주극의 눈에서 번들거리는 광기가 쉴 새 없이 흘러나왔다. 숨을 내뱉을 때마다 희미한 아지랑이가 전신에서 피어나기까지 했다.

“나, 낭왕이란 자를 데리고 사라졌습니다. 혈포사신들을 풀어서 찾고 있으니 금방 발견한 것입니다.”

어느새 백안마군의 태도가 바뀌었다.

그 모습에 혈포사신의 수장인 목우는 의아한 눈이 됐다. 광기만 번들거리는 젊은 녀석에게 왜 저리 굽실거리는지 이해를 못하기 때문이다.

‘주군께서 긴장을 하고 계신다. 교주님의 핏줄은 기대할 가치가 전혀 없는 자라고 소문이 자자하더니, 아니었던가?’

장주극에 대한 평가를 재고해야 할 듯했다.

“너.”

장주극이 목우를 손가락으로 가리켰다.

그 순간, 목우는 전신이 굳어버렸다.

“며, 명을 받습니다!”

“저 산을 넘어가면 수라대원들과 금환마제가 있다. 가서 이곳을 기준으로 사방에 천라지망을 펼치라고 전해라.”

“존명!”

목우는 명령이 끝나자마자 백안마군의 눈치를 전혀 보지 않고 움직였다. 당연한 것이, 고개를 돌리는 순간 죽을 것 같았기 때문이다.

‘도련님께서도 유령신보를 찾고 있었다? 한 번도 총단을 떠난 적이 없는 분이 유령신보를 알고 계신 것도 이상하고, 아신다고 해도 백마전에 명령만 내리면 되실 분이……’

백안마군의 머릿속이 복잡해졌다. 유령신보를 죽이고 싶은 그의 입장에서는 욕심을 내야 할지, 아니면 장주극의 내심을 좀 더 파악해야 할지 갈피를 잡지 못했다.

“백안마군께선 내가 왜 수라대를 이끌고 이곳까지 왔는지 아십니까?”

“그야 도련님께서 수라대주를 맡고 계시니……”

"수라대주? 흐흐흐. 얼마 전에야 깨달았소, 검(劍)은 숫돌로 갈아야 쓸모가 있다는 것을. 수라대는 검이 될 수 없소. 검을 찾으려고 수라대를 끌고 나왔소. 내 검은 아주 빠른 놈이오. 유령신보, 그놈이오. 나, 장주극이 세상에 모습을 드러냈으니, 놈도 곧 나타날 것이오."

"유령신보를 기다렸다는 말씀이십니까? 놈을 어찌 아시고……."

백안마군의 얼굴이 일그러졌다.

장주극도 유령신보를 노리고 있다는데 마음이 편할 리가 없었다. 시선을 돌리고 싶어도 장주극의 결심은 확고한 모양이다.

"추격을 한 지는 얼마나 됐소?"

장주극은 유령신보에 관한 얘기를 더 이상 하지 않았다. 백안마군 역시 모른 척할 수밖에 없었다.

"…약 반 시진가량 됩니다."

"반 시진이면… 근처에 있겠군. 사람을 구해갔다면 보법이 아무리 뛰어나도 벗어나긴 힘들지."

'정말로 알고 있구나!'

백안마군은 속으로 크게 놀랐다.

장주극의 광기 어린 눈이 위쪽을 향해 움직였다.

너무 쉬웠다. 총단에서 수라진경을 익히며 수도 없이 상상했던 등천화의 보법이 어디로 갔을지 눈으로 그리는 것이다.

"흐흐흐. 일직선이면 더 갔을 수도… 중간에 방향을 바꿀
리는 없지. 그럼… 저쯤이 아닐까?"

혼잣말로 중얼거리던 장주극의 신형이 막 움직이려 할 때
였다.

"혈포사신들은 일제히 산 정상으로 올라가라. 그곳에서부
터 다시 한 번 샅샅이 조사하며 내려온다. 가라!"

흘끔.

장주극의 시선이 백안마군을 향했다.

백안마군이 혈포사신들을 보낸 장소가 공교롭게도 자신이
혼잣말하며 가리켰던 장소였기 때문이다.

"좋은 판단이오."

"고맙습니다. 도련님, 저는 혈포사신들을 지휘도 할 겸 따
로 움직이겠습니다."

말을 마친 백안마군은 빠르게 산 위쪽으로 움직였다.

유령신보를 자신이 찾겠다는 의지가 강력했다.

"흐흐흐. 감히 내가 하는 말을 듣고 선수를 쳐? 백마들도
아주 개판이군."

씰룩거리는 장주극의 입꼬리가 백안마군의 뒤에 박혀서
떨어지지 않았다.

*   *   *

두두두—

불안한 여인은 마차 밖을 내다보며 자꾸만 손톱을 깨문다. 행여나 쫓아올까 싶어 무작정 마차를 몰았다. 갈피독의 성격을 잘 알기에 불안함을 떨칠 수가 없었다.

갈피독의 마음을 얻기 위해 얼마나 많은 마교의 고수들이 낭인으로 위장해 접근해서 죽었는지 모른다. 일반적인 성격의 인물이라면 무난하게 접근해서 무난히 죽을 자리에 배치할 수 있었을 것이다.

그런 그가 그녀에게 건넨 첫마디는 아직도 잊혀지지 않았다.

"당신, 정말 예쁘군. 내 가슴이 처음으로 떨렸어. 그래서 하는 말인데, 한 번 만져 봅시다."

일말의 망설임도 없는 그의 한마디에 사옥랑은 이전의 노력이 얼마나 무의미한 짓이었는지 알게 됐다. 고차원적인 유혹이 통하지 않는, 오로지 그녀의 몸을 원하는 부류란 판단을 내렸기 때문이다.

당연히 가련한 척 고개를 끄덕였고, 그날 밤 내내 그녀가 일어나기 힘들 정도로 괴롭혔다. 아니, 갈피독의 입장에서는 너무도 황홀한 밤이었을 것이다.

다음날부터 그는 아침에 눈을 뜨면 그녀를 만졌고, 그렇게 하루를 시작해서 어두워질 때까지 그녀와 하나가 되는 것이 일과가 됐다.

질릴 만도 하건만, 그는 한 번 정하면 결코 바꾸는 법이 없었다. 무려 석 달이다. 매일 똑같은 일과에 신물이 날 즈음, 그녀가 마교로 돌아갈 수 있는 기회가 생겼다.

그런 그의 성격을 잘 알기에 불안했다.

"병신같이… 그냥 같이 가면 될 것을 왜 따라오지 않겠다는 거야!"

마차 문을 한 대 후려치고는 입술을 잘근 씹었다.

그녀 역시 갈피독이 싫지 않았다. 말만 잘 들었어도 그의 곁에서 부인 행세를 하며 편안히 생활하고 싶을 정도였다.

"옆쪽에 수라대원들이 보입니다. 어떻게 할까요?"

마부의 질문에 고개를 길게 빼고 전방을 바라봤다.

산으로 올라가는 수많은 무인들이 수라대만이 입는 복장을 하고 있었다. 그녀에겐 구원군이나 다름 아니었다. 그들과 섞여 있기만 해도 시간을 벌 수 있었다.

그러나 그곳으로 가는 건 모험이나 마찬가지였다.

저들에 묻혀 움직이면 시간을 벌 수 있으나, 뒤따라오고 있는 갈피독을 생각하면 더 멀어지는 것이 나았다.

'선택의 여지가 없다.'

뒤쪽을 맡아주기로 했던 마화혈의 고수들이 아직 나타나지 않는 걸 보면 갈피독에게 당한 것이다.

"저곳으로 간다."

*　　　　*　　　　*

만저유는 마차 소리를 찾아 사방을 헤맸다.

천추성 장액 지부로 마교의 고수들이 집결한다는 소문이 돌았으니 다른 마차는 다닐 리가 없었다.

문대성을 찾는 걸 포기하고 산길을 따라 움직였다.

아래쪽을 살필 수도 있고, 마차 소리를 듣기에도 편하기 때문이다.

산 아래쪽에 길을 가로지르며 먼지구름을 만들어내는 마차를 발견했고, 더해서 마차가 향하는 산에 가득한 인영들도 발견했다.

"본녀는 사옥랑이다. 수라대를 지휘하는 사람이 누구냐?"

사옥랑은 급하게 소리치며 수라대원을 불렀다.

그녀의 신분은 수라대의 암흑삼제와 비교해서 그리 뒤지지 않았다. 당연히 그녀를 알고 있는 수라대원이라면 그녀를 맞이해야 했다.

그러나 단 한 명도 그녀를 향해 돌아서는 사람이 없었다.

"명령이다! 거기 멈춰!"

화가 난 그녀는 다시 한 번 소리쳤다.

그때, 마차 곁을 향해 무서운 속도로 따라붙는 인영이 눈에 들어왔다.

"조심하십시오. 누가 따라붙습… 헉!"

마부는 인영을 발견하고 소리치다 기겁했다.

신법을 펼치는 것도 아닌데 너무 쉽게 말을 따라잡았기 때문이다.

다가온 인영은 창문을 통해 내다보는 사옥랑에게 말을 걸었다.

"사옥랑이란 분이시오?"

"……?"

"채 혈주님의 부탁을 받고 보호하러 왔소. 저들과 함께 움직여야 하오?"

만저유의 복장은 볼품없었으나, 말을 하면서도 보법이 전혀 흐트러지지 않았다. 보법도 저 정도면 경탄할 수준이었다.

"굳이 만날 필요는 없지만, 수라대와 함께 있는 편이 아무래도 낫겠죠? 이름이……."

"만저유. 저들이 수라대인가 보구려. 적은 아니니 함께 움직이도록 합시다."

탁.

마차 뒤편에서 둔탁한 소리가 났다.

사옥랑은 뒤를 바라봤다가 다시 창밖으로 고개를 돌렸다.

"……?"

방금까지 나란히 달리던 만저유의 모습이 보이지 않았다.

"채 혈주가 말한 대로 대단한 미인이시구려. 흐흐흐."

"……!"

사옥랑은 깜짝 놀라 옆 좌석을 돌아봤다.

그곳에는 음침한 미소를 지으며 자신의 위아래를 훑어보는 만저유가 앉아 있었다. 조금 전에 마차 뒤편에서 났던 소리의 정체를 알 것 같았다.

사옥랑은 만저유를 찡그린 표정으로 보는 대신 오히려 요염하게 허리를 뒤틀며 쳐다봤다.

"혈주께서 칭찬을 해주셨나 보네요. 갈피독이란 자만 죽으면 이런 옷도 거추장스러운 물건인데……."

사옥랑은 슬며시 발을 꼬며 허벅지까지 노출했다.

건드리면 미끄러질 것 같은 다리를 가진 여인과 대화를 해본 적이 없는 만저유의 눈에 순간적으로 음심이 담겼다.

"흐흐흐. 이것 참. 갈피독이란 자가 누군지는 모르지만 참으로 안됐구려."

"어머, 왜요?"

"곧 죽게 될 테니 말이오. 그럼 그 옷을 내가 잠시 맡아둬도 괜찮겠소?"

사옥랑의 옷가지를 만저유가 맡으려면 벗어야 할 게 아닌가? 만저유는 그녀에게 일종의 거래를 원한다고 말하고 있었다.

“그럼 저야 좋죠. 안 그래도 요 며칠간 물에 들어가 본 적이 없어요. 흐응, 일단 수라대원들과 합류해서 그를 유인하기로 해요, 예?”

애처로운 눈웃음과 함께 슬쩍 다가서는 그녀의 육향이 만저유를 흥분시켰다.

“마음대로 하구려.”

“아이, 저들이 보지 않는 곳에서…….”

만저유의 손이 거침없이 그녀의 속살을 파고들 때, 슬쩍 물러나 애타게 하는 것을 잊지 않는 그녀였다.

마차와 나란히 달리는 보법과 갈피독을 대수롭지 않게 생각하는 태도에 사옥랑은 굳이 수라대원들과 함께 움직이지 않아도 된다고 생각했으나, 만약을 대비할 필요는 있었다.

＊　　　＊　　　＊

산을 타고 오르는 수라대원들, 그 너머에서 기다리고 있을 백안마군과 혈포사신들, 그리고 장주극.

시간이 지날수록 갈피독에겐 불리해질, 아니, 죽을 수밖에 없는 조건들만 많아지고 있었다.

산 중턱에 몸을 숨긴 채로 움직이지 못해 답답해하는 문대성만 조급해졌다. 지금은 개미 움직이는 소리도 내지 않아야 한다. 아직 운공 중인 갈피독을 불안한 시선으로 돌아봤다.

갈피독이 백안마군에게 당한 상처는 운공을 한다고 해서 금방 치유될 수 있는 정도가 아니었다. 더구나 기본적으로 갈피독의 성질은 웬만한 수준을 넘었다.

운공이 어느 정도 끝나면 당장 쫓아가 한판 붙자고 할지도 몰랐다. 모른 척 버려두고 갈 바엔 처음부터 구하질 말았어야 했다. 문대성은 고민에 고민을 거듭하다가 결론을 내렸다.

갈피독은 아직도 운공 중이었다.

"이보게, 자네는 아직 젊어. 내가 언제까지 저들을 유인할 수 있을지는 자신 못하지만 한 시진가량은 가능하지 않을까 싶네. 자네는 자네가 생각하는 것보다 괜찮은 사람이야. 인연, 즐거웠네."

갈피독은 성격에서부터 살아온 환경까지 어느 하나 문대성 자신과 일치하는 면이 없었다. 그럼에도 묘하게 정이 갔다. 그렇기에 구해주는 쪽으로 결정을 내린 것이겠지만.

사람은 때로 말도 안 되는 결정을 내리곤 한다던데, 문대성도 자신이 이런 결정을 내릴 줄은 꿈도 꾸지 못했다.

말을 끝낸 문대성이 자리에서 일어나자, 운공 중이던 갈피독의 눈썹이 꿈틀거렸다. 운공 중이라 하나 문대성의 목소리를 모두 들은 것이다.

'무슨 말만 하면 틱틱거리는 내가 뭐 그리 마음에 든다고 아차 하면 죽을 수도 있는 곳으로 가려는 거지? 저 이상한 노인네, 신경 쓰게 만드네?

　현재 갈피독은 팔 성가량의 내공을 회복한 상태였다. 내부로 파고든 백안마군의 태양백안마공을 억제하며 싸우게 되면 채 육 성도 사용할 수 없겠지만, 엄한 노인이 도와주다 죽는 꼴을 보는 것보다는 나았다.

　급히 지옥명강을 거두어들이며 호흡을 토해냈다.

　"후읍… 그만두쇼, 노인장. 어지간히 서두르는 노인네구만."

　"허… 벌써 운공을 끝냈나? 내상으로 봐서는 아직 멀었을 텐데."

　"남 걱정은. 난 안 죽으니까, 괜히 대협이니 뭐니 하는 착각에 빠져서 남 대신 죽을 생각 하지도 말라구요. 그런다고 누가 알아주기나 하나? 인생, 홀로 가는 거요."

　갈피독은 무의식중에 존댓말이 나오고 말았다. 안 그런 척해도 문대성의 마음을 알게 된 까닭이다.

　"큭. 다 늙어서 편하게 죽을 생각 하기도 바쁠 텐데, 남 걱정은. 쩝."

　"……."

　문대성은 갈피독이 운공을 스스로 멈춘 상태임을 알았다. 왜 중도에 운공을 멈췄는지는 안 봐도 추측할 수 있었다.

　갈피독은 그가 좋아하는 유형의 성격을 지녔다. 지나치게 솔직한 면은 있을지언정, 신세 지기를 죽기보다 싫어하는 성격일지언정, 한 번 사귄 벗에게는 목숨까지 내줄 수 있는 그런 유형의.

"흠. 이해할 수가 없군. 자네같이 좋은 사람을 배신한 여자가 누군지, 참으로 복을 걷어찬 여인이구면."

"킁. 노인네 입에서 그런 소리가 잘도 나오네. 닭살 돋으니 그만 해요. 생각해 보니까 처음부터 나를 좋아한 것이 아닌 것 같으니까요."

"그럼?"

"탐났던 거요."

"뭐가 탐났단 말인가?"

"낭왕. 내 별호가 탐이 난 거였어요."

"낭왕… 그럼 낭인들의 왕?"

"킥. 낭인들의 왕은 좀 그렇고… 낭인들 중 젤 센 놈이란 소리이긴 하죠. 백마 한 놈 꺾지도 못하는 이름이 뭐 그리 중요하다고. 쳇."

갈피독의 씁쓸함이 그대로 드러나 있는 말이었다.

문대성은 묘하게 갈피독의 마음이 와 닿았다. 잠깐 사이에 만저유를 놓친 것은 그의 인생을 뒤돌아보게 만들 정도의 충격이었다. 겨우 만저유 따위를 놓치기 위해 그 오랜 세월을 보법 수련에 매진한 것이 아니기 때문이다.

"내가 그 여자를 만나게 해주겠네."

"이것 참, 고집도 어지간하시네. 그러지 말고 갈 길이나 가세요. 지금으로도 충분히 고마우니까."

일부러 짜증을 내기는 했지만, 눈빛은 갈피독답지 않게 정중함을 잃지 않고 있었다.

문대성이 고개를 가로저었다.

"자네의 얘기를 듣다 보니 나도 깨달은 바가 있어서 그러네. 사실, 이곳으로 오는 도중에 희한한 일을 겪었거든. 나와 똑같은 보법을 펼치는 자를 본 걸세."

"……?"

갈피독은 그게 뭐 그리 신기한 일이냐는 듯이 쳐다봤다. 게다가 마음 약해지게시리 축 처진 목소리로 말할 건 또 뭔가?

"자네는 이해할 수 없을 것이네. 만약 자네와 똑같은 무공을 사용하는 자를 봤다면 어떻게 하겠나?"

"그럴 리가 없죠. 내 무공은 내가 만들었는데."

"그걸세. 나만 알고 있는 보법. 한데 똑같았네, 자세에서부터 보법을 펼치는 순서까지."

"호! 그래서요? 어떻게 똑같은 보법을 익히고 있는지 알아냈나요?"

"놓쳤네."

문대성은 씁쓸한 표정으로 고개를 저었다.

알아보려고 해도 만나야 가능한 일이었다. 뻔히 보고 있는 앞에서 놓치고 말았으니 씁쓸해질 수밖에.

"가만, 가만. 백안마군과 혈포사신들이 포위하고 있는 곳에서 나를 구한 보법으로 놓쳤다고요?"

갈피독은 믿겨지지 않는 눈으로 문대성을 쳐다봤다.

문대성의 실력은 직접 보지 않아도 짐작이 갔다.

그런 사람을 따돌린 자가 또 있다니.

"내가 모시는 녀석이라면 몰라도 그런 자가 또 있다니… 정말 세상 더럽게 넓구나, 쿵."

'모시는 녀석?'

모시는 분도 아니고, 이름이 '모시는' 이라고 하는 것도 아닌 것 같은데, 주군이라 표현하지도 않았다.

"그… 혹시 자네의 주군을 말하는 건가?"

"낭인의 율법대로라면 그렇게 불러야 하는데, 영 말이 떨어지질 않네요. 그래서 그냥 그렇게 부릅니다. 그 녀석이 알기 전까지는 어떻게 버티겠죠. 알아도… 손해 봤다고는 생각하지 않을 녀석이니까. 킥킥킥."

갈피독은 등천화의 뚱한 얼굴을 생각해 내고는 갑자기 웃기 시작했다.

*   *   *

"사람들은 잘 모르고 있습니다. 마교주 장찬익의 젊은 시절에 대해 알려진 바가 전혀 없기 때문이죠. 하지만 화산파에서는 그에 대한 조사를 십여 년 전부터 진행해 왔습니다. 장찬익은 이미 나이 십 세 때 살인을 했다고 합니다. 이 사건은 그의 성장에 아주 중요한 전환점이 됐습니다. 형제들이 그를 죽이기로 마음먹게 했으니까요. 하나 장찬익은 형제들을 모두 죽이고 이십 세가 되기 전에 백마전을 장악했습니다."

유호경은 핏발까지 세우며 열심히 말했다.

세간에 알려지지 않은 장찬익의 어린 시절에 관한 얘기는 방 안에 있는 사람들의 관심을 충분히 사로잡을 수 있었다.

"마교주가 백마전을 이십 세에 장악했다고? 흠……."

서문일청은 침음성을 터뜨렸다.

"그렇습니다. 역대 마교주 중 누구도 못 이룬 업적을 장찬익이란 마인이 이룬 것입니다."

"소문도 나지 않은 그런 사실을 화산파에서는 어떻게 알게 됐나?"

서문일청은 화산파의 정보력에 감탄할 수밖에 없었다. 강호의 대소사에 대한 소문이라면 그도 많이 알고 있었지만 장찬익에 대한 얘기는 거의 듣지 못했기 때문이다.

유호경이 숨을 크게 들이마신 후 내뱉었다.

"후… 강호를 위한 화산파의 희생이죠. 마교의 각 지부에 심어둔 화산파의 제자들이 죽음을 각오하고 전해준 정보입니다."

"대단하군."

서문일청은 고개를 끄덕였다.

그 모습에 유호경은 힘을 얻었다.

서문일청이 장찬익에 대해서 한 말이라고는 전혀 짐작도 못하고, 화산파가 대단한 희생을 했다고 여긴 반응이었다.

"감사합니다. 하나, 정말 중요한 얘기는 지금부터입니다. 그런 장찬익에게 아들이 한 명 생겼습니다. 장주극이란 멍청이죠."

"멍청이?"

"어릴 때는 마교인들의 기대를 모았다고 하는데… 지금은 장찬익의 그늘에 가려져 있는지 없는지 존재감이 사라진 녀석이죠. 그럴 수야 있습니다. 장찬익이 너무 대단한 사람이니까요. 한데 그런 녀석이 갑자기 수라대주가 되어 장액 지부를 없애 버렸다는 겁니다. 물론, 녀석이 소교주인지는 아직 밝혀지지 않았습니다. 이름이 같은 녀석일 수도 있으니까요."

말을 돌리기는 했지만, 유호경의 말을 들은 사람들은 마교 소교주 장주극과 수라대주 장주극이 같은 사람임을 알 수 있었다.

"아닐 수도 있겠군. 마교 소교주나 되는 자가 드러내 놓고 그런 짓을 할 이유가 없잖은가?"

서문일청의 부정하는 말에 유호경은 품에서 서찰 한 장을 꺼내놓았다.

탁.

"그건 뭔가?"

"제게 따로 전해진 천추성에서 보낸 서찰입니다."

유호경은 말을 마치며 등천화를 돌아봤다. 당연히 얘기에 집중하고 있을 줄 알았던 등천화는 엉뚱한 곳을 보고 있었다.

'저저……'

유호경이 돌아봐 주기를 바라며 눈에 힘을 줄 때, 등천화는 장주극에 대한 생각을 하고 있었다. 세상에 첫발을 디딘 것이나 마찬가지인 곳에서 일 대 일로는 첫 대결을 펼친 자가 아닌가.

선명한 얼굴 윤곽에 꽤나 강한 눈빛이 지금도 기억났다. 그만큼 인상 깊었던 자였다.

등천화가 이내 히죽거리기까지 하자 유호경은 더 이상 눈으로 부르는 것은 무의미함을 깨달았다.

"그자가 유령신보를 기다리고 있답니다."

유호경의 한마디에 사람들이 일제히 등천화를 쳐다봤다. 그제야 이상함을 느꼈는지, 등천화가 고개를 돌렸다.

"엄… 왜들… 제 얘기를 하고 있었나요?"

"……."

유호경은 순간 완전히 맥이 풀리고 말았다.

도대체 지금까지 뭘 들었단 말인가? 아니, 듣긴 들었을까? 저 뚱한 눈을 보면 그것도 아닌 것 같았다.

그때, 등천화의 입에서 '아!' 하는 탄성이 터졌다.

"장주극, 그 사람이 왜 저를 기다리죠?"

듣고 있었던 것이다.

유호경은 얼굴을 와락 구기며 노려봤다.

자신을 일부러 놀릴 생각이 아니었으면 저런 말은 나올 수가 없었다. 불같이 짜증이 솟구쳤다.

"등 소협! 단도직입적으로 묻겠소. 어떻게 할 생각입니까?"

"엄… 뭘요?"

"장주극 말이오, 장주극!"

"아… 장주극… 저를 만나려고 한다고 조금 전에… 한데, 왜 화를…….

유호경의 성난 눈을 보면 뭔가를 결정하라는 것 같은데, 뭘 결정하라는 말인지 알 수가 없었다.

머리를 긁적이며 서문혜를 돌아봤다.

서문혜는 등천화가 왜 돌아보는지 이미 알고 있었기에 조용히 다가가 대답해 주었다.

"장액 지부로 가겠냐는 거예요, 유 소협의 말은."

"어? 장액 지부는 사라졌다고 했는데… 또 있나요?"

"그쪽 방향으로 가다 보면 만나게 되어 있다는 뜻이에요. 만나러 갈 거예요?"

"아… 방향…….

등천화는 그제야 유호경이 원하는 바를 알 것 같았다. 장액 지부로 가야 하는데 같이 갈 사람이 필요하다고 받아들였다.

"같이 가세요. 서문 소저가 잘 있는 걸 봤으니 저도 천추성

으로 돌아가야 해요. 그곳에 들렀다가… 아니, 그를 만나고
돌아가죠."

"저도 같이 가요."

서문혜가 기다렸다는 듯이 말했다.

그러자 서문일청과 수혜련의 표정이 삽시간에 굳어졌다.
안 그래도 장액 지부가 괴멸당했다는 소리에 안 보낸 것을 얼
마나 다행스럽게 생각하고 있는 부부인데 다시 그곳으로 따
라가겠다니!

"안 된다!"

"말도 안 돼! 거길 네가 왜 가!"

날 선 서문일청과 수혜련의 반대에 서문혜는 샐쭉한 얼굴
이 되고 말았다.

"그래요. 천추성으로 돌아갈 때 다시 들를게요. 그때 같이
가요."

"칫. '제가 책임질 테니 보내주세요'. 이런 말은 못해요?
남자가… 순 맹탕이야."

서문혜는 등천화에게 자신을 데려갈 수 있는 방법에 대해
말하고 있었다. 하지만 등천화가 그런 걸 눈치 챌 정도의 사
람이 아니었다.

"엄… 그런 말은 서문 소저의 부모님께서 싫어하실 거예
요. 서문 소저가 없을 때 걱정 많이 하셨는데……."

"하아, 내가 등 소협에게 무슨 말을 하겠어요."

"다 하잖아요. 지금도 그렇고."

"그래요. 다 했네요, 했어요!"

서문혜는 짐짓 화난 얼굴로 등천화를 노려보고는 고개를 돌렸다. 다 생각이 있어서 화난 척한 것이다.

그러나 그녀의 의도는 노련한 그녀의 부모님에 의해 깨졌다.

"허허허. 잘 생각했다, 혜야."

"그래야 우리 딸이지. 등 소협 말이라면 아주 꼼짝을 못하는구나. 듬직해, 아주 듬직해. 호호호."

서문일청과 수혜련은 등천화가 뭐라고 위로의 말을 건네기 전에 확정을 지었다. 토라진 딸을 다독이는 방법이야 수도 없이 많았다.

"종남파와 공동파에서 일대제자를 보내온다고 했으니, 그들과 만나서 함께 움직이면 될 것 같습니다."

유호경은 얘기의 중심에서 자신이 밀려난 것 같은 생각에 서둘렀다. 이곳에서는 이상하게도 자신이 돋보이지 않았다. 어디에 가서도 항상 사람들의 시선을 받았기에 이런 분위기는 적응하기 너무 어려웠다.

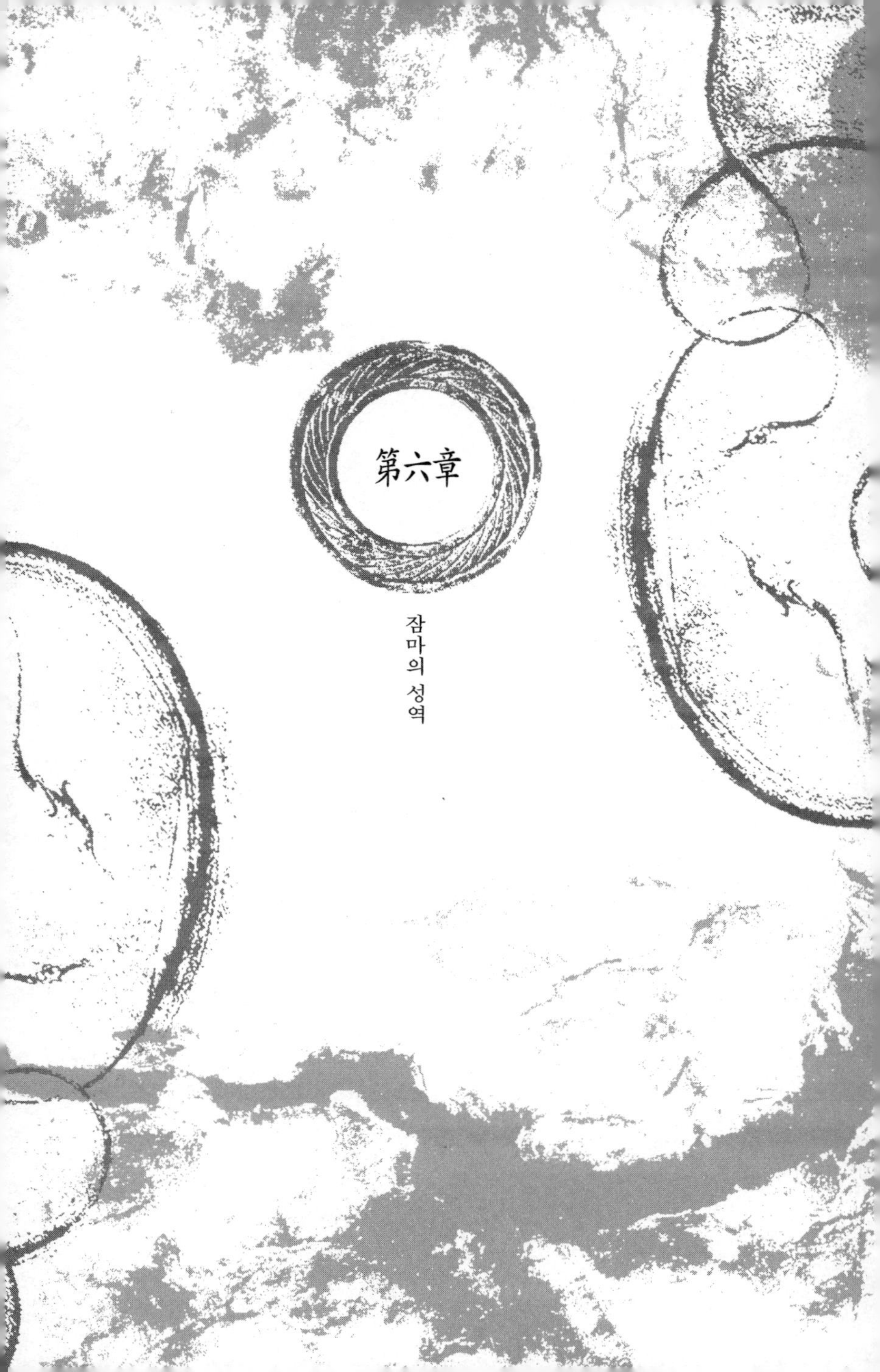

第六章
잠마의 성역

步法
無敵

　마교 총단에서 가장 중심이 되는 건물은 거창한 대제전도 아니고, 백마전도 아닌 허름하고 낡은 대장간이었다.

　땅— 땅— 땅—

　그곳을 향해 몸매가 확연히 드러나는 경장 차림의 채운하가 걸어가고 있었다. 대장간에 가까워질수록 보폭이 조금씩 줄어들었다.

　그녀가 이런 차림을 해야 할 정도로 신경 쓰는 곳은 오직 한 곳, '잠마의 성역' 이랄 수 있는 이 건물로 들어갈 때 외에는 없었다.

　그러나 이런 그녀의 모습이 눈에 확 뜨이거나 하진 않았다.

은밀하게 이곳을 드나드는 길을 알고 있기 때문이다.

대제전에서도 안 보이고, 백마전에서도 보이지 않는 건물이기에 굽어진 소로와 지하 동굴을 지나기만 하면 뒷문에 도착할 수 있었다.

누가 이곳을 마교 내의 또 다른 마(魔), 잠마가 있는 곳이라 여길 수 있을까? 터무니없을 만큼 아무것도 볼 게 없었다.

땅! 땅! 땅!

건물에 다가갈수록 쇠를 두드리는 음향이 짙어졌다.

그 소리에 채운하는 안심했다.

'아직 계시구나.'

이곳을 다녀간 잠마가 몇이나 되는지, 그들의 힘이 어느 정도나 되는지 그녀는 전혀 알지 못했다. 오직 그녀를 부른 '그'만이 알고 있었다.

채운하는 '그'를 떠올렸다.

누군가를 떠올리기 위해서는 그의 생김새, 말투, 성격, 체격 등이 명확해야 한다. 하지만 그녀의 머릿속에 떠오른 것은 한 가지였다.

두려움.

보는 것만으로 전신의 세포를 일일이 일으키는 짜릿함을 안겨주는 사람이지만, 곧이라도 끓어올라 그녀를 태워 버릴 것 같은 불안함을 주는 사람이었다.

만지기는 싫지만, 언제 끓어오를지 기대하게 만드는 사람이란 표현이 정확할지도 몰랐다.

　지하로 내려가자, 망치로 쇠를 두드리는 한 사내가 그녀를 향해 고개를 돌렸다.

　과묵하게 일자로 닫혀진 그의 입술, 그 무엇으로도 뚫을 수 없는 갑옷처럼 단단한 구릿빛 동체, 그리고 허락을 받게 만드는 저 눈.

　마교에서 그의 신분은 백마전의 고수들이 사용하는 무기를 다루는 고급 대장장이였다.

　"운하가 왔습니다, 잠마여."

　사내의 진정한 신분이 그녀의 입에서 흘러나왔다.

　"다가와라."

　사내는 잿빛 목소리가 어떤 건지 들려주었다.

　한없이 상대를 작게 만드는 목소리였다.

　채운하는 허락이 떨어지자 그제야 그를 향해 다가설 수 있었다. 그녀의 귀에는 다른 소리는 들리지 않았다.

　"보고드릴 것이 있습니다."

　"……"

　침묵은 허락이었다.

　"구조백을 움직이게 만들었는데도 백마전에서는 별 반응이 없습니다. 아무래도 장찬익의 아들을 죽여야만 그들을 끌어낼 수 있을 것 같습니다."

　"장찬익이 우리에 대해 눈치를 챈 모양이군."

"예?"

"운하야, 움직일 시기란 중요하다. 절정으로 치닫기 위해서는 빠르지도 느리지도 않아야 한다. 물론 시기가 됐을 때는 달라져야 한다. 죽여야 할 자들을 흩어놓아라. 한 번에! 모든 걸 바꿔야 어둠이 밝음으로 변한다. 존재한다는 건 그런 것이니까."

사내는 '중요', '어둠', '밝음'이란 말을 할 때마다 강한 억양을 심었다. 그 한마디 한마디는 채운하의 전신을 찔렀다.

움찔거리는 채운하의 등으로 식은땀이 흘러내렸다. 척추를 타고 내려가는 땀으로 인해 모든 신경이 아래쪽으로 쏠렸다.

'하아……'

"장찬익의 아들이 죽는 걸 시작으로 잠마의 성역은 개방된다."

털썩.

채운하는 그 자리에 그대로 무릎을 꿇었다.

그렇게 하지 않으면 버틸 수가 없을 것 같았기 때문이다. 그녀는 고개를 숙여 등을 보였다. 잠마의 몸을 받아들이고 싶다는 일종의 허락이었다.

"기쁘냐?"

"…예. 잠마께 바치겠습니다."

슥—

사내의 구릿빛 동체가 일어서자, 화로를 달구던 푸른 불이 긴장한 듯 마구 흔들렸다.

그는 채운하의 등에 손을 댔다.

'부드러워.'

그의 손이 닿은 부위는 그대로 녹아내릴 것 같았다.

아래로 내려가던 그의 손이 그녀의 옷을 잡아 그대로 내려 버렸다.

부욱—

찢겨진 옷이 양쪽으로 벌어지며 채운하의 하얀 속살이 푸른 빛에 모습을 드러냈다.

"좋다."

부르르—

그는 채운하의 긴 머리를 쓸어내리며 등을 어루만졌다. 그리고는 시선을 아래쪽으로, 더 아래쪽으로 내려보냈다.

그의 시선을 느끼며 채운하는 감각을 느꼈다.

"…흑……."

"……."

그는 채운하의 알몸을 보면서도 전혀 동요하지 않았다. 그의 강한 눈빛은 뜨거웠으나, 욕망을 철저히 배제하고 있었다.

채운하의 몸은 이미 익숙하게 그의 시선을 받아들이고 있었고, 이후에 벌어질 일에 대해 대비하고 있었다.

그의 시선이 멈춘 것과 동시에, 그녀는 자리에서 일어나 완전한 알몸이 되어 준비해 온 것을 꺼냈다.

사내의 뜨거움을 식혀줄 만년하수오의 즙과 빙백슬모의 피를 섞어 몸에 발랐다. 그리고는 투박한 철을 모아놓은 탁자 위에 누웠다.

스멀스멀.

'…흑!'

발끝에서 시작된 가려움이 한동안 그녀의 하체를 떠나지 않다가 배꼽을 지나자, 뭔가를 씹는 소리가 들렸고, 곧바로 그녀의 목 언저리까지 올라왔다.

사내의 혀는 쉴 새 없이 그녀를 탐닉하더니, 이내 그녀 위로 체중을 실었다.

끽, 끼걱― 끽끽끽―

허름한 지하 공간을 탁자의 단조로운 끼걱거림이 채워가기 시작했다.

채운하가 대장간으로 들어간 후 얼마 되지 않아 망치질 소리가 그쳤다. 그녀를 따라온 인영은 뒷문 앞에 모습을 드러낸 후 조용히 건물 안으로 들어갔다.

그녀가 나올 때까지 기다리려다가 일 다경이 지나도 나오질 않자, 남자의 본능적인 느낌에 따르기로 한 것이다.

"기분이 묘하군."

붉은 건을 머리에 묶고 회색빛 무복을 입은 청년은 건물 위쪽을 올려다보며 중얼거렸다. 언제든 땅으로 쏟아질듯이 거꾸로 매달린 검들이 그를 보는 것 같았기 때문이다.

지하로 내려가는 입구 앞에서 잠시 멈춰 섰다.

아래쪽에서 희미한 신음 소리가 들렸다.

"웃기는 일이군. 마화혈주가 겨우 대장장이와 정을 통한다고?"

청년은 이해할 수 없는 상황에 고개를 갸웃거렸다.

이내 입 벌리고 있는 어둠이 그를 삼켰다.

어둠을 이용한 공격에 대비하기 위해 일부러 몸에서 반사될 수 있는 빛까지 흡수하며 한 발을 내디딘 것이다.

여인의 끊어질 듯 이어지는 신음 소리를 따라서 한참을 내려가자, 방이 하나 나왔다. 그곳에서는 탁자가 반복적으로 비명을 질러대고 있었다.

그의 예상이 맞은 모양이다.

비웃음 가득한 눈으로 한 발 더 다가가려는 순간,

'……!'

섬뜩한 예기가 그의 전신을 훑고 지나갔다.

뒤에 누군가 있었다, 한 발이라도 더 움직이면 몸이 세로로 쪼개질 것 같은 예기를 발하는 누군가가.

호흡을 멈추며 천천히, 아주 천천히 돌아섰다.

"주군께서 오랜만에 휴식을 취하고 계시는데 문을 열면 흥이 깨진다. 주군을 뵙고 싶으면 조용히 그 자리에 서 있어라."

“……!”

천둥소리도 이보다는 작을 것 같았다.

청년의 귀에만 들리도록 일체의 음향을 차단했다는 뜻이
된다. 겨우 대장간에 이 정도의 고수가 있다는 사실을 청년은
믿을 수가 없었다.

“나는…….”

“천추성 사람이란 말을 하고 싶은 거냐?”

“……!”

청년은 순간적으로 할 말을 잃었다. 마마대 소속 무인에게
그게 무슨 말이냐고 반박하고 싶었으나, 어둠 속 괴인의 눈동
자를 보고서는 도저히 그 말을 할 수 없었다.

“어떻게 알았느냐고? 크르크르. 네가 마마대주에게 잘 보
이려고 일부러 다친 것부터 밤만 되면 총단을 샅샅이 뒤지고
다니는 것까지 알고 있다면 대답이 되겠느냐?”

“……!”

괴인의 말은 청년의 판단을 순간적으로 흩뜨렸다.

‘자 대주의 시험일까?’

마마대주 자휘태는 주도면밀하지만 담이 작아서 이런 일
을 만드는 자는 아니었다.

그렇다면 결론은 한 가지였다.

그동안 조사해 온 실체인 것이다.

“천추성의 넷째 제자 용현도(龍現度). 채 혈주 모르게 이곳

까지 따라온 줄 알고 좋아하는 애송이. 크르크르."

'내가 그녀를 따라온 것이 아니라, 그녀가 나를 따라오게 만들었다? 위험하다!'

용현도는 가슴이 답답해지는 것을 느끼며 내공을 일으켰다.

화앗—

그의 몸에서 갑자기 빛이 퍼져 나갔다.

어둠에 가려졌던 괴인의 위치를 알아보기 위해서 취한 수법이었으나, 그것은 잘못된 선택이었다. 환해질 거라 여겼던 주위의 어둠은 전혀 걷히지 않고 그대로 남아 있었다.

"어떻게……."

"크르크르. 어둠은 빛이 없어야 진정한 어둠이지. 빛을 받으며 살아온 사람들은 빛이 없으면 살지 못한다. 우리는……."

괴인의 목소리가 어둠 속에 잠겼다.

이어지는 나른한 목소리.

"…빛을 없애기 위해 태어난 사람들이거든, 용현도."

지하로 내려갔던 채운하가 몸을 가리기엔 턱도 없이 부족한 천을 두르고서 나타났다. 머리를 매만지는 그녀에게선 기척도, 향기도 나지 않았다.

"어둠 속에서는 색도, 모양도, 향기도 사라지지. 환영한다, 잠마의 성역에 온 것을. 호호호호."

용현도는 채운하의 목소리 때문인지, 전신에 힘이 빠지는 것을 느꼈다. 망안을 운용하고 있음에도 그녀의 모습만 보일 뿐, 그 외에는 암흑이었다.

어떤 수법을 사용해도 이들이 만들어놓은 공간을 깨뜨릴 수 없을 것 같았다. 의지를 돋우기에는 어둠 속의 괴인과 채운하가 주는 압박이 의외로 강했다. 평소에 알고 있던 채운하와 비교하면 지금은 천지 차이였다.

"당신들이군, 소성주님의 무공을 없앤 자들이."

"잘못 알고 있다."

잿빛 목소리를 가진 인영이 채운하의 뒤로 어렴풋이 보였다.

용현도는 그의 모습을 보지 못했으나, 저 목소리에 어울리려면 구릿빛 동체에 산발한 머리카락, 각진 턱 선과 암묵색 동공을 가진 사내일 거라 생각했다.

사내는 목소리를 통해 용현도에게 자신의 명확한 모습을 전달시켰다. 용현도는 말도 안 된다고 생각하면 할수록 굳게 일자로 입을 닫은 사내가 떠올랐다.

"다, 당신이… 아니란 마, 말이… 오?"

당신들이 아니라 당신이라는 말을 한다.

용현도는 자신의 입으로 말하면서도 왜 떨고 있는지 이해할 수 없었다.

채운하가 나타난 자를 향해 다소곳이 걸어가더니 양손으

로 그의 머리칼을 뒤로 넘긴 후 끈으로 묶어주었다.

"진정한 마(魔)는 육체를 죽이는 것이 아니라 희망을 죽인다."

"……!"

용현도는 전신에 소름이 쫙 돋았다.

사내의 말뜻이 머릿속에 전해졌기 때문이다.

신의 영역에 도전한 소년이 십 년 동안 죽음과 같은 외로움과 싸우는 모습이 그려졌다. 희망을 잃어가는 가녀린 소년의 투쟁이 머릿속에 그려졌다.

"으으……."

이런 자가 있다는 걸 왜 세상은 몰랐단 말인가?

자신을 신이라 여기는 사내가 전혀 미친놈처럼 보이지 않았다. 아니, 오히려 이 사내가 세상에 나가면 마교나 천추성이 막지 못할 것이란 확신이 들었다.

채운하는 용현도의 표정을 봤다. 그의 두려운 표정으로 인해 몸이 달아오르는 까닭이다. 그런 그녀의 등으로 부드러우면서도 강인한 손이 느껴졌다.

"아……."

"즐겨라, 신의 성역에 함부로 발을 디디는 어리석은 인간이 죽어가는 모습을."

채운하의 입술이 바싹 타 들어갔다.

잠마가 원하기 전에 그녀는 원할 수 없었다. 그것이 어떠한 것이든.

용현도는 어둠 속에서 심각한 표정을 짓더니 금방 비장한 표정이 됐다가 고통에 몸부림을 쳤다. 어둠은 그의 시간을 모두 지배하며, 머리칼이 하얗게 변색될 때까지 계속해서 멈춰 있었다.

*　　　*　　　*

문대성과 갈피독은 소중하게 여겼던 삶의 의미와 사랑을 잃은 까닭에서인지 금방 공감대를 형성했다. 상실(喪失)이 오히려 두 사람을 이어주는 끈이 된 것이다.

보법, 그것도 같은 보법을 익힌 자에게 초문의 문주가 졌다. 이 세상 최고의 여인은 사옥랑이라 생각했으나, 그 소중한 사랑을 잃어야 했다.

그러나 지금은 두 사람 모두 감상에 젖어 있을 수만은 없었다. 언제 혈포사신들이 이곳을 발견할지 모르기 때문이다.

"이제부터가 싸움의 시작이네. 최대한 흔적을 남기지는 않았지만, 조심해야 할 걸세."

"몸만 정상이었어도……."

"그는 오지 않는 모양이군."

"그?"

"자네가 주군으로 모신다는 그 사람 말일세, 보법이 뛰어나다는. 보법의 고수라면 한 번 만나보고 싶었는데 아쉽군.”

“그 녀석은 올 겁니다. 오면 소개해 드리죠.”

“살아나면?”

“푸하! 맞습니다, 살아나면! 큭큭큭.”

“허허허.”

두 사람은 서로의 대답에 무미건조한 웃음을 흘렸다.

“혈포사신이란 녀석들이 우리를 발견하는 건 시간문제일세. 이곳을 벗어나는 순간, 자네는 곧장 산을 넘어가게. 나는 반대쪽으로 움직일 테니까.”

“싫다고 말하고 싶지만… 노인네가 원하는 거니까 들어주기로 하겠소.”

“허허. 맞네, 노인네의 부탁일세.”

문대성이 허리의 한 부분을 누르자, ‘팅’ 하고 얇은 음향이 일며 검신이 모습을 드러냈다.

“이걸 사용할 일은 없을 줄 알았는데. 갈 아우, 내 먼저 나감세.”

희미한 웃음이 문대성의 얼굴을 감쌌다.

“…문 형님, 고맙습니다.”

갈피독은 각오가 담긴 눈으로 마중했다.

*　　*　　*

"유명하신 사옥랑님을 이런 곳에서 뵙게 됐군요."

붉은 옷을 입은 목우가 그녀에게 다가왔다.

목우가 있다는 건 근처에 백안마군도 있다는 뜻이었다. 사옥랑은 재빨리 만저유의 끈적이는 손길을 쳐내며 마차 밖으로 나왔다. 그녀에게 지금 가장 필요한 사람이 와 있다는데 만저유가 눈에 들어올 리 없었다.

"어디 계세요, 백안마군께서는?"

"유령신보를 쫓고 계십니다."

"유령신보?"

이때, 마차에서 한 사람이 소리도 없이 나왔다.

"유령신보? 지금 어디 있지?"

작은 키에 볼품없는 만저유의 질문에 목우의 눈에 살광이 어렸다가 사라졌다. 아무리 사옥랑과 함께 있는 자라도 자신에게 반말을 하는 건 받아들일 수 없었다.

"저자는 누굽니까?"

"채 혈주께서 보내주신 분이세요."

사옥랑이 만저유를 향해 눈웃음을 치자, 만저유는 그녀가 자신을 거절했다는 생각을 지우고 음침한 눈으로 바라봤다.

분위기가 묘하게 돌아가려는 순간, 산 정상에서 목우를 부르는 목소리가 들려왔다.

"유령신보가 나타났습니다!"

수라대원의 목소리는 곧장 목우의 귀에 꽂혔다.

목우는 만저유에게서 시선을 떼더니 빠르게 산 정상을 향해 움직이기 시작했다. 하지만 그보다 먼저 움직인 신형이 있었다.

사옥랑을 도와줄 자라고 해서 별 기대를 하지 않았던 만저유였다. 한데 그는 목우를 지나쳤다 싶은 순간 벌써 십여 장을 앞서고 있었다.

빨랐다. 신법을 펼치는 것이 아닌데도 수라대원 중 한 사람도 만저유를 돌아보는 사람이 없었다. 아무도 건들지 않고 보법만으로 수라대원들 사이를 빠져나가며 산을 오르는 것이다, 그것도 엄청난 속도로.

"저, 저 보법은……."

목우는 뒷말을 잇지 못했다.

문대성이 갈피독을 들쳐 메고 도망칠 때 봤던 모습과 완전히 일치하기 때문이다.

"수라대원들은 들어라! 도련님께서 천라지망을 펼치라는 지시를 내리셨으니, 산 전체를 포위하며 내려가도록 하라!"

'도, 도련님!'

수라대주 장주극도 이 자리에 있다는 말에 사옥랑은 자신의 귀를 의심했다.

"지, 지금 분명히 도련님이라고 했나요?"

"도련님께선 백안마군과 함께 계십니다."

"……!"

그때였다.
콰콰콰—!
거친 폭음이 산 너머에서 들려왔다.
사옥랑은 더 이상 지체하지 않고 곧바로 대열에 합류했다.

*　　　*　　　*

문대성은 동굴 밖으로 나오자마자 지휘하는 자를 찾아냈다. 유난히 강한 기운이 느껴지는 백안마군의 모습을 보고 반대편으로 신형을 날렸다.

혈포사신들이 일제히 자신을 따라오는 것을 보며 빠져나온 동굴을 한 번 돌아보는 걸 잊지 않았다.

'무사하시게, 갈 아우.'

갈피독을 설득하느라 애를 먹기는 했지만, 의형제를 맺는 데에 성공했다. 형의 말을 안 듣는 아우는 필요없다며 먼저 가겠다고, 형의 노력을 헛되이 하지 말라며 타일렀다.

"유령신보가 도망친다! 혈포사신은 두 개 조로 나뉘어 쫓아가라!"

백안마군은 사자후를 터뜨리며 문대성을 쫓아갔다.

그러나 뒷모습을 노려보던 그의 눈에 의혹이 깃들었다. 이상했다. 예전에 봤던 등천화의 뒷모습과는 뭔가 달랐기 때문이다.

혈포사신들을 유인해 아래쪽으로 사라지는 문대성을 보며 갈피독은 가슴 한쪽이 찌르르 울리는 것을 느꼈다. 언제 봤다고, 생판 남이라 생각해도 그만인 자신을 위해 목숨을 건단 말인가.

푸슷―

백안마군의 태양백안마공이 내부를 침입하지 못하도록 막아놓았던 내공까지 풀어버렸다. 도저히 혼자 살겠다고 도망칠 수가 없었다.

"미안하다, 주군 녀석아."

주군을 모시는 자로서 주군보다 먼저 죽는 건 있을 수 없는 일이지만 일이 이렇게 된 걸 어쩌겠는가?

"혼자 해결할 일이 있다고 하면 어디를 가는지나 물어보든지. 쿵. 주군 될 그릇이 아니야."

갈피독은 투덜거림을 멈추고는 주위를 둘러봤다, 뚱한 얼굴로 등천화가 나타날지도 모른다는 황당한 생각을 하며.

"알아서 빨리 오든지!"

목소리가 너무 컸다.

"저기에 낭왕이 있다!"

혈포사신 중 한 명이 뒤를 돌아보며 큰 소리로 외쳤다. 갈피독은 한쪽 눈썹을 들어 올리고는 올 테면 오라는 시늉을 해보였다.

"그쪽으로 다 가면 심심하잖아. 어이, 여기도… 어어… 저
개 떼는 또 뭐야?"

산 너머에서부터 밀고 내려오는 수라대원들이 보였다. 생
각보다 엄청났다, 아무리 그라고 해도 싸울 의욕이 사라지게
만들 정도의.

그러나 갈피독의 인생에 있어서 도망은 없었다.

"파하! 내가 무섭기는 했던 모양이구나. 숫자로 밀어붙이
면 내가 겁먹을 줄 알았더냐! 낭왕이 여기 있으니, 와서… 어?
야! 낭왕이 여기 있다고!"

당장 쫓아올 줄 알았던 혈포사신들이 갈피독의 외침을 외
면하며 문대성을 향해 일제히 움직였기 때문이다.

"이것들이… 낭왕을 우습게보는 거냐!"

혈포사신들에게 일갈을 퍼부은 후, 갈피독은 개 떼처럼 몰
려오는 수라대원들을 상대하기 위해 자세를 고쳐 잡았다.

그때, 갈피독의 눈에 한 사람이 들어왔다.

번듯하게 생긴 외모와 달리, 멀리서도 광기로 번들거리는
눈이 확연히 보였다. 예사롭지 않은 적의 출현을 암시했다.

"음……."

백안마군을 상대하다 다친 상처가 따끔거렸다. 전신을 감
싸고 있던 지옥명강이 알아서 요동치며 긴장하게 만들었고,
양 주먹은 꽉 쥐인 채 묵묵히 장주극을 향해 올라갔다.

"강한 놈이다. 저 나이에 백안마군과 비교해도 결코 뒤지

지 않을 것 같은 위압감을 지니고 있다니. 후읍. 마교엔 얼마나 많은 고수들이 있는 거지?"

머리가 차갑게 식었다.

백안마군만 해도 버거운 상대였다. 아니, 현재로서는 피하는 것이 당연했다. 하지만 언제는 위험하지 않은 적이 있었던가?

무방비 상태의 장주극은 아래쪽, 갈피독은 위쪽이었다. 유리한 조건을 이용하면 팔성이 아니라 구성까지는 지옥파라수가 위력을 발휘할 것이다.

움직임과 동시에 장주극의 머리를 후려갈겼다.

쾅!

팔성의 내력이 담긴 지옥파라수가 장주극에 의해 간단히 막혀 버렸다. 뒤로 튕기듯 물러선 갈피독은 신기한 눈으로 장주극을 쳐다봤다.

힘의 차이가 극명했다. 갈피독의 예상대로 장주극의 능력은 백안마군에 비해 조금도 모자람이 없었다. 아니, 일부러 살려준 조금 전의 행동을 보면 오히려 위일 수도 있었다.

"왜……."

갈피독은 말을 끝까지 하지 못했다. 비웃음을 담은 장주극의 시선이 갈피독에게서 떨어졌고, 이어서 그의 신형 역시 지나갔기 때문이다.

자존심이 상한 갈피독은 이를 갈며 다시 한 번 손을 쓸려고 했다. 하지만 장주극이 사라지고 난 곳 뒤편으로 여인의 얼굴이 들어왔다.

"옥… 랑?"

수라대원들과 함께 있는 그녀는 분명히 사옥랑이었다. 갈피독은 그녀를 보자마자 모든 신경이 꺼졌다. 오직 그녀를 향해 다가가야 한다는 생각만이 가득해졌다.

지옥팔보가 그를 그녀에게 데려다 주었다.

그녀를 보호하기 위해 막을 치는 수라대원들 따위는 보이지도 않았다.

*　　　*　　　*

화산오검은 익숙한 솜씨로 음식을 만들었다.

돌 몇 개를 받침대로 사용하고 그 위에 넓적한 돌 판을 올렸다. 이내 불이 지펴졌고 산토끼 몇 마리가 구워지기 시작했다.

"엄… 장액 지부에 가는 길은 아직 멀었나요?"

"반나절을 쉬지 않고 가면 도착할 겁니다, 등 소협."

유호경은 대답을 하면서 토끼 고기를 적당한 크기로 잘라서 등천화에게 건넸다.

받아 든 고기를 등천화는 바로 먹지 않고 근처를 둘러보다가 나무뿌리를 뽑아와 함께 씹어 먹었다. 노숙에 익숙한 화산오검도 처음 보는 식사법이었다.

"그게 뭔가요, 등 소협?"

"예? 이건 나무뿌린데요?"

"아니, 제 말은 왜 함께 먹느냐는 말입니다. 독이 든 뿌리면 어쩌려고……."

"괜찮아요."

"……."

유호경은 뭐가 괜찮다는 말인지 이해할 수 없어 사형제들을 돌아봤으나, 그들도 등천화의 대답을 잘 이해하지 못하고 있는 것 같았다.

"드릴까요?"

"…예."

유호경은 별 기대 없이 등천화가 건넨 나무뿌리를 받아 들었다. 입에 넣고 몇 번 우물거리던 그의 얼굴에 감탄이 떠올랐다.

짠 맛이 강했다.

실제로 짠지는 잘 모르겠지만 간이 안 된 고기를 먹기에는 더 없이 좋았다. 이내 화산오검 전원이 나누어 씹었다. 그 모습을 보자, 등천화는 잘한 것 같아 기분이 좋아졌다.

따악—

화산오검은 정신없이 배를 채우다 기묘한 소리에 일제히 검을 잡으며 일어섰다.

등천화만이 갑자기 일어서는 화산오검을 멀뚱히 바라보았
다.

"엄… 왜들……."

등천화의 손에는 돌멩이가 들려 있었다.

딱—

"……."

유호경이 입을 쩍 벌린 채 굳어버렸다.

등천화의 손에 있던 돌멩이가 사라진다 싶더니 그들을 긴
장시킨 음향이 곧이어 터졌기 때문이다.

어이없게도 음향은 등천화가 만들어낸 소리였다.

"드, 등 소협, 놀랐잖습니까!"

화군악이 약간은 신경질이 섞인 목소리를 냈다.

"이것 때문에요?"

딱—

또다시 들린 음향.

뒤쪽 나무에 구멍이 뚫리는 소리였다.

"적이 나타난 줄 알았잖습니까!"

"적… 아! 갑자기 떠오른 생각이 있어서 길에 올려놓았어
요. 엄… 이젠 안 할게요."

등천화는 분위기가 이상해지자, 어린애가 장난치다가 혼
났을 때의 표정으로 도리질을 쳤다.

조금 전에 펼친 수법은, 서문일청이 알려준 '서문사영(西門

斜影)' 이란 것이었다. 서문일청은 모르고 있지만, 등천화는 이미 모든 동작을 외우고 있었던 것이다.

'가, 갑자기 떠오른 생각으로 뒤에 있는 목표를 맞혀? 겨우 어제 배운 암기 던지는 수법으로?'

화산오검은 전부 혀를 내둘렀다. 하루 만에 보지 않고 원하는 목표를 맞힐 수 있는 실력이 되다니.

등천화는 이내 자리를 털고 일어서서 한쪽으로 움직였다. 수련하는 걸 화산오검이 별로 좋아하질 않으니 자리를 옮겨서 보법 수련을 마저 하려는 것이다.

화산오검은 그런 등천화에게 질세라 주위를 정리한 후 맹렬한 검법 수련에 들어갔다.

등천화와 화산오검이 열심히 수련하고 있는 장소에서 북쪽으로 산 두 개를 지나면 거대한 타원형 호수가 나오는데, 이곳 어디에도 살아 있는 생물이라고는 찾아볼 수 없었다. 소위 말하는 죽음의 호수였다.

이곳은 묘한 침묵이 흘렀다.

거대한 호수는 바람을 먹고 사는지 일체의 침묵으로 주위를 지배하고 있었다.

이 침묵으로 가득한 공간에 침입자들이 나타났다.

꽈드득—

바싹 마른 호수 주위의 나무가 붉은 물결에 의해 먼지를 피워내며 무너져 갔다.

"서라, 유령신보!"

혈포사신들은 문대성을 쫓아 사력을 다했다. 사라졌다 싶으면 모습을 드러내 쫓아오게 만들더니, 쫓아가면 또다시 사라지길 반복했다.

문대성의 보법은 이곳과 너무 잘 어울렸다.

나무들이 쓰러지며 내는 먼지 사이로 사라졌다가는, 혈포사신들이 움직이며 내는 소리로 몸을 피할 수 있었다.

지금도 혈포사신들이 쓰러뜨린 나무에 몸을 붙인 채 그들이 사라지길 기다렸다.

'이 정도면 갈 아우가 충분히 돌아갈 시간을 벌지 않았을까?

벌써 반 시진 이상은 쫓고 쫓기는 추격전을 한 것 같았다. 혈포사신들의 숫자를 굳이 세어보지는 않았으나, 전원이 문대성을 쫓고 있는 건 짐작할 수 있었다.

조금만 더 이 상태로 있다가 되돌아가기로 했다.

호수에 완전한 침묵이 다시 찾아왔을 때, 문대성은 나무에서 떨어져 밖으로 나오려 했다.

그때,

'누가 있다!'

바닥에 묘한 형태의 그림자가 눈에 보였다.

그 자세 그대로 멈췄다.

'아래 유령신보가 있다!'

문대성이 멈췄듯이 나무 위에 서 있던 만저유 역시 제자리에서 굳어버렸다.

혈포사신들이 난리를 피우는 모습에 누구보다 코웃음을 친 사람이 그였다. 그렇게 쫓아가는 것은 오히려 문대성을 도와주는 일이었다.

나라면 어떻게 할까?

만저유는 문대성의 입장이 돼서 숲 이곳저곳을 다녔지만 아무리 찾아도 문대성은 발견할 수 없었다. 마지막이라 여기고 나무에 서서 숲을 둘러보는 중이었다.

아래로 내려가려는 순간, 나무 아래쪽에서 누군가가 갑자기 나타날 것 같은 예감이 든 것이다.

움직이지 않았다.

"……."

굳이 볼 필요 없었다.

문대성이었다.

그렇게 문대성과 만저유는 그 자세 그대로 움직이지 않았다.

서로에게 이미 졌다고 생각하는 두 사람.

이젠 누가 먼저 움직이느냐에 따라 승부가 결정된다.

솨아아—

호수의 썩은 냄새가 바람을 타고 날아왔다.

문대성은 고약한 냄새에 인상을 쓰며 언제든 자보를 펼치기 위해 진기를 하체로 내렸다. 그때, 위쪽에서 띠익하는 소리가 들렸다.

"……!"

미세한 소리였으나, 그 소리를 놓칠 문대성이 아니었다. 만저유도 긴장하고 있는 것이다.

보법에 있어서만큼은 최고를 자부하는 두 사람의 두 번째 싸움이 시작됐다.

두 사람의 다리는 밧줄에 묶인 것처럼 꼼짝도 하지 않았다. 이대로 돌이 된다 해도 먼저 움직이는 일은 일어나지 않을 것이다.

시간이 흘렀고, 두 사람은 꼼짝도 하진 않고 서로의 움직임에 촉각을 곤두세우며 어느새 썩은 숲과 하나가 되어갔다.

같은 자세로 오랜 시간 서 있기는 쉽지 않다. 고도의 집중력을 요하는 일이기에 심력이 많이 소비되고, 움직임에 익숙한 사람일수록 더욱 그렇다.

이런 두 사람의 집중력을 한 번에 깨뜨려 버리는 일이 일어난 것은 일 다경쯤 지났을 때였다.

휙—

두 사람의 눈앞을 누군가가 지나갔다.

"……"

“…….”

아무리 집중력이 흩어졌다고 해도 못 볼 사람들이 아니었다. 사람이었다. 그것도 스물을 갓 넘은 듯한 청년. 두 사람은 동시에 자신들의 눈앞을 지나간 청년의 뒤를 눈으로 좇았고, 아주 낯익은 보법을 봐야 했다.

상체를 하늘에 고정시키고 하체를 움직이는 모습은 두 사람과 비슷했으나, 속도가 달랐다. 자보를 펼치기 위해서는 땅에 발이 닿는 순간은 멈춰야 했다. 물론 아주 짧은 찰나에 불과한 시간이었다.

그 시간이 청년의 움직임에는 없었다. 마치 땅과 일체가 된 듯이 하나가 되어 있었다.

“……!”

“……!”

기가 막힌 광경에 두 사람의 눈이 더 커질 수 없을 정도까지 커졌고, 당장 쫓아가 확인해 보고 싶은 충동으로 마음이 조급해졌다.

그러나 지금 움직이게 되면 나무 하나를 사이에 둔 대치 상태는 어쩌란 말인가?

문대성과 만저유는 입이 바싹 타면서 마음속으로 발만 동동 구를 수밖에 없었다.

‘먼저 움직여라!’

‘이 망할 자 때문에 저놈이 누군지 확인을 못하게 생겼잖

아. 어서 움직여!'

　이러지도 저러지도 못하게 만드는 상황에 두 사람은 청년
을 놓치고 말았다.

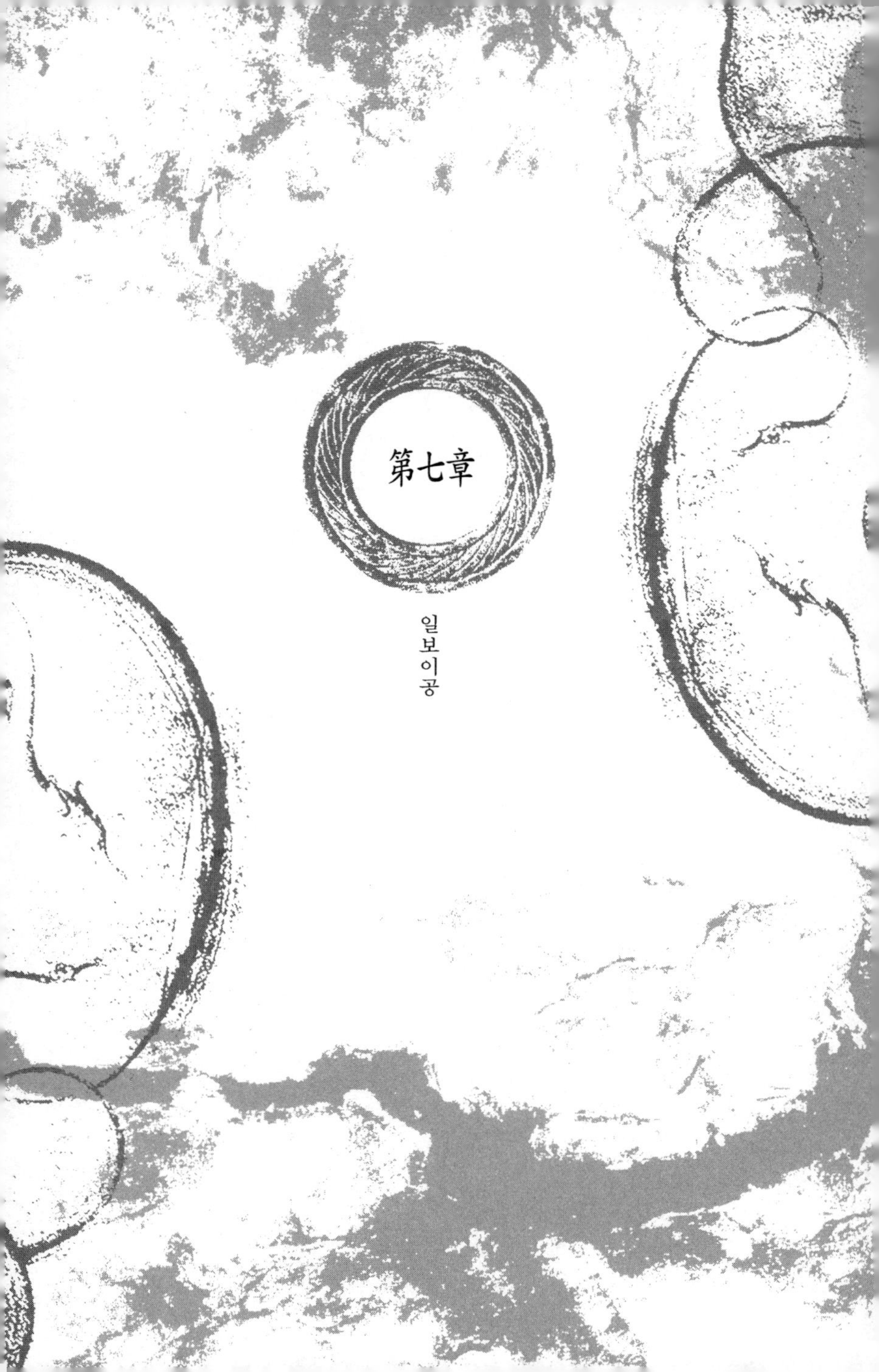

第七章

일보이공

“내, 내 다리… 으으으… 흑… 사, 살고 싶어…….”

잘려진 허리 아래를 붙들며 울고 있는 수라대원의 얼굴에는 절박함이 가득했다. 하지만 속속 이어지는 동료들의 비명에 묻혀 그의 목소리는 이어지지 않았다.

“끄아악!”

“켁!”

수라대원들은 자신들을 종잇장처럼 찢어버리는 무서운 악마에게서 점점 떨어졌다. 푸른 빛이 번쩍일 때마다 잘려 나가는 동료들의 모습은 충분히 공포스러웠기 때문이다.

“헉헉헉…….”

갈피독은 숨을 헐떡였다. 지친 몸 때문인 것도 있지만, 눈앞에 놓인 시체에 대한 복잡한 감정 때문이었다. 어떻게 자신에게 이럴 수가 있느냐는 눈으로 그를 바라보고 있는 여인의 시체. 사옥랑은 죽는 순간까지 갈피독에 대한 원망을 멈추지 않았다.

그녀의 몸을 단숨에 찢어낸 손을 봤다. 그 덕분에 암흑삼제와의 싸움에서 얼마나 맞았는지 몰랐다. 손을 들어올리기도 힘들었다.

그러던 차에 눈앞의 놈들이 나타났다.

돌아오지 않는 허무를 찾아 구조백이 보낸 고수들, 칠천마뢰(七天魔雷). 일곱 명이면 구조백도 승부를 자신할 수 없는 고수란 소문이 자자한 자들이었다.

"겨우 그 정도의 실력으로 가주님의 동생을 죽였다니, 이해가 가질 않는군."

칠천마뢰의 대형 장묵은 검은 수염을 기른 강퍅한 인상의 사십대 중반의 사내였다.

"가주님의 동생? 나는 그런 놈 죽인 적 없는데?"

"구의걸이란 이름을 모른 척하진 않겠지?"

"아! 난 또… 그놈은 약했어. 그리고 내가 죽인 것도 아니고. 훅훅……."

"너와 유령신보가 저지른 일이 얼마나 엄청난 짓인지 전혀 실감하지 못하고 있구나. 너는 물론이고 네……."

“그래그래, 알았어, 알았으니까 올 거면 빨리 와.”

갈피독은 짜증이 났다. 구의걸의 죽음에 대해 다 알고 있으면서 자신을 끌어들이려 했기 때문이다.

그러나 장묵과 주위를 빽빽하게 감싸고 있는 수라대원들을 보자, 대꾸하는 것도 귀찮았다.

손에 힘을 줘봤으나, 내공이 삼성도 채 남지 않았는지 지옥명강이 일어나지 않았다. 이 상태라면 한 번의 공격도 막기 힘들었다.

‘저것들만 아니었어도……’

보는 것만으로도 질려 버릴 만큼 많은 수라대원들.

일 대 일로 싸운다고 해도 눈앞의 일곱 인간들은 쉽지 않을 것 같았다. 즉, 이들을 어찌어찌 해서 죽인다고 해도 살아날 확률 따위는 없다는 뜻이었다.

장묵이 뒤를 향해 손짓하는 모습이 보였다. 손짓을 받은 자는 망설임없이 네 개의 칼날이 박혀 있는 륜(輪)을 갈피독에게 던졌다.

이미 한 번 경험했다.

지금과 같은 상황에서는 피하는 것은 의미가 없었다.

“푸하! 나, 갈피독이 죽는다! 제길, 이거 너무하는 거 아니야!”

갈피독은 륜을 보지 않고 하늘을 향해 크게 외쳤다.

그때였다.

빡!

엉뚱한 음향이 터졌다.

“……?”

갈피독은 의아한 눈이 되어 자신의 몸을 살폈다.

멀쩡했다. 천천히 시선을 아래쪽으로 내렸다.

쿵.

륜을 든 자가 뒤로 자빠졌다.

“웅?”

장묵은 쓰러지는 아우를 향해 달려가다 멈췄다.

아우의 이마에서 굴러 떨어지는 물체.

“도, 돌멩이……?”

적엽비화도 아니고 겨우 돌멩이를 던져서 칠천마뢰 중 한 명을 기절시킬 정도의 고수가 주위에 있었다.

금방이라도 죽을 것 같던 갈피독의 입에서 갑자기 웃음이 터졌다. 이런 황당한 수법을 사용할 사람은 오직 한 명뿐이기 때문이다.

“크하! 왔구나! 푸합. 풉.”

갈피독의 웃음소리에 대답이라도 하듯이 뚱한 목소리가 허공에서 들려왔다.

“괜찮아요? 하마터면 길이 끊어질 뻔했잖아요. 멀어서 안 될 줄 알았는데, 정말 다행이에요.”

“……”

장묵은 목소리가 들린 방향으로 고개를 돌렸다.

"허!"

기가 막힌 표정이 그의 얼굴에 드러났다.

모래를 채운 곳에 물을 붓는 모습이라고 해야 할까?

빽빽한 수라대원들의 장벽을 유유히 통과하면서 다가오는 인물이 있었다. 하지만 수라대원 누구도 그를 돌아보는 사람이 없었다.

돌멩이로 그의 아우를 기절시킨 자가 겨우 스물이 갓 넘은 듯한 청년이었다. 이건 백번을 양보해도 도저히 있을 수 없는 일이다.

장묵은 황당해서 말이 나오지 않았다. 다가오는 등천화는 아무리 살펴봐도 어리숙해 보이는 청년 외에는 아무것도 아닌 놈이었다.

"대형, 이대로 보고만 계실 겁니까?"

"응?"

그 짧은 순간에 등천화는 갈피독에게 다가가 있었다.

번뜩 정신이 들었다.

"네놈은 누구냐, 누군데 감히 마교의 행사에 참견이냐! 죽고 싶지 않으면 어서 그놈에게서 떨어져라!"

"……."

등천화는 장묵의 진지한 경고를 무시하고 갈피독의 몸을 살폈다. 입가에는 피를 흘리고 있었고, 움직일 힘이 전혀 없어 보였다.

"헤… 다행이네요, 아직 살아 있어요."

살아 있어서 다행이다?

의외로 살아 있네요?

등천화의 해석하기 힘든 말에 갈피독은 겨우 숨을 돌리며 입을 열었다. 일순 긴장감이 풀리자 말이 잘 나오질 않았다.

"…무, 무… 구해… 야… 우웩……."

"엄……."

등천화는 갈피독의 끊어진 말을 이으려고 노력을 해봤으나, 도저히 해석이 되질 않았다. 어쩔 수 없이 뒤를 돌아봤다. 거기엔 장묵 등 여섯 명이 살기등등한 표정을 짓고 서 있었다.

"저… 갈 대협이 무슨 말을 하는지 혹시 아시나요?"

"……."

장묵은 등천화가 자신에게 질문이란 것을 하리라고는 상상도 하지 못했기에 좌우를 돌아봤다. 몇 사람이 더 있을지 모른다는 생각 때문이었다. 하지만 아무리 둘러봐도 수라대원들과 자신의 아우들 외에는 보이지 않았다.

"이놈이 감히! 닥치고, 그놈에게서 떨어져라!"

"엄… 모르면 그만이지 왜 화를 내고 그러세요. 안 그래도 심난한데."

"크하! 담이 큰 놈이구나. 하나 아무리 태연한 척해도 소용

없다.”

장묵이 살기를 피워 올리자, 나머지 오천마뢰들도 함께 기를 팽창시켰다. 이 정도의 압박이면 겁을 먹을 만도 하건만 등천화는 전혀 겁먹은 표정이 아니었다. 아니, 오히려 쑥스러운 표정을 지으며 웃었다.

“거리가 너무 멀어서 미리 양해를 구할 수가 없었어요. 다음부턴 이런 일이 생기면 미리 양해를 구하도록 할게요. 그러니 갈 대협을 그만 괴롭히세요.”

“뭐?”

“보세요, 많이 다치셨잖아요.”

등천화는 마음 상한 얼굴로 갈피독을 가리켰다.

갈피독에게 배운 것을 써먹고 있었다. 여자일 경우에만 써먹으라고 그토록 신신당부했던 갈피독의 말을 잊고서, ‘양해 구하기’ 를 장묵에게 쓰고 있는 것이다.

‘항상 느끼는 거지만, 이놈에겐 긴장감이란 것 자체가 없는 것 같다. 빌어먹을 주군 놈.’

갈피독은 자신이 알려준 ‘양해 구하기’ 를 이런 식으로 써먹는 등천화를 답답한 심정으로 쳐다봤다. 상대방의 화를 돋우는 데 저만한 바보짓도 없다는 생각이 든 탓이다.

이때, 그의 손끝을 통해 따스함이 몸속으로 들어왔다.

눈동자만 간신히 내려 손을 쳐다봤다.

검자루만 남은 신기한 물건이 손에 쥐어져 있었다.

무의식중에 문대성을 구해달라는 말을, 등천화가 '뭔가를 달라는' 뜻으로 오해하고 쥐어준 모양이었다.

'뭐지? 이 느낌은 몸이… 몸이 따뜻해진다!'

등천화가 쥐어준 여의마검에는 만안신석이 붙어 있었다. 마기에 반응하는 만안신석이 갈피독의 몸을 헤집은 백안마군의 마기를 찾아가는 현상이었다.

"녀석아, 한눈팔지 마! 저놈들의 합공은 백안마군 이상일지도 몰라!"

갈피독의 말이 끝나는 것과 동시에 육천마뢰 중 한 명만 남고 일제히 사라졌다. 남은 자의 입가에는 의미심장한 미소가 그려져 있었다.

"어? 이쪽이 아니……."

왼쪽을 돌아보는 등천화의 반대편에서 장묵이 나타났다. 그의 얼굴에는 등천화를 죽일 수 있다는 확신이 드러나 있었다.

"잘 가라."

퍽.

짤막한 음향과 함께 등천화의 신형이 공중으로 떠올랐다.

"어?"

등천화는 어째서 그들의 길이 보이지 않았는지 이해하지 못했다. 이내 등천화의 몸은 땅과 걸쭉한 마찰을 일으켰다.

"……!"

순식간에 일어난 상황이라, 갈피독은 입을 벌린 채로 멍하니 일어서 있었다. 놀라운 회복력이 아닐 수 없었다. 하나 장내의 누구 한 사람도 그에게 관심을 두는 사람은 없었다.

"뭐야, 겨우 그 정도에 나가떨어져?"

기가 막힌다는 장묵의 목소리에 갈피독이 등천화를 향해 소리쳤다.

"이, 일어나! 일어나라고!"

순간적으로 갈피독의 머릿속에 '꽉' 하고 뭔가 터지는 소리가 들렸다. 있을 수 없는 일이 눈앞에서 벌어진 탓이다. 자신 때문에 등천화가 맞았다.

"으아아아! 전부 죽인다!"

여의마검을 사용해 본 적도 없으면서 그는 지옥파라수를 검법으로 변환시켜 뻗었다. 검법으로 변환했다고는 해도 고작 내리긋는 동작이 전부였으나, 그 결과는 상상을 초월했다.

쿠콰콰콰콰콰—!

연속해서 여섯 번의 폭음이 터졌고 등천화를 포위하려 움직이던 육천마뢰를 사방으로 흩어지게 만들었다.

"너!"

갈피독은 등천화를 때린 장묵을 지적했다.

움찔.

장묵은 조금 전의 빌빌대던 갈피독이 어떻게 저런 엄청난 모습을 보이는지 이해할 수 없었다. 가지고 놀 때와는 전혀 달랐다.

갈피독의 손에 들린 여의마검에서 투명한 검신이 계속해서 늘어나고 있었다.

"헛, 사, 삼 장은 되겠다!"

종종 검강을 다루는 고수들이 검신을 늘이는 것 같은 현상을 만들어낸다는 소리를 들었지만, 갈피독은 그런 정도의 고수는 아니었다.

그러나 장묵의 생각대로 돌아가 줄 갈피독이 아니었다. 늘어나던 투명한 검신이 '스억' 하는 소리와 함께 장묵의 목을 벤 것은 순간이었다.

툭.

더 이상 장묵의 목소리는 나오지 않았고, 목이 잘린 장묵의 시체는 다른 육천마뢰의 입을 닫게 만들었다. 여의마검의 검신은 거기서 멈추지 않았다.

일각도 안 걸려서 돌멩이에 맞아서 쓰러진 한 명을 제외한 육천마뢰가 모두 죽었다.

투두둑—

신체의 일부와 결별한 칠천마뢰의 여섯 번째 목이 바닥에 떨어지는 소리였다.

"으흐… 으아아아! 다, 다 죽인다아……!"

갈피독은 살심이 멈추질 않았다.

눈에 보이는 것들을 향해 여의마검을 휘둘렀다.

‘쩔륵’ 거리며 잘라지는 육체들.

푸른 빛을 피해 이리저리 움직이는 사람들.

여의마검을 쥔 지금은 모든 것을 할 수 있을 것 같았다. 등천화에 대한 걱정도 사라졌고, 문대성에 대한 염려도 사라졌다.

욱신욱신.

갈피독은 머리를 죄어오는 고통과 싸우기 위해 또다시 푸른 검신을 들어 올렸다.

등천화는 갈피독의 외침에도 반응하지 않고 바닥에 누워 생각에 잠겨 있었다.

장묵이 만들어낸 길이 보이지 않았다. 여섯 명이 동시에 움직여서 보이지 않았다는 것은 말이 되질 않았다.

그렇다면 왜 안 보였을까?

혹시 장묵이란 사람의 길만 안 보이는 걸까?

생각이 여기에 이르자 등천화는 정신이 번뜩 들며 자리에서 일어났다. 장묵과 함께 있던 자들을 찾기 위해서였다.

그러나 그들을 찾았을 때는 멀쩡한 상태가 아니었다.

모두 길이 끊긴 채로 쓰러져 있었다. 대신, 갈피독의 광기 어린 표정과 손에 들린 한 가지 물건이 눈에 들어왔다.

“엄… 저거 때문이었구나.”

여의마검 때문인 것은 알겠는데, 여의마검의 무엇 때문이란 것은 알지 못했다.

나쁜 것도 알고 있어야 피할 수 있는 것이다.

숲에 있으면 숲의 냄새가, 강에 있으면 강의 냄새가 몸에 배게 마련이다. 기 역시 마찬가지다. 마인과 싸우면 자신도 모르게 마기를 묻히게 된다. 즉, 만안신석이 등천화의 몸에서 마기를 흡수하는 바람에 마기에 반응할 수 없게 된 것이다.

"엄… 주먹을 맞아도 괜찮다는 건 알았지만 안 맞고 알았으면 더 좋았을걸."

등천화는 머리를 긁적이다 주먹으로 자신의 머리를 몇 대 쥐어박았다.

그때였다.

"으아아아!"

"……?"

등천화는 갑자기 소리치는 갈피독을 신기한 눈으로 보다가 고개를 갸웃거렸다.

"허무란 사람은 손에서 길이 시작되더니, 갈 대협은 두 개의 길이 하나로 합쳐지네? 역시 길을 보는 건 재미있는 일이야. 헤……."

등천화가 말하는 두 개의 길은 갈피독의 지옥명강이 일어나는 단전과 여의마검을 뜻했다.

분출이 자유로움의 또 다른 표현이라면, 끝 간 데 없이 커지는 여의마검의 검신 역시 갈피독의 자유로움일 수 있었다.

그러나 자유로움이 다른 사람의 길을 끊는 데 사용되는 것은 옳지 않았다. 등천화는 갈피독을 부르기 위해 손을 들었다가 이내 말을 꺼내지 못하고 내려놓았다.

"어?"

건너편 산 정상. 갈피독을 구하기 위해 돌을 날렸던 그곳에서 한 무리의 인영들이 모습을 드러냈다. 먼저 모습을 드러낸 두 명과 그들을 쫓은 것 같은 한 무리의 붉은 옷을 입은 인영들.

등천화는 먼저 모습을 드러낸 두 명의 인영을 보며 할 말을 잃고 말았다. 그들이 펼치는 보법을 알아본 까닭이다.

그냥 보법이 아니었다.

등천화에게 너무도 익숙한 자보였다.

"자보는 십보문의 보법인데… 엄… 두 사람이 동시에……."

등천화는 자신도 모르게 발을 뗐다.

촤악.

등천화의 신형을 무서운 속도로 밀어내는 보법은 자보였다.

문대성이 만저유와 백안마군을 피해 도망친 곳은 갈피독이 있는 곳이었다. 이곳으로 올 생각은 없었지만, 퇴로를 혈포사신들이 막고 있기에 어쩔 수가 없었다.

"저, 저런……."

그의 눈에 거대한 검신을 휘두르며 수라대원들을 도륙하고 있는 갈피독의 모습이 들어왔다. 조금 전까지만 해도 내상을 다스리지 못해 각혈을 하던 사람이었다.

뒤를 돌아봤다.

만저유와 그 뒤를 백안마군이 혈포사신들을 대동한 채 쫓아오고 있었다.

깨질 것 같지 않던 두 사람의 평형 상태는 백안마군에 의해 깨어졌다. 죽음의 숲으로 되돌아온 그가 두 사람을 발견한 것이다.

그 덕분에 두 사람은 서로를 피할 수 있었지만, 문대성에겐 더 좋지 않은 상황이 전개됐다. 만저유를 알아본 목우 때문이었다.

'상황이 아무리 안 좋아도 갈 아우에게 피해를 줄 수는 없지.'

문대성은 이내 방향을 틀었다.

막 왼쪽으로 신형을 돌렸을 때였다.

"저기… 어떻게 자보를 아세요?"

"흡!"

문대성은 자보를 펼치는 도중이었다. 그런 그의 귀에 또렷이 들려온 음성이라니. 흠칫 놀라 옆을 돌아보자, 죽음의 숲에서 얼핏 봤던 청년이 거기에 있었다.

그 표정에 문대성은 소름이 쫙 돋았다.

놀라기는 뒤에서 쫓아오던 만저유 역시 마찬가지였다. 아니, 문대성보다 그가 더욱 놀랐다. 숲에서 봤던 놈이 문대성을 언제 따라붙었는지도 몰랐고, 나란히 움직일 줄은 상상도 못했기 때문이었다.

'잘못 본 게 아니었구나.'

만저유는 대화를 나누는 두 사람을 향해 전력을 다해 다가 갔다. 약간 따라잡았다고 여길 때, 등천화의 눈동자가 만저유를 향해 움직였다.

"문, 만, 추. 세 성씨 중에 누구세요?"

"……!"

만저유는 문대성과 달리 십보문에 대한 걸 알지 못했다. 그러기에 자신의 성씨를 지목하는 등천화의 말에 깜짝 놀랐다.

"너, 넌 누구냐?"

"두 사람에게 벌을 내려야 하는 사람이에요. 십보문주거든요."

"십보문주?"

"어? 이분은 아시던데……."

등천화의 시선이 문대성을 향했다.

그러자 문대성의 딱딱하게 굳은 얼굴이 만저유를 돌아봤다.

"당신이 누군지는 모르지만, 잠시 우리 셋이서 나눠야 할 얘기가 있을 것 같구려."

"…좋다."

만저유는 두 사람을 번갈아 쳐다본 후 고개를 끄덕였다.

결정이 내려지자, 세 사람의 신형은 이전보다 더욱 빨라졌다. 만저유는 재빨리 등천화와 문대성 사이를 파고들었다. 자보를 펼치며 두 사람의 진로를 방해하기 위한 행동이었다.

그러자 문대성 역시 지기 싫었는지, 만저유의 뒤를 바짝 쫓다가 순간적으로 자리를 뒤바꾸었다.

등천화는 뒤에서 두 사람의 엎치락뒤치락하는 모습을 지켜보다가 웃음을 지었다. 다른 건 몰라도 두 사람은 보법을 무척 좋아하는 것 같았다.

한동안 문대성과 만저유는 자리 뺏기를 계속했다.

등천화는 그런 두 사람의 행동이 별 의미가 없음을 알고 심드렁한 표정과 함께 발을 박찼다.

옆으로 죽 미끄러진 등천화의 신형은 무서운 속도로 두 사람을 앞질렀다. 그때까지 두 사람의 경쟁은 계속되고 있었다.

어느 순간, 문대성과 만저유의 시선이 동시에 뒤를 향했다가 화들짝 놀라고 말았다.

"우리를 놓친 건가?"

"그런 것 같군. 이젠 얘기나 좀 해주시지? 그 녀석이 말한 문, 만, 추란 성씨는 뭐지?"

만저유는 여전히 등천화가 한 말이 마음에 걸리는지 물었다.

"나는 문씨 성을 사용하고 있소. 당신은……."

"만."

"역시."

"답답하다! 그게 뭐냐니까!"

"허허허. 진정부터 하시오. 저 사람에게 물어보면 될 것 같으니까."

문대성은 갑자기 허탈한 웃음을 터뜨렸다.

전방에 멀뚱한 표정을 짓고 서 있는 등천화를 발견한 까닭이다.

"저 사람……!"

만저유는 문대성의 시선을 좇아가다 눈을 부릅떴다.

"엄… 너무 앞서 갔다가 되돌아왔잖아요. 생각보다 느리네요, 두 분."

"……!"

"……!"

문대성과 만저유는 자존심이 무너지는 것을 느꼈다.

느리다니! 보법을 수련한 지 사오십 년이나 된 자신들에게 그게 할 소린가!

"십보문의 보법은 역시 대단하구려. 인정하오. 하나 보법밖에 없는 곳을 우리는 인정해 줄 마음은 여전히 없구려."

"우리?"

만저유가 반문했다.

“당신 역시 십보문의 보법을 익히고 있잖소?”

“내가 익힌 건 음보, 자보, 차보…….”

“삼보, 파보.”

“……!”

만저유는 문대성의 말에 얼굴을 일그러뜨렸다.

다섯 가지 보법을 정확하게 알고 있었기 때문이다.

“어떻게 하실 거예요, 두 분?”

등천화의 갑작스런 질문에 두 사람의 표정이 굳어졌다.

“두 분이 한 일은 아니지만, 두 분의 선대가 한 일이니 책임은 져야 해요. 사부님께선 보법을 거두고 오십 년 동안 속죄하는 마음으로 살라고 하셨거든요. 그렇게 하시겠어요?”

“큭. 크하하하!”

“허…….”

만저유는 어이없다는 듯이 크게 웃어버렸고, 문대성은 등천화의 말을 인정할 수 없다는 듯이 고개를 가로저었다.

“자네는 지금 한 가지를 착각하고 있네. 보법은 자네가 뛰어날지 몰라도, 싸움은 피하는 것만으로는 아무것도 할 수 없네. 나는 검을 사용하네.”

“난, 손.”

문대성과 만저유가 싸울 태세를 취했다.

등천화는 아직 싸움이 진행 중인 갈피독이 걱정되어 돌아봤다가 두 사람에게 다시 시선을 주었다.

“엄……..”

문대성과 만저유는 기다렸다는 듯이 투기를 일으켰다. 등천화는 두 사람이 만들어내는 길을 봤다. 반듯하지 않았다. 불완전한 보법을 기본으로 익힌 사람들이니 당연한 현상이겠지만.

“두 분… 똑바로 못 걷죠?”

“뭐?”

“그게 무슨 소린가?”

등천화는 반문하는 두 사람을 보며 코를 문질렀다.

뭐라고 설명을 할 수 있는 부분이 아니었다.

“그냥 그런 것 같아서요.”

두 사람은 등천화의 대답에 맥 빠진 표정을 짓다가 안색을 굳혔다.

“초문의 현 가주로서 정식으로 십보문주에게 비무를 청하오. 이 승부에서 지게 되면 내, 문주의 뜻에 따르도록 하겠소.”

“엄… 혼자 하시게요? 아니면 두 분이서……?”

등천화가 대답없는 만저유를 돌아봤다.

“큭. 과거의 일 따위는 모르지만 네가 원하는 대로 해주겠다.”

“잘됐네요. 저는 두 분이 함께 덤비는 게 좋아요. 저쪽에 빨리 가봐야 할 일이 있어서… 이해하시죠?”

순진한 웃음을 짓는 등천화의 어디를 봐도 두 사람을 응징

하겠다는 의지는 보이지 않았다. 그 때문에 두 사람은 다시 한 번 긴장이 풀어지고 말았다.

"광기가 골수에 파고들고 있군."

장주극은 삼 장 가까이 늘어난 검신을 마구 휘두르는 갈피독을 보며 고개를 저었다.

조금만 더 내버려 두면 수라대원들이 전부 몰살당할 것 같은 분위기였다.

"멸!"

수라진경의 마지막 초식, 수라멸이었다.

수라진경의 극의를 깨달아야 진정한 위력이 나오는 초식이었다. 자르거나 파괴하는 따위의 일차원적인 공격은 이초식까지였다. 수라멸은 모든 것을 없애 버리는, 수라진경의 극의를 깨달으면 생성되는 마기에 의해 펼쳐지는 무공인 것이다.

장주극의 열 손가락을 통해 수십 가닥의 흑선들이 빠져나왔다.

핏― 핏―

먼지들이 흑선에 닿았다가 사라졌고, 수라대원들의 시체들 역시 마찬가지로 사라졌다.

본능적으로 위험을 감지했던 모양이다.

갈피독의 신형이 급히 돌아서며 장주극과 시선을 마주쳤다.

"넌 뭐야, 죽어!"

갈피독은 커다란 외침을 터뜨리고는 삼 장 가까이 늘어난 여의마검의 푸른 검신을 흑선들과 부딪쳐 갔다. 장주극의 마기에 반응한 행동이었다.

쿠콰콰콰콰쾅—!

흑선과 부딪친 여의마검의 검신은 급격히 줄어들었다. 기로 만들어진 검신이기에 수라멸에 의해 잘려 버린 것이다.

"퉤."

갈피독은 뒤로 튕겨 나갔다가 침을 뱉으며 일어섰다. 그리고는 재차 흑선을 향해 달려들었다. 역시나 엄청난 폭음이 터지며 갈피독이 튕겨 나갔다. 그나마 이번엔 흑선 몇 가닥은 끊고서 날아갔다. 또다시 침을 뱉으며 일어서는 갈피독의 몸은 정상이 아닌 것처럼 보였다.

세 번째 격돌이 이어졌다.

쾅—!

두 번의 격돌과 달리 이번엔 묵직한 폭음이 한 번 터졌다.

장주극은 첫 공격에서 나가떨어진 갈피독을 보며 비웃었고, 두 번째 공격에서는 더 이상 덤빌 힘이 없을 거라 확신했다. 하지만 세 번째에도 다시 덤벼들자 인상을 썼다.

검신의 길이는 줄어드는데, 오히려 무거워지는 이 느낌은 뭐란 말인가?

더 신경 쓰이는 것은, 공격이 계속될수록 갈피독의 안색이 좋아지고 있다는 것이다.

세 번째 격돌에서는 갈피독이 나가떨어지지 않았다.

벌어진 앞가슴 옷자락을 북 뜯어버리며 웃었다.

"쿠하! 이제야 정신이 좀 드는군. 내가 여기서 뭘 하고 있는 거지?"

갈피독은 제정신이 돌아온 듯한 표정으로 장주극을 쳐다봤다. 살기를 드러낸 그의 얼굴로 봐서는 뭔가 했던 것 같은데, 뭘 어떻게 했는지 알 수가 없었다.

"이봐, 너! 혹시나 해서 묻는 건데… 나랑 싸우고 있었냐?"

"……."

몇 번씩이나 나가떨어진 주제에 싸우고 있었냐고?

장주극은 짜증스런 표정이 됐다.

"킥. 너무 겁먹지 마라. 묻는 말에 대답하면 봐줄 테니까."

"흐흐흐. 죽고 싶어 안달이 난 놈이군. 겨우 마물에 의존하는 놈 따위에게 들을 말은 아닌 것 같구나."

"마, 마물? 자존심은 살아서. 네 마음은 알겠다만, 그게 쉽지 않을 거야. 좀 쉬었더니 몸이 좋아져서 날 것 같거든. 일단, 와. 아니면… 내가 먼저 가고. 카핫! 이제부터 너를 지옥파라검이라고 부르겠다! 파하하!"

땅을 박차며 여의마검을 휘두르는 갈피독의 만면에는 웃음이 가득했다. 장주극은 조금 전과 기세가 달라진 갈피독의 공격을 무시하지 못하겠는지 수라멸을 펼쳐 막아섰다.

갈피독은 흑선들을 보면서 피식 웃었다.

그냥 웃음이 나왔다. 보통 검신 정도로 줄어든 여의마검이 그의 마음을 알기라도 하는지 푸릇하게 빛났다.

지옥명강은 검신으로 화했고, 지옥파라수는 여의마검을 통해 지옥파라검으로 화했다. 지옥팔보와 함께 펼쳐지는 지옥파라검의 위력은 마기에 지배당했을 때와는 완전히 다른 위력을 보였다.

츠— 츠르르—!

패(覇)!

불끈 쥐어진 손을 통해 엄청난 힘이 발휘됐다.

"뭐, 뭐냐, 이 힘은!"

장주극은 갑자기 푸른 빛이 눈앞을 가리는 걸 보고 급히 수라멸의 흑선을 모아서 막았다.

쿠쾅—!

단발의 폭음을 시작으로 장주극의 수라진기와 갈피독의 지옥명강이 치열하게 얽혀들었다.

쿠콰콰— 쩌르르— 쾅쾅쾅—!

두 사람이 붙었다 떼어지길 반복하며 싸울 때였다.

어디선가 날아온 투명한 빛이 두 사람 사이를 파고들었다.

콰쾅—!

"컥!"

졸지에 합공을 받게 된 갈피독이 뒤로 날아가 땅에 처박혔다. 그런 와중에도 여의마검은 놓치지 않았다.

"우엑… 뭐야, 쌍! 아까운 내 피 어떻게 할 거야!"

갈피독은 욕을 하면서도 웃었다.

끼어든 투명한 빛은 백안마군의 태양백안마공이었다.

두 사람의 합공을 막아낸 것이다.

나가떨어질 수밖에 없었으나, 장주극과 백안마군의 합공을 막아냈다는 뿌듯함이 그를 웃게 했다.

"푸하! 이봐, 잘생긴 애송이와 백태 늙은이. 한 번에는 죽지 못할 것 같지 않아? 이번엔 작정하고 함께 덤벼봐. 죽어줄지는 모르겠지만. 킥킥킥."

갈피독의 비웃음에 장주극은 백안마군을 광기 어린 눈으로 노려봤다.

"죽고 싶냐, 백안마군! 감히 내 싸움에 끼어들어?"

"죄, 죄송합니다, 도련님. 하지만 위험해 보여서……."

"위험? 나, 장주극이 위험했다고? 으으… 아아아아!"

드드드드—

장주극은 이를 악물며 광인처럼 몸부림치기 시작했다. 몸을 뒤틀었다가, 머리를 쥐어짰다가, 주먹을 움켜쥔 채로 백안마군을 공격할 태세를 취했다.

"도련님, 저놈은 낭왕이란 자입니다. 죽이면 유령신보의 행방을 알지 못하게 됩니다. 부득이하게 끼어든 점 고개 숙여

사과드립니다.”

뚝.

장주극의 움직임이 멈춰졌다.

유령신보라는 말이기에 가능한 일이었다.

“유령신보?”

“…예.”

“가짜 유령신보 따위가 아니라, 진짜 유령신보를 말하는 것인가?”

장주극의 말에 백안마군은 이채를 발했다.

“아, 알고 계셨습니까? 어떻게 된 일인지는 몰라도 유령신보와 똑같은 보법을 펼쳐서 오해를 했습니다. 한데, 마화혈주가 사옥랑을 도와주라고 보낸 자였다고 합니다. 그래서 더욱 저놈을 살려둘 필요가 있습니다.”

“마화혈주? 그녀가 어떻게 이곳의 일을 알지?”

장주극의 눈매가 날카로워졌다.

“총단에서 알려주었을 겁니다. 그렇지 않고서야 마화혈주가 알 리가 없잖습니까?”

“…….”

장주극은 고개를 끄덕이고는 갈피독에게 시선을 돌렸다.

“유령신보는 어디 있느냐?”

“뭐?”

갈피독은 두 사람이 무슨 소리를 하는지 잠시 이해하지 못했다. 조금 전까지 함께 있었는데, 웬 행방을 묻는단 말인가?

이때, 번뜩 떠오른 생각이 있었다.

이 둘을 헤어지게 만들 묘책이 떠오른 것이다.

"한 가지 약속을 하면."

"약속?"

"문 형님을 쫓지 마라. 그분은 나를 도와주기 위해 일부러 도망친 것이니 너희와는 상관없는 분이다."

"오! 그 가짜 유령신보 흉내를 내던 늙은이를 말하는 모양이구나. 좋다, 그자를 쫓지 않겠다고 약속하마."

"……."

갈피독이 대답을 하지 않자, 장주극이 다시 말을 이었다.

"그자의 시체를 가져올까?"

"혈포사신들을 불러들여라. 그럼 알려주겠다."

"좋다."

문대성을 쫓아간 혈포사신은 한 명도 없었다. 문대성 못지않은 만저유가 따라갔는데 굳이 혈포사신을 보낼 필요가 없기 때문이다.

"백안마군, 불러들이시오."

"알겠습니다. 목우, 혈포사신들을 불러들여라."

"예? 예!"

목우는 백안마군의 의도를 알고서 혈포사신들에게 뭐라고 지시를 내리는 시늉을 했다. 그제야 갈피독은 자리에 주저앉아 몸을 두드렸다.

"드럽게 아프네. 에구구."

"자, 이젠 네가 말할 차례다."

"서문세가."

"뭐라고?"

"서문세가로 간다고 했단 말이다."

갈피독의 말이 끝나기 무섭게 장주극의 신형이 허공을 갈 랐다. 그 모습에 백안마군은 인상을 찌푸리며 갈피독을 노려 봤다.

"사실이냐?"

"낭왕은 거짓말은 하지 않는다."

백안마군의 부글부글 끓는 속도 모르고 너무도 태평한 갈 피독이었다. 장주극의 뒤를 쫓아가고 싶었으나, 갈피독을 살 려주고 싶은 생각도 없었다.

"이젠 죽어도 원이 없겠지?"

"장 머시기란 놈이 없는데, 가능하겠어?"

갈피독은 히죽거리며 백안마군을 쳐다봤다. 장주극 때문 에 힘을 모두 소진했으나, 여의마검은 신통하게도 갈피독에 게 다시 힘을 주고 있었다.

그때였다.

갈피독의 눈에 한 사람이 들어왔다.

"헛! 주군, 저곳을⋯⋯."

"저, 저놈은 유령신보? 서문세가에 있다고… 놈!"

백안마군은 눈을 찢어질 듯 부릅뜨고는 그대로 갈피독을 향해 쌍장을 퍼부었다.

콰콰!

수라대원들 사이를 유유히 가로지르며 다가오는 세 사람의 모습은 장관이었다. 너무도 선명해서 시간을 정지시킨 것처럼 느껴질 정도였다.

갈피독에게 쌍장을 퍼부었던 백안마군은 손을 거두며 눈가를 씰룩거렸다. 셋 중 단연 돋보이는 청년이 누군지 한눈에 알 수 있었다.

"유령신보… 크크큭. 한 방 제대로 먹었구나. 도련님과 나를 떼어놓을 생각이었다면 아주 멋지게 성공했다. 크크큭."

"열받지 말라고. 사는 게 그런 거 아니겠어?"

"잘했다."

"뭐?"

"도련님이 계셨으면 저놈을 내 손으로 죽일 수 있었겠느냐? 잔머리는 잘 굴렸다만, 거기까지가 네 한계다. 크크큭."

백안마군은 모습을 드러낸 세 사람을 죽 훑어보다가 만저유에게 시선을 고정시켰다.

"유령신보야 이해가 가지만 만저유, 네가 왜 그쪽에 서 있는 거지?"

"그렇게 됐으니 묻지 마시오."

"묻지 말라? 큭. 상관없다. 혈포사신과 수라대원들은 일제히 저놈들을 공격해라!"

백안마군의 명령이 떨어지기 무섭게 혈포사신들이 움직이려 했으나, 문대성과 만저유가 먼저 그들을 향해 무차별 폭력을 가했다.

콰콰콰콰콰—

츠— 츠르룻—

만저유의 손과 문대성의 검이 유령의 숨소리처럼 혈포사신들을 덮었고, 수라대원들은 알아서 비명을 지르며 죽어갔다.

"오랜만이에요, 백안마군."

씨익.

처음 만났을 때와 다름없는 웃음이었으나, 오늘따라 백안마군에겐 더없이 살심을 일으키는 웃음이었다.

"일전에는 속이느라 고생 많았다. 오늘은 그럴 필요 없으니 마음껏 해봐라. 구의걸이란 쥐새끼를 죽인 건 정말 잘했다."

"쥐새끼가 아니고 사람인데… 잘못 알고 계신 거예요. 나쁜 사람이긴 해도 사람은 분명한데…….."

"인생이 쥐새끼 인생이란 소리다."

"아아… 그런 인생도 있구나."

"크크큭. 여전히 모른 척하겠다? 좋다."

백안마군의 눈동자 색깔이 바뀌었다.

무형염화창이라고 했던가?

기억하고 있었다. 당연히 백안마군이 어디를 공격할지, 몇 개의 창이 만들어질지 알 것 같았다.

그러나 알 것 같다고 무작정 기다릴 수는 없는 상황이었다. 백안마군에겐 불행한 일이었으나, 등천화는 지금 무척 급했다.

팟ㅡ 빡!

"……."

백안마군은 얼굴을 향해 다가오는 물체를 잡고서 손을 펼쳤다. 손바닥 안에는 손톱만 한 크기의 돌멩이가 쥐어져 있었다.

"그 이상한 공격을 하려고 그러시죠? 뜨거운 꼬챙이 같은 것들을."

"뜨, 뜨거운 꼬챙이? 큭큭큭. 이따위 조잡한 수법이나 사용하는 녀석이 할 말은 아니지. 태양백안마공의 결정체라고 할 수 있는 무형염화창의 진정한 위력을 보여주마."

"안 그래도 되는데……."

"닥쳐!"

백안마군은 아무렇지도 않게 소리쳤으나, 조금 전에 막았던 돌멩이가 신경 쓰였다. 가루로 만들기는 했어도 그의 손바닥에 그런 충격을 줄 수 있는 수법이 있다는 것을 믿기 힘들었다.

무형염화창을 사용하기 위해서는 시간이 필요했다, 내공을 무형의 창으로 만들기 위한 시간이.

그러나 등천화의 태도로 봐서는 그 시간을 내기가 쉽지 않을 것 같았다. 옆을 돌아봤다. 혈포사신들을 허수아비처럼 다루는 두 명이 그의 눈을 아프게 찔러왔다.

"제길……."

"엄… 그 뜨거운 꼬챙이를 만들 수 있게 해드릴까요? 사실 그걸 사용해도 마찬가지긴 한데……."

"그게 백마에게 할 소리냐? 누가 누구를 봐준다고 하는 거냐!"

백안마군의 머리카락이 거꾸로 솟아오르기 시작했다.

눈동자에서는 투명한 마기가 줄기줄기 뻗쳐 나왔고, 그의 발밑에서부터 시작된 균열은 반경 오 장을 거북이 등껍질처럼 만들었다.

순진한 표정으로 잘도 지껄이는 등천화를 죽일 준비가 완료됐음을 몸으로 보여준 것이다.

그러나 등천화는 백안마군이 무슨 행동을 하든 별 관심이 없었다. 벌써 두 번이나 죽을 뻔한 상황에 처한 갈피독을 안전한 곳으로 옮기는 것이 제일 중요했다.

"문 공, 만 공, 두 분은 갈 대협을 데리고 이곳을 벗어나세요. 걱정돼서 안 되겠어요.”

“뭐? 크크큭. 그럴 수야 없지. 혈포사신들은 명령을 들어라. 저 가짜 유령신보 행세를 한 놈들이 이곳을 벗어나지 못하게 막아라! 막지 못하면… 죽어라.”

백안마군은 득의한 웃음을 지었다.

무형염화창을 언제든 사용할 수 있게 된 이상, 등천화의 신묘막측한 보법도 잡을 자신이 있었다.

“유령신보, 너는 아까처럼 했어야 했다. 내게 시간을 주는 게 아니었어.”

백안마군이 손을 튕겼다.

목표는 등천화가 아니라 문대성과 만저유였다.

쿠싯— 쿠쾅!

“피해? 이놈이고 저놈이고 다들…….”

분노하는 그의 귀에 문대성의 염려스런 목소리가 들렸다.

“정말 우리만 먼저 가도 괜찮겠습니까, 문주?”

“그럼요.”

문대성은 정신을 잃은 갈피독을 어깨에 들쳐 메고 있었다.

그 역시 백안마군에 대해선 신경 쓰지 않았다.

보란 듯이 백안마군을 무시한 것이다.

“어딜 간다는 거냐, 이 버러지들아! 노부가 바로 백안마군이다!”

화앗!

백안마군의 몸 전체에서 빛이 났다.

그러자 마치 태양을 반사하기라도 하듯이 주위를 빛으로 삼켜 버렸다.

움직이려던 문대성과 만저유는 그 빛을 피해 고개를 돌렸다. 그 순간, 백안마군이 두 사람을 향해 다가갔다.

"헛!"

"제길!"

문대성과 만저유의 입에서 다급한 외침이 터졌다.

그러나 두 사람의 앞에 바람처럼 한 사람이 나타나 백안마군의 공격을 막아주었다.

쾅!

음자삼차파를 사용해 백안마군의 공격을 막은 등천화는 그 반탄력을 이용해 문대성과 만저유를 뒤로 밀었다.

"멀쩡해?"

백안마군의 목소리가 날아가는 문대성과 만저유의 귀에 들렸다. 두 사람은 동시에 등천화를 쳐다봤다. 혹시나 하는 생각이었다. 하지만 두 사람의 격정은 기우였다.

"왜 안 가세요?"

"그렇지. 당할 리가 없지."

"먼저 가겠습니다, 문주."

등천화의 어디에도 충격받은 흔적은 없었다.

두 사람은 이내 전력을 다해 보법을 펼쳤다.

등천화는 두 사람이 멀어지는 것을 확인하고서야 뒤로 돌아섰다. 그리고는 멈추지 않고 계속해서 움직였다. 바람을 깨워 길을 만들려는 행동이었다.

핏— 휘릭— 휘리리—

백안마군은 뒤돌아선 등천화를 잡으려 손을 안으로 당겼다가, 빠져나가면 태양백안마공을 사용해 장력을 사용했고, 뒤로 나타났다 싶으면 공격할 기회를 주어 잡으려 했다. 기다리는 방향은 앞쪽이었다. 앞에만 나타나면 준비된 무형염화창을 사용해 꿰뚫어 버릴 심산이기 때문이다.

그러나 백안마군은 그 모든 것이 등천화가 원하는 것임을 몰랐다. 두 사람이 회전하며 만드는 형태는 둥근 타원이었다.

무형염화창을 사용하기 위해 태양백안마공은 점점 강해졌고, 그 열기로 인해 주위는 망가져 갔다.

우르르— 쿠콰— 콰쾅—!

무형염화창의 파장에 걸린 수라대원들은 형체도 찾지 못할 정도로 녹아내렸고, 혈포사신들도 신체의 일부분을 잃은 채로 자리를 피했다.

“크에엑!”

“으아아아!”

백안마군은 그런 것 따위는 신경 쓸 것도 없다는 듯이 오히려 내공을 더 끌어올렸다.

빡!

문대성은 갈피독을 멘 채로 달리다 이상한 소리에 뒤로 돌아섰다. 혈포사신들의 추적이 더 이어지지 않음을 깨닫고 등천화에게 시선을 돌렸다.

빡!

"으음……."

만저유의 얼굴이 보기 싫게 구겨졌다.

문대성은 이상함을 느끼고 백안마군 주위를 여전히 빙글빙글 돌고 있는 등천화를 쳐다봤다.

등천화는 뭐가 그리 즐거운지 웃음이 가득했다. 가끔씩 들려오는 소리는 백안마군의 몸에서 들리고 있었다.

"피하는 재주밖에 없는 게 아니었잖아!"

만저유가 갑자기 소리쳤다.

"왜 그러시오, 만 공?"

"저, 저… 십보문주가 지금 돌멩이로 백마를 상대하고 있다고!"

"그럴 리가… 백안마군은 백마… 엄청난 고수라고… 허!"

"빌어먹을! 젠장! 제길!"

만저유는 땅을 걷어차며 분통을 터뜨렸다.

기회를 봐서 등천화에게서 도망치려 했던 생각이 무의미하다는 것을 깨달은 외침이었다.

"어어……."

갑자기 문대성이 등천화를 가리켰다.

백안마군이 일으키는 바람은 폭풍이 됐다.
폭열의 공간은 용암과 같았다.
그 뜨거움은 수많은 길을 생성시켰다.
다른 사람이라면 두려워할 수 있는 공간이겠지만, 등천화
에겐 이보다 즐거운 놀이터가 없었다.
백안마군이 뿜어내는 뜨거운 기운이 바람을 일으키며 이
미 만들어진 길과 그가 만들어낸 길이 묘하게 조화를 이루었
다.
등천화는 그 길을 마음껏 걸으며, 가끔씩 길 위에 돌멩이를
올려놓아 백안마군의 시선을 흩뜨리고는 했다.
그러던 어느 순간,
빠— 악—!
강렬한 소리와 함께 등천화의 상체가 백안마군에게서 급
격히 멀어지며 뒤쪽으로 날아올랐다. 땅에 떨어지는 모습은
영락없이 백안마군에게 당한 것처럼 보였다.
그러나 땅과의 마찰을 일으킬 때쯤 등천화의 신형이 갑자
기 뒤집어지며 음보로 땅을 박찼다가 자보로 변형을 일으켜
무서운 속도로 문대성과 만저유가 있는 곳을 향해 달려오기
시작했다.

"허!"

문대성은 등천화가 백안마군에게 당한 줄 알고서 '어어' 거리며 만저유를 불렀다가 얼굴 가득 웃음을 지었다.

만저유도 보고 있었다.

"정말… 백마를 쓰러뜨렸어. 그것도 돌멩이와 박치기로… 하… 하하… 크하하하!"

만저유는 통쾌하게 웃었다.

비웃을 수 있었다.

구중뢰에서는 시선도 마주쳐선 안 되는 존재를 박치기로 쓰러뜨리는 엄청난 자라면… 주군으로 섬겨도 괜찮을 것 같았다.

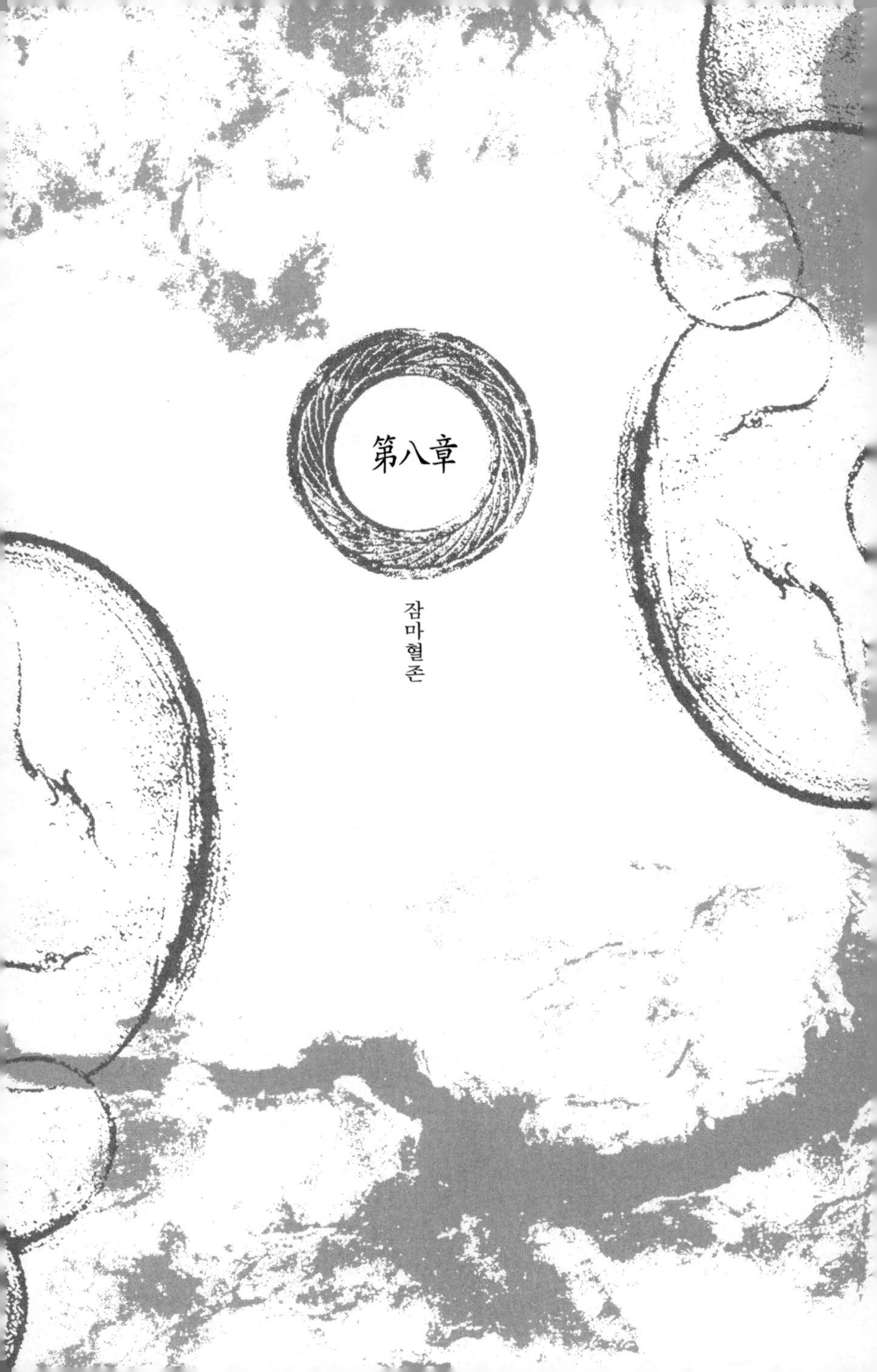

第八章
잠마혈존

步法無敵

　그의 외형은 얼굴이 동그랬고, 몸도 동그랬으며, 다리도 동
그랬다. 전체적으로 동글동글하다는 표현이 걸맞은 그는 몸
집에 걸맞지 않게 한 번의 도약으로 몇십 장씩을 훌쩍훌쩍 뛰
어넘었다.

　그가 멈춰 선 곳은 서문세가가 보이는 길 한쪽이었다.

　움직임이 편하도록 흑의 무복을 걸친 그는, 육십이 넘은 나
이치고는 무척이나 동안에 속했다.

　과거에는 그도 이곳에서 누구보다 암기 수련에 열중했던
적이 있었다, 한계를 느끼기 전까지는.

　한계.

그것은 사람을 미치게 만들었다. 더 높은 곳을 봐야 하는데 볼 수는 없고, 치고 올라오는 동생의 뛰어난 자질은 그를 구석으로 몰았다.

"아직 오지 않았나?"

목에 걸린 푸른 옥빛의 철적이 수북한 가슴 털에 걸려서 꼼짝도 하지 않았다.

살음 자단.

세인들이 알고 있는 그의 신분이었다.

서문자단이란 이름은 그 스스로도 낯설 만큼 오래전에 잊었다.

"일청아, 이 형이 간다. 가주를 하니까 좋지? 형을 쫓아낸 놈이니 잘하겠지."

쿵!

자단의 오른발이 계단 끝을 밟았다.

'쩌적' 거리며 시작된 균열이 무서운 속도로 계단을 따라 올라가더니, 급기야 정문을 때렸다.

와르르.

정문과 주위 돌담이 일시에 무너져 내렸다.

"나머지는 알아서 해라. 나는 만나볼 녀석이 있어서 먼저 들어가야겠다."

발을 구르기 전에는 혼자였던 자단의 주위로 어느새 이십여 명의 인물이 복면을 한 채로 나타났다.

그들은 모두 같은 옷을 입고 있었는데, 고급 비단으로 만든 옷임을 금방 알 수 있었다. 그들 중 한 명이 앞으로 나서며 대답했다.

"나머지는 알아서 처치하겠습니다. 미리 말씀드렸듯이 여자는 살려주시길 부탁드립니다."

목소리는 아직 서른 살이 안 된 듯이 들렸고, 유난히 한쪽 손목이 두꺼운 자였다.

"큭. 나는 계집은 관심없다. 오히려 네게 관심이 있지."

"예? 무, 무슨 말씀……."

"크크큭. 그런 게 있다. 고놈 참, 하는 짓이 마음에 들어. 아주 귀엽구나."

"……!"

복면인은 몸을 부르르 떨었다.

자단은 뒤로 물러서는 복면인을 보며 웃었다.

그는 자단이 보고 있는 것도 모르고 함께 온 이십여 명에게 뭐라고 지시를 내리고는 손목에서 편(鞭:채찍)을 풀었다.

"서문세가의 쥐새끼 한 마리도 살려두면 안 됩니다. 만약 이번 일이 우리 세가에서 한 일이라는 것이 알려지면, 나머지 세가가 모두 들고일어날 겁니다. 모두 죽이되, 서문혜만은 건들지 마세요."

"소주, 그럼 우리가 상관세가 사람이란 것을 굳이 숨길 필요가 없지 않습니까?"

늙수그레한 목소리의 복면인이 반문하자 젊은 목소리의 복면인, 상관악이 닥치라며 버럭 소리를 질렀다.

이십여 명은 상관세가의 고수들이었다.

서문혜에게 주기 위해 마차 몇 대분의 선물을 준비해 오던 중, 자단에게 걸려 서문세가를 없애기로 마음먹게 된 것이다.

상관세가의 장로 이십여 명을 한꺼번에 제압하는 자단의 무공은 상관악이 꿈꾸는 모든 것을 가능하게 해줄 것 같았다.

제자만 될 수 있다면!

상관악은 제일 마지막으로 신형을 날리며 각오를 다졌다.

"쯧쯧쯧. 저러면 누가 상관세가인 줄 몰라. 불민한 것들. 크크큭. 하긴, 나 역시 동생을 죽이러 가는 것이니 욕할 입장은 아니지."

뒤쪽에서 그들을 지켜보던 자단이 혀를 찼다.

정문이 무너지면서 내는 소리에 놀라 서문일청과 수혜련이 먼저 마당으로 나와 있었고, 서문혜가 뒤이어 밖으로 나왔다.

"아빠, 무슨 일이에요?"

"식솔들을 모두 불러라."

서문일청은 심각한 표정으로 가신들에게 명령을 내린 뒤, 정문을 바라봤다.

서문일청 정도 되는 고수가 상대를 확인하기도 전에 긴장을 하고 있었다. 수혜련과 서문혜는 서로 손을 잡았다.

"혜야, 괜찮을 거야. 그럼. 괜찮고말고."

"엄마는 무슨 일인지 아는 거죠?"

"모른다. 다만……."

"…….."

"네 아버지가 저토록 긴장하는 모습은 처음 봤다는 거야. 당가의 가주와 대결할 때도 저 정도는 아니었다."

수혜련의 목소리가 떨려왔다.

"에이, 그때는 내가 어렸고, 지금은 이만큼 컸잖아요. 제가 있으니 걱정 마세요."

서문혜는 스스로 다짐하듯이 엄마의 손을 꼭 쥐었다.

머릿속으로는 암왕을 상대로 저토록 당당할 수 있는 세력을 찾았다. 없었다. 개인적인 원한? 서문일청은 대협으로 소문난 사람이었다. 원한을 살 만한 일을 한 적이 없는 것이다.

잠시 후에 무너진 정문을 통해 한 무리가 모습을 드러냈다. 그중 유난히 눈에 띄는 한 사람. 편을 쥐락펴락하는 모습이 누군가와 닮은 자였다.

"상관악……."

그녀의 혼잣말을 듣기라도 했는지, 편을 든 복면인이 그녀를 쳐다봤다. 하지만 그것이 전부였다. 정문을 들어섰을 뿐 더 이상은 다가오지 않았다.

암왕이 있다는 걸 알고 있는 눈치였다.

덤빌 용기도 없이 왔다?

"잘도 정문을 부쉈구나, 상관악."

"……!"

상관악은 서문일청이 한눈에 자신을 알아보자 깜짝 놀라 움찔거렸다.

"병신… 편을 꺼내 들고 자기를 못 알아볼 줄 알았던 거야? 하는 짓 하고는…….'

서문혜는 하도 어이가 없어 웃음도 나오지 않았다.

어이없기는 수혜련도 마찬가지였지만, 그녀가 서문세가의 안주인이 된 지 이십 년이 넘었다. 이상함을 금방 느꼈다.

"여보……."

"맞소. 저놈은 들러리요. 지금 올라오고 있소. 혜를 데리고 피하시오."

"예?"

"아닐 수도 있지만, 내 예상이 맞는다면… 세가의 대는 이 어야 할 게 아니오?'

평소의 그답지 않게 수혜련에게 명령을 내렸다.

이십 년 이상 한 이불 속에서 살을 맞대고 살아온 그녀였다. 그녀의 남편은 지금 슬퍼하고 있었다.

이때, 허공에서 엄청난 소리가 터졌다.

우르르르— 쿠릉— 쾅— 쾅—!

마른하늘에 날벼락이란 속담이 현실에서 벌어질 태세였다.

"크하하하! 묻자, 서문일청! 이것이 사궤더냐! 세가의 모든 건물을 지금이라도 사라지게 만들 수 있는 이 힘이 사궤더냐!"

굉음이 난무하는 하늘의 중앙. 서문세가의 대전 위에 한 사람이 서 있었다.

"역시 당신이었군요."

서문일청은 그가 누군지 알아봤다.

서문자단이란 이름에 부끄러운 짓을 너무 많이 해서 그의 부친이 아들로 인정하지 않았던 자였다.

"그래, 나다."

쿠르르르— 쾅— 쾅—!

"왜 사궤냐고 했소? 그럼 그 소리만 없애면 되는 거요? 이거면 될 것 같군."

쿼리릭—

서문일청의 소매에서 빛이 빠져나가 하늘을 이리저리 날아다녔다.

"이젠 소리를 내지 못하겠소?"

"크하하하! 무섭게 늘었구나, 일청아."

"닥치시오. 당신 따위가 부를 이름이 아니니! 그리고 늘었다고 했소? 후후후. 그 말은 내가 당신에게 해줘야 하는 말이 아닌가?"

이번엔 자단의 얼굴이 딱딱하게 굳었다.

과거의 기억이 떠올랐다.

서문일청이 태어나면서부터 무공을 익혔어도 그가 팔 년이나 먼저 익혔다. 그런 놈이 십 세가 되면서 자신과 비슷해졌고, 십오 세가 되면서 아버지의 인정을 받았다.

"지랄! 닥치지 못해!"

쿠오오오오—

어둠이 내려오는가?

자단의 머리에서 시작된 검은 회오리가 용솟음치더니 하늘과 부딪쳐 떨어지기 시작했다.

"피해!"

쿠쾅— 콰콰콰콰콰—!

땅을 때리고, 건물을 부수고, 사람들을 꿰뚫는 비가 서문세가 전체로 떨어져 내렸다.

＊　　　＊　　　＊

멈칫.

빠른 속도로 움직이던 등천화가 갑자기 멈춰 서며 고개를 좌우로 돌렸다.

"왜 그러시오, 문주?"

"아니요… 엄… 이상한 소리 못 들었나요?"

"이상한 소리? 만 공, 들으셨소?"

문대성과 만저유는 서로를 존중하는 의미에서 그렇게 부르기로 했다. 물론 등천화의 보법에 의해 일방적으로 몰린 후에 합의 본 일이었다.

만저유는 고개를 가로저었다.

"엄… 뭐지……."

등천화는 불안한 표정을 지우지 못하고 몇 번을 더 두리번거리고 나서야 발을 뗐다.

저녁때가 지났는데도 등천화는 멈추지 않았다. 문대성과 만저유는 눈치를 보면서도 쉽게 입을 떼지 못했다. 그런 두 사람을 구해준 건 갈피독의 신음 소리였다.

"끄으음."

"정신이 드는가, 갈 아우?"

문대성이 반갑게 소리치며 갈피독을 내려놓았다.

"후… 늘어지게 한숨 자고 일어났을 뿐입니다. 어? 너, 어딜 갔다 왔어? 하마터면 죽을 뻔했잖아!"

갈피독은 정신이 들자 다짜고짜 등천화에게 소리부터 질렀다. 문대성과 만저유가 깜짝 놀라 말리려고 했으나, 둘만의 대화를 두 사람이 어찌 알까.

"진즉에 깼으면서 왜 제 탓을 해요. 도와주지 말 걸 그랬나 보다……."

등천화의 퉁명스러운 말에도 갈피독은 웃음을 지으며 여전히 화난 목소리를 유지했다.

"다 알고 있었구나! 암, 그래야 너답지. 파하하!"

갈피독의 화통한 웃음소리에 문대성은 이상한 눈으로 쳐다봤다.

"갈 아우, 혹시……."

"맞습니다."

"아니, 내 말은 자네가 주……."

"맞다니까요! 이상한 소리 해서 저 녀석 헛갈리게 하지 말고 그냥 계세요, 형님."

갈피독은 눈을 부릅뜨며 조용히 하라는 신호를 보냈다. 문대성은 그제야 갈피독의 주군이 등천화란 것을 깨달았다.

겉으로 봐서는 싸우는 것 같지만, 둘 사이에는 그래도 된다는 약속이 되어 있는 모양이었다.

"한데, 저 노인은 또 누구시우?"

갈피독은 고갯짓으로 만저유를 가리켰다.

"아, 만 공이라고, 이번에 동료가 된 분일세."

"만 공? 동료?"

갈피독은 만저유의 삐딱하게 생긴 얼굴을 보며 고개를 가웃거렸다.

그러자 만저유가 처음으로 시선을 돌렸다.

"죽고 싶냐?"

"……."

갈피독은 잠시 대답할 말을 찾지 못하고 가만히 있었다. 자신에게 대뜸 '죽고 싶냐'라고 말을 건넬 수 있는 배포를 가진 노인에게 관심이 간 까닭이다.

"지금 내게 한 소리요?"

"귀를 좀 더 넓게 뚫어줄까?"

"푸하!"

"웃지 마, 입도 찢어버리고 싶어지니까."

마교의 중죄인이 갇히는 구중뢰에서 생활한 만저유에게 고운 말을 기대하는 건 무리였다.

두 사람의 성질을 어느 정도 아는 문대성이 나섰다.

"갈 아우, 만 공과 나는 십보문주님을 앞으로 오십 년간 떠날 수 없네. 만 공과 잘 지내는 것이 자네에게도 좋을 걸세."

"에?"

갈피독은 뜬금없는 말에 인상을 찌푸렸다.

등천화를 십보문주님이라고 부르는 것도 이상한데, 처음부터 끝까지 존댓말을 사용하고 있었다.

"저 녀석을 언제 봤다고 그렇게 부르는 겁니까, 형님?"

"반나절 됐네."

"그런데요?"

"내가 익힌 보법의 원주인이라고 하면 이해가 되겠나? 십보문의 보법이 바로 초문의 보법과 한줄기란 말일세. 만 공역시 마찬가지고."

"가만, 가만. 그러니까 저 녀석이 두 사람의 주군이 됐다는 소리요?"

갈피독은 자신과 똑같은 신세가 됐다는 문대성의 말에 내심으로는 웃음을 참지 못했으나, 겉으로는 꽤나 심각해진 어투로 말했다.

그런 갈피독의 행동이 거슬렸던가?

만저유의 얼굴이 일그러지며 갈피독을 쏘아봤다.

"너무 그렇게 노려보지 마시우. 나도 별반 차이가 없으니까."

"……?"

만저유는 의아한 얼굴로 등천화를 돌아봤다.

대답해 줄 줄 알았던 등천화는 시선을 다른 곳에 두고 있었다. 무릎을 모아 가슴에 대고 양팔로 감싼 자세였다. 외톨이 소년이 따로 없었다.

갈피독은 그 모습을 보고서 말을 이었다.

"궁금해할 것 없소. 저 녀석이 내 주군이란 말이니까. 말이 좀 그런가? 아무튼 그렇게 됐소."

문대성이야 알고 있었지만, 만저유에겐 의외의 사실이었던 모양이다. 신기한 눈으로 등천화와 갈피독을 번갈아 쳐다봤다.

"나와 문 공의 합공을 그런 식으로 넘길 때 알아봤어야 했는데… 그랬으면 황당한 약조도 하지 않을 테고. 카악, 퉤."

만저유는 몹시 못마땅하다는 듯이 침을 뱉었다.

대상이 누군지 확실했으나, 갈피독은 모른 척 화제를 돌렸
다.

"참! 문 형님, 아까부터 궁금했는데, 저 녀… 이가 어떻게
굴복시킨 거요?"

문대성은 낮은 한숨을 내쉬며 입을 열었다.

"그게……."

처음엔 문대성과 만저유는 합공할 생각이 없었다.

두 사람이 번갈아 가며 공격을 가했다. 하지만 공격 횟수가
늘어날수록 버거워졌다. 두 사람은 눈을 마주쳤고, 자연스럽
게 합공을 시작했다.

그러나 등천화의 보법은 그들이 알고 있는 보법이되 전혀
다른 보법이었다. 합공으로 인해 두 사람은 서로를 공격하는
황당한 상황을 연속해서 맞이해야 했다.

어디를 공격해도 등천화는 두 사람 사이에 나타났다.

문대성은 십보문의 보법은 실전에서 아무 소용 없다는 말
을 남긴 초대 문주를 원망했고, 구중뢰에서 다섯 가지 보법만
오십여 년을 갈고닦은 만저유 역시 자신의 지난 세월을 탓했
다.

두 사람은 자신들이 익힌 보법이 얼마나 대단한 보법인지
를 그때 깨달았다. 등천화의 보법은 완벽, 그 자체였다.

오십 년 동안 속죄를 해라!

어찌 보면 등천화의 요구는 너무 간단했다. 숨어서 오십 년, 아니, 등천화의 눈만 피해서 지내면 그만일 수도 있는 약조였기 때문이다.

하지만 문대성은 자신의 입으로 내뱉은 말을 지키지 못하는 사람이 아니었다. 곧장 어떤 것이든 따르겠다고 약조했다.

이렇게 되자, 구중뢰에 아들을 남겨놓고 나온 만저유가 곤란해졌다. 등천화의 말을 따르자니 채운하의 손에 죽을 것 같았고, 약조를 어기자니 문대성이 세상 끝까지 쫓아올 것은 자명했다.

결국 한 가지 결론을 내렸다. 등천화를 주군으로 모시고 십보문의 보법을 새롭게 익혀 아들을 구해내는 수밖에 다른 도리가 없었다.

얘기를 모두 들은 갈피독은 환하게 웃기 시작했다.

"푸하! 결국 뭐야, 알아서 기었다는 뜻이잖우? 녀석, 제법인데?"

"갈 아우! 자네를 좋아해서 아우로 삼았네. 하나, 앞으로는 십보문주님께 주군이라 부르도록 하게. 안 그러면 이 우형이 부득이하게 손을 써야 할지도 모르겠네."

모를 때는 모른 척할 수 있지만 주군으로 섬기겠다고 약조를 한 이상 문대성은 자신의 위치를 분명히 해야 했다.

"그, 그게… 쉽지가 않아서……."

“이 우형은 아우보다 이십 년은 더 살았네. 나보다 어려운 가?”

“끄응…….”

세 사람이 등천화를 부르는 호칭을 결정하는 이 순간에도 등천화는 귀를 열지 못하고 있었다.

이때, 낯익은 말이 갈피독의 입에서 흘러나왔다.

“그나저나 장주극이란 놈은 정말 서문세가로 간 건가?”

“……!”

등천화는 고개를 번쩍 치켜들며 눈을 동그랗게 떴다.

“갈 대협, 지금 뭐라고 하셨어요?”

“응? 장주극이란 놈과 백안마군을 떼어놓으려고 네… 십보 문주가 서문세가로 갔다고 말해줬거든.”

등천화는 말도 못하고 가만히 서 있었다.

불안했던 이유가 뭔지 그제야 알 것 같았다.

“왜 그러셨어요, 갈 대협!”

*　　*　　*

벼랑 끝에 선 나무는 언제 무너질지 모르는 절박함에 바람을 위안 삼아, 비를 벗 삼아 열매를 맺었다. 절실함이 맺게 해준 열매는 그런 나무의 마음도 모르고 바닥에 떨어져 썩어갔다.

나무는 다시 열매를 맺을 때까지 매일같이 울었다.

그러나 그 과정은 몇 해가 지나도 변함이 없었다.

열매는 나무를 벗어나 안전한 곳으로 갈 수 없었고, 나무는 언제 사라질지 모르는 자신의 분신을 남기고 싶었다.

언제고 읽은 책의 내용이었다.

한때나마 서문세가의 장자였던 자단 때문에 서문일청은 올곧이 청춘을 세가에 바쳐야 했다.

"당신이 이곳에서 태어난 것 외에 한 게 뭐가 있어!"

서문일청는 부서진 세가의 건물들을 바라보며 자단을 향해 분노의 일침을 가했다.

"재앙이었어. 정궤를 알려줘도 사궤로 해석하고, 사랑을 쏟으면 삐뚤어진 성격으로 오해하기 일쑤였지. 아버님께서는 언제고 돌아올 때 돌려주라며 내게 희생을 강요하셨어. 그런데 뭐? 나 때문에 뭐가 어째! 세가를 지켜줘서 고맙다는 인사는 못할망정, 아버님의 기일에 나타나 건물을 다 부숴? 후후. 웃기고 있어!"

카핫!

서문일청의 들어 올린 양손에서 무수히 많은 암기가 하늘로 날아올랐다. 수많은 암기들은 일제히 펼쳐졌다가 자단을 향해 밀려갔다.

유성비비였다.

전력을 다해 펼친 서문일청의 손짓은 아름답고 고고했다.

"잘도 주절거리는구나. 그런 말을 하면 내가 어떻게 하리라 생각했느냐? 위로? 아버지? 터진 입이라고 잘도 주절거리는군. 형을 무시한 대가로 가주가 됐고, 자전초까지 가졌잖느냐? 더 뭘 바라? 엉!"

자단의 입 주위로 살들이 터져 나갈 것처럼 씰룩거렸고, 그 살들만큼이나 음습한 기운이 전신에서 요동치며 뻗어 나오고 있었다.

마음을 말하는 서문일청의 외침을 겨우 물건 따위와 비교를 하다니!

"내가 잊을 줄 알았느냐? 너 때문에 아버님은 내게 무공을 전수하지 않으셨어. 미친 노인네. 사궤? 좀 더 빠르고, 좀 더 강한 위력의 암기를 갖는 것이 왜 나빠?"

"정궤가 엄연히 존재하는데, 사궤를 익히겠다는 아들을 어느 부모가 좋아할까!"

"클. 그래? 뭐가 다른데? 겨우 이런 장난감을 날리는 법이 정궤라고? 저 장난감들을 모두 부수면 사궤가 더 뛰어나다는 것을 인정하겠느냐?"

일제히 몰려오는 암기들을 향해 자단은 목에 걸린 옥빛 철적을 들어 올렸다.

츠르르르—

기이한 소리가 철적을 통해 허공으로 퍼져 나갔다.

그러자 놀라운 광경이 연출됐다.

자단의 몸에 구멍을 낼 것처럼 날아가던 암기들이 공중에서 멈춰 버렸다.

"……!"

"내게는 아무것도 아닌 것이, 네게는 아주 큰 모양이구나. 크하하하!"

"아버님, 이런 사람을 그래도 형으로 인정해야 하는 겁니까? 뭘 기다리셨습니까? 뭘……."

서문일청은 완전한 마인으로 변한 형을 보며 속으로 울었다. 사례로는 한계가 있다는 걸 깨닫고 돌아오면 잘해주라는 아버님의 말씀을 실천할 준비까지 했었다.

등천화가 가져온 여의마검을 보면서 그 기대는 더욱 커졌다. 하지만 이젠 모두 포기해야 했다.

서문세가에는 더 이상 서문일청의 형은 없었다.

드드드드등—

자단이 막고 있는 막을 두드리며 서문일청의 유성비비가 진동하기 시작했다.

"클클클. 이제야 너답구나. 형 앞에서 언제나 형 행세를 하려던 너!"

자단의 살기 가득한 눈을 무시하고 서문일청은 조금의 주저함도 없이 소매를 떨쳤다. 소매에서 빠져나온 빛은 허공을 가득 메운 암기들과 무관하게 일직선으로 자단을 향해 쏘아져 갔다.

퍼버버벅!

자단이 서문일청이 날린 암기를 알아보고서 기를 확장시키자, 허공에서 진동을 일으키던 암기들이 일제히 터져 나가는 소리였다.

“자전초! 이런 것들은 방해만 되겠지?”

“자전초를 한번 잡아보시겠소?”

“당연하지! 이곳은 오늘부로 사라지겠지만 자전초만은 가져가야 하니까.”

“이… 곳?”

분명히 자단은 서문세가를 ‘이곳’이라고 표현했다.

그에게는 애초에 뿌리라는 개념이 없었던 것이다.

“크크큭……”

서문일청의 입에서 허탈한 웃음이 흘러나왔다.

천공을 마음대로 유영하며 날아가는 자전초에 더욱 힘을 실었다.

“자전초를 가지러 왔다고? 겨우 그 이유 때문이라고? 후후후. 인간이 아니군.”

“인간? 크하하하! 자식을 버린 아버지란 작자를, 형보다 잘났다고 생각하는 미친 동생을 보러 와, 내가? 자전초만 얻으면 아버지란 작자와 네가 말하는 정궤까지 얻게 된다. 사궤라고? 나, 잠마혈존(潛魔血尊)의 정궤로 만들어진 혈영마공과 유성비비 따위와는 비교도 안 되는 혈천강성(血天罡星)을 보여 주마!"

소리치는 자단의 모습은 광인과 다름 아니었다.

"마공… 겨우 마교의 개가 되어 온 거냐!"

서문일청은 붉어지는 자단의 양손과 목에 걸려 있던 철적 이 떠오르는 것을 봤다.

퍼버버벅─!

자단을 감싸고 있던 암기들이 일제히 터져 나갔다.

서문일청은 이미 유성비비로는 자단을 어쩔 수 없다는 것 을 알고 있었다. 하지만 아직은 기대할 한 수가 남아 있었다.

'됐다! 네가 아무리 강해졌어도 자전초를……!'

암기들이 터져 나가는 사이를 뚫고 자단의 목을 향해 날아 가는 자전초. 손톱 두께 정도의 거리를 두고 멈췄다. 말 그대 로 멈췄다.

"클클클. 자전초를 상하게 하면 안 되지. 혈영마공에 닿아 도 상하지 않을까 했지만, 멀쩡한 것을 보니 가지러 오길 잘 했다는 생각이 드는구나. 쯧쯧. 뭐 하느냐, 공격을 막지 않 고?"

"……!"

자전초를 회수할 준비를 하던 서문일청은 그제야 이상한 느낌에 허공을 쳐다봤다. 하지만 쏟아지는 붉은 빛을 보는 순 간 이미 늦었다는 것을 깨달았다.

퍼버버벅—

서문일청의 머릿속이 하얗게 변해 버렸다.

'사궤는 정궤를 이길 수 없는데…….'

손을 뻗어 막아보려고 했으나, 붉은 빛은 모두 그의 몸을 통과해 버렸다.

"크하하… 하하하… 잠마의 힘은 천하 최강이다!"

"놔!"

서문혜는 상관악의 팔을 뿌리치기 위해 안간힘을 다했다. 하지만 그녀의 팔을 잡은 상관악의 힘을 뿌리칠 수는 없었다.

"흐흐흐. 감히 위사 따위와 붙어먹는 년이 어디서 앙탈이야? 그동안 네년의 마음을 돌리기 위해 내가 얼마나 많은 재물을 썼는지 알아?"

"미친놈."

서문혜의 눈빛을 보며 상관악은 욕정 가득한 웃음만 지었다.

"짐승도 너보다는 나아! 퉤."

서문혜의 침이 상관악의 얼굴에 묻었다.

그의 얼굴을 보는 것만으로도 토악질이 났다.

상관악 혼자서 배짱 좋게 이런 짓을 저지를 리 없었다.

"누구를 끌어들인 거지?"

"서문세가에 유감이 많은 분이시지. 나는 곧 그분의 제자가 되기로 했다. 그렇게 되면 천추성이든 마교든 무서울 게 하나도 없지."

'마교도 무서울 게 없다고?'

서문혜는 현 강호에서 천추성을 제외한 세력 중에 마교를 두려워하지 않는 곳을 떠올리려 했으나, 아무리 생각해도 그런 곳은 없었다.

"잠마혈존께서는 내게 상상도 못할 힘을 주실 것이다. 너를 취한 후, 세상의 모든 미인을 내 품에 두겠어. 꿀꺽."

쫘악─

상관악은 입맛을 다시며 서문혜의 옷을 찢어버렸다.

"아악!"

몸을 웅크리려 했으나, 상관악의 완력은 상상하기 힘들 정도로 강해져 있었다. 이내 서문혜는 알몸이 된 채로 바들바들 떨어야 했다.

"역시… 흐읍… 죽여주는군. 흐흐흐."

번들거리는 욕정으로 상관악이 미칠 지경이 될 때였다. 그의 뒤에서 누군가가 그의 머리를 건드렸다.

톡톡.

"……!"

"그만 해. 돌아서기도 전에 머리통을 날려 버리고 싶으니까."

여인의 목소리였다.

"……!"

상관악은 번개같이 돌아서며 여인을 향해 청오칠백결을 사용한 천잠편을 휘둘렀다.

그러나 그의 천잠편은 여인을 휘감지 못했다. 푸시식 소리를 내며 그녀의 붉은 손에 닿은 천잠편이 녹아내렸기 때문이다.

"헛!"

"여자를 상대로 무기를 사용하다니, 몹쓸 물건이군."

"다, 닥쳐라!"

상관악은 천잠편을 버리고는 손을 뻗었다.

여인이 그것을 노린 것도 모르고 잘도 따라주는 상관악이었다.

퍽.

여인은 육장끼리 부딪쳐서는 백마에게도 지지 않을 자신이 있었다. 상관악의 손은 종잇장처럼 찢겨지며 그대로 비명횡사하고 말았다.

혈영신공의 위력은 그만큼 대단했다.

혈귀 곽수정은 화를 못 이겨 기절한 서문혜를 옆에 끼고 그곳을 벗어났다.

서문혜는 깨어난 후 정신없이 주위의 널브러진 시체들 사이를 헤집고 다녔다. 그중 유난히 눈에 띄는 옷자락. 아니라고, 그녀가 생각하는 사람이 아니라고 몇 번이나 고개를 가로

저었다. 허리 부근에 떨어진 노리개와 신발이 눈에 들어왔다. 다른 사람이 가질 수 없는 물건들.

"아빠!"

"이, 이런……."

곁에 있던 곽수정은 해연히 놀라 서문혜의 입을 막았으나, 이미 늦었다. 서문일청을 죽인 자단의 귀에 서문혜의 목소리가 들리지 않을 리가 없었다.

이내 서문혜의 입을 막았던 손을 풀었다.

자단의 목에 걸린 옥빛 철적을 본 순간 위험에 대한 경고는 사라지고 없었다.

으드득!

서문혜 때문이 아니더라도 어차피 만나야 할 자였다.

"클클. 들켰는데 도망칠 생각은 않고 오히려 덤빈… 오! 혈영신공?"

곽수정의 손에서 피어나는 붉은 아지랑이는 자단의 눈빛을 달라지게 만들었다. 수많은 구멍이 난 서문일청의 시체를 가볍게 차버린 후 곽수정을 향해 몸을 열었다.

"혈영신공을 십성 익혀야 기를 발출할 수 있지. 여자로서 그 정도까지 익힌 것만으로도 대단한 자질이다. 하나, 네 아비도 거기까지였다. 다를 게 없다면……. 클클클."

자단은 곽수정과 같은 모양의 아지랑이 만들어냈다.

곽수정의 아지랑이는 선분홍색이라면 자단의 아지랑이는

검붉은색이란 점만 달랐다.

쿠쾅!

"컥!"

곽수정은 양손이었고, 자단은 한 손임에도 불구하고 피를 토하며 날아간 사람은 그녀였다.

"직접 부딪치지 않으니 언제 힘을 써야 할지 모르겠느냐? 혈영신공의 단점이지. 이걸 한 번 보거라."

후웅—

자단의 손에는 아무것도 없건만, 곽수정의 귀에 환청을 일으켰다. 이내 검붉은 빛이 자단의 손을 감쌌다.

곽수정은 그의 의도를 알 것 같았으나, 혈영신공에는 저런 형태의 초식이 없었다.

"어떠냐, 내가 만든 혈영마공이."

"그건 혈영신공이 아니야!"

"클클클. 내가 언제 혈영신공이라고 했더냐? 이건 혈영마공이다, 혈영마공."

"그런… 것이 어떻게 가능하다고……."

곽수정이 자단의 말을 믿을 수 없는 건 어쩌면 당연했다. 혈영신공을 모아서 장력으로 발출하기 위해서는 십성의 내력을 계속해서 소모해야 하는데, 그런 기적과 같은 내력을 지닌 사람이 존재할 수 없기 때문이다.

불완전한 무공을 사용하고 있는 것이다.

분하지만 그녀는 십성의 혈영신공도 유지할 내력이 없었다. 영약과 영물을 복용해 일순간 내공을 높이기는 했어도 이 싸움, 승산이 없었다.

그때, 곽수정의 귀에 뾰족한 여인의 목소리가 들렸다.

"죽어!"

서문혜가 전력을 다해 자단을 공격해 가는 모습이 눈에 들어왔다.

"안 돼!"

곽수정이 소리쳤을 때는 이미 늦은 후였다.

자단이 서문혜의 목을 잡고서 잔인한 미소를 짓는 동안, 허공에서 발버둥 치는 서문혜의 얼굴에 점점 핏기가 가시고 있었다.

서문혜는 울고 있었다.

몸을 피해 담 위에 선 곽수정도 울었다. 그녀와 다를 바 없는 처지의 서문혜를 도와줄 방법이 없었기 때문이다. 질끈, 눈을 감고 자리를 피해야 했다.

막 담 아래로 떨어지는 곽수정의 눈에 자단의 옥빛 철적이 붉은 빛을 발산하는 것이 보였다.

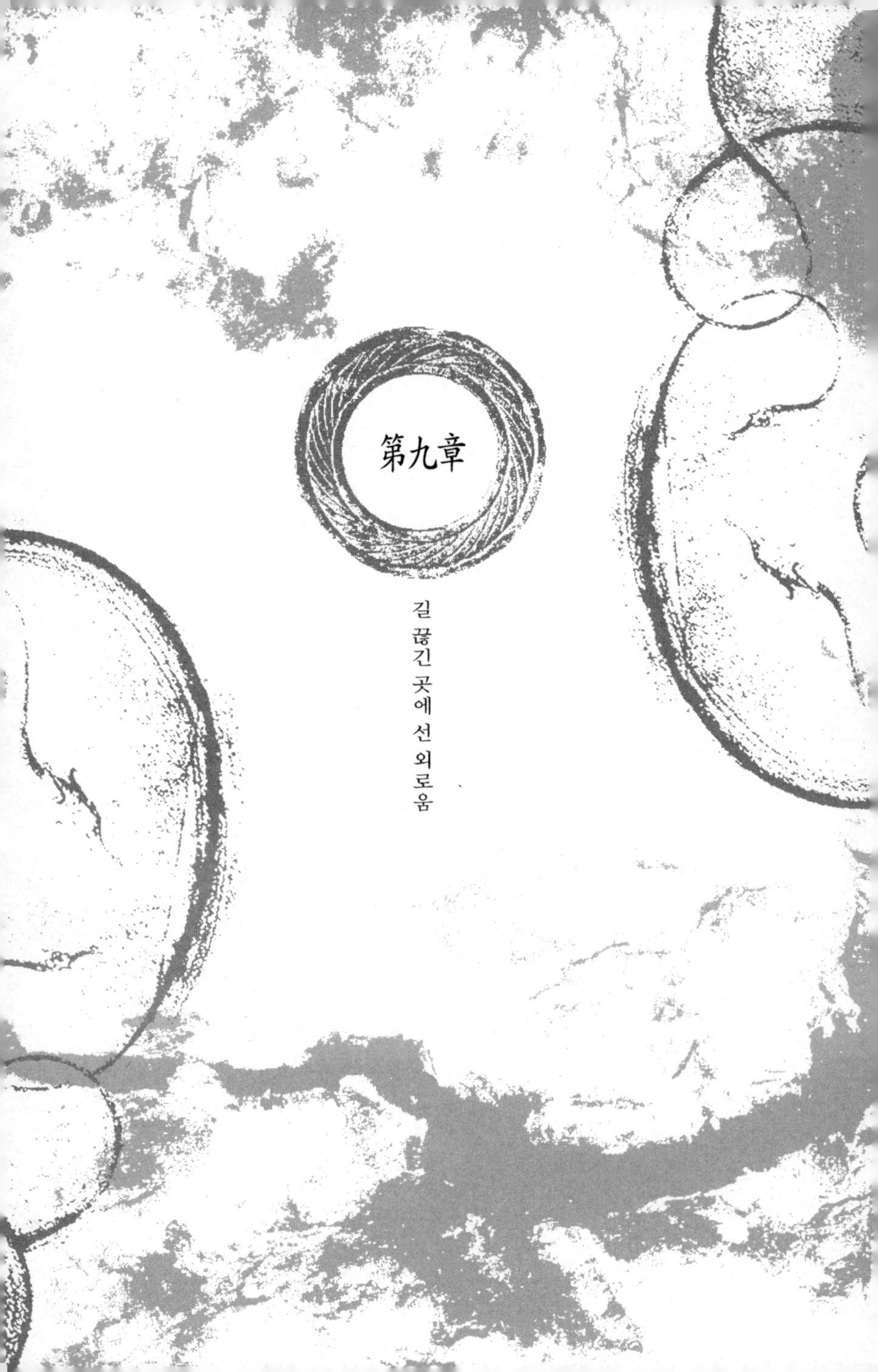

第九章

길 끊긴 곳에선 외로움

풍우건중은 잠자리에 들었다.

깊이 잠들지 못하는 것이 한두 번도 아니건만, 오늘은 유난히 잠이 오질 않았다.

어제 들은 옥상아의 외부 소식 때문일까? 아니면 각용성이 떠나며 던졌던 눈빛 때문일까? 그도 아니면 사공운이 찾아오길 기대하기 때문일까?

복잡한 머릿속만큼이나 이리저리 뒤척이는 몸 역시 불편했다. 몸은 기억하고 있었다, 지금까지 가장 불편하고 힘들었던 순간을.

눈 감으면 떠오르는 복잡한 미로를 움직였다.

어린 시절, 원로들의 찬사를 받으며 무공을 수련하던 모습을 지나, 소년의 몸으로 당당히 아버지 풍우신장의 칭찬을 받던 때를 지나, 어둡고 어두운 공간으로 들어섰다.

오로지 감각만으로 주위를 인지해야 하는 공간.

어둠이 어디서 끝나는지 알려주지 않는 끝없는 어둠의 공간은 다음에 들려올 목소리를 알고 있는지, 심하게 요동쳤다.

"놀랍구나. 어린 나이에 이곳까지 올 수 있다니. 조금만 기다렸으면 좋았을 것을. 흐흐흐."

왜 이곳으로 또 왔지?

지난 십 년 동안 한 번도 잊지 않은 목소리였다.

꿈을 꾸고 있는 것이 분명한데, 풍우건중은 어느새 모든 것이 생생한 십 년 전의 그 공간으로 돌아가 있었다.

어둠 속의 사내는 보이지 않았지만 목소리에서 풍기는 위압감과 존재감만으로도 굉장한 고수라는 것이 느껴졌다.

어떻게 이런 곳에 왔을까?

풍우건중은 보이지 않는 어둠 저편을 뚫어져라 노려보며 경계를 풀지 않았다.

"누구냐! 모습을 드러내라."

목소리를 먹어버린 어둠은 요동조차 없었다.

풍우건중의 긴장감이 좀 더 커졌을 때, 어둠이 목소리를 토해냈다.

"나? 크흐흐흐. 현재의 너로서는 알 자격이 없다."

"내가 누군지나 알고 하는 소린가?"

풍우건중의 주요 관절에서 갑자기 빛이 빠져나오기 시작하더니, 주위를 밝혔다.

"오, 십이천강추! 불완전한 형태로 펼칠 생각인가? 십이천강추가 펼쳐지면 열두 개의 태양이 뜬다? 허언은 아니겠지만 불완전해서야……. 크흐흐."

스슷—

"헙!"

풍우건중은 움직이는 기척을 느끼자마자 빛을 뿌렸다. 하지만 휑한 공간만을 긋고 말았다. 일부러 소리를 내어 풍우건중을 놀린 것이다.

그리고 들려온 소리.

가까운… 아니, 바로 앞!

퍽!

엄청난 무게의 힘이 풍우건중의 전신을 때렸다.

위험을 감지하고 양손으로 머리를 감싸며 보호했지만, 한꺼번에 들이닥치는 힘은 호신강기를 비웃듯이 깨뜨렸다.

"잘 견디는군."

놀리는 투의 음성. 풍우건중은 자존심이 크게 상했다. 강한 자였다. 한 번의 공격으로 호신강기까지 끌어올린 내부를 한꺼번에 진탕시킨 것이다.

"죽이기는 아깝구나. 복종하라, 그럼 잠마의 힘을 나눠주겠다. 하나 거역하면… 돌아갈 것은 죽음뿐이다."

"복종? 나, 풍우건중은 마(魔)와는 타협하지 않는다!"

"타협하지 않는다? 크하하!"

"윽!"

풍우건중은 귀를 잡고 주저앉았다.

왼쪽 귀를 통과한 웃음이 오른쪽 귀를 통과하며 신경들을 모조리 잘라 버리는 것만 같았다.

"나는… 타협하지 않아!"

"오! 대단한 기백이다. 어디, 이번에도 같은 소리를 지껄일 수 있는지 볼까? 네 주인이 될 사람의 위대함을 느껴보아라."

파악!

호신강기로 몸을 보호하고 있기에 순간적이나마 어둠의 얼굴이 보인 것 같았다. 하지만 그뿐이었다. 여전히 이어지는 충격과 고통은 생각할 틈을 주지 않았다.

"복종을 맹세해라."

"으하압!"

십이천강추를 사용할 기회는 한 번뿐. 풍우건중은 어둠이 있으리라 예상되는 방향을 감으로 정하고는 그대로 공격을 감행했다.

퍼버벅.

공간을 때리는 음향. 이번에도 실패했다.

“쯧쯧. 불완전한 십이천강추로는 안 된다니까.”

“비겁하게 숨어 있지 말고, 당당하게 싸우자!”

“네가 잠마의 영역으로 들어왔을 때부터 싸움은 시작됐다. 당당하게? 내가 당당하지 않게 보이나? 아! 내가 보이지 않겠구나. 어린 녀석이 욕심은 많아서. 네가 원하는 환경에서 원하는 공격을 해서 나를 죽이고 싶겠지? 하나, 어쩌지? 지금이 바로 내가 원하는 환경인데. 장찬익과 싸우겠다고 했더냐? 겨우 이 정도 실력으로? 크흐흐. 잠마의 먹이를 노린 것만으로도 죄를 지은 것이다. 빛을 보고 싶으면 보도록 해라.”

파앗―

갑자기 주위가 환해졌다.

“윽!”

풍우건중은 손으로 빛을 가리며 인상을 썼다.

“이만큼이나 버틴 것만 해도 훌륭하다. 하나, 너의 십이천강추로는 장찬익의 털끝도 못 건드리겠지만, 보여주지 않는 편이 낫겠다. 가라.”

어둠에서 빛으로 변한 환경에, 무게감에서 회전력으로 변한 공격에 고통에서 해방되었다. 이 순서를 거친 풍우건중의 몸은 바닥에 쓰러졌다.

쿵.

“으헉!”

풍우건중은 땀이 흥건히 밴 침상에서 벌떡 일어나 앉았다.
그 상태로 시간이 멈추기라도 한 것처럼 꼼짝을 하지 않았다.

"으으으……."

풍우건중의 입에서는 아직도 신음이 멈추지 않았다.

신음에 절망의 끈적거리는 사슬이 달려 있다. 조금의 희망
이라도 갖게 되면 언제든 잘라 버리겠다는 꿈속의 괴인이 숨
을 통해 형상화 되는 것 같았다.

무공을 되찾을 수 있다는 희망은 십 년을 매일같이 풍우건
중을 죽였다. 절망을 성장시키는 데 그보다 훌륭한 먹이는 없
었다.

희망을 잃는 만큼 절망은 성장했다.

풍우신장을 넘겠다는 풍우건중의 꿈은 이제 완전히 사라
진 후였다.

어둠 속의 '그' 에게 절단된 혈맥은 그 어떤 방법으로도 이
을 수 없었다. 아니, 그에게 절단된 혈맥들보다 잘게 잘려 버린
희망의 조각들이 이제는 어디로 갔는지조차 보이지 않았다.

"잠마……."

그는 분명히 자신을 잠마라고 했다.

*　　　　*　　　　*

"엄……."

서문세가의 잔인하게 부서진 계단이 등천화의 몸을 떨게 만들었다. 주춤거리던 발을 떼어 빠르게 계단을 뛰어넘었다.

부서진 정문을 지나쳐 시체로 가득한 넓은 마당에 들어서기 직전, 한 사내가 보였다.

서문세가에 왔을 때 서문일청이 있는 곳까지 안내해 준 하인이었다. 시체의 몸에서 흘러나온 피를 따라 시선을 내려보냈다.

서문세가를 떠나 이틀. 되돌아온 시간을 고려하면 불과 하루에 불과한 시간이었다.

"아아……."

"크흠……."

멈춰 선 등천화의 뒤로 다가온 세 사람.

문대성과 만저유는 인상을 찌푸린 정도로 그쳤으나, 갈피독은 손으로 얼굴을 가리며 무릎을 꿇었다.

"이럴 수가……."

"갈 아우, 일어나게."

갈피독은 문대성의 부축을 뿌리쳤다.

"허허. 이런 일이 일어날 줄 자네가 어찌 알았겠나?"

"…나 살겠다고… 팔았던 겁니다, 형님."

"그 상황이라면 나라도 그랬을 거야."

"저 녀석이 세상에 나온 이유가 이곳 때문이라도 말입니까?"

"……!"

문대성은 뒷말을 잊지 못했다.

단순한 인연으로 인해 등천화가 움직이지 못하는 것이 아님을 그제야 알았기 때문이다.

정적이 흘렀다.

등천화는 혼자만 멈춰 버린 시간에 서 있는 것 같아 할 말을 잃었다. 바로 앞에 여인의 시체가 놓여 있었다. 생생하게 기억하는 그녀의 목소리가 들리지 않았다.

툭—

땅에 떨어져 핏물과 섞이는 눈물이 등천화의 눈에서 떨어졌다.

"호호호. 차가 그렇게 맛있어요? 우리 저이는 그런 말 안 해주던데……."

수혜련의 시체를 안아 들고 움직였다.

마당 어디에도 찾는 두 사람의 모습은 보이지 않았다. 등천화의 시선이 한곳을 향했다.

서문일청이 데려갔던 수련장.

그곳으로 올라가는 동안 지나친 수많은 시체들.

서문세가 전체에 어떠한 길도 보이지 않았다.

전신에 구멍이 나서 얼굴조차 제대로 알아볼 수 없는 서문일청의 시체를 봤을 때는 머릿속이 하얘지기까지 했다.

조용히 서문일청의 시체로 다가가 수혜련을 그의 곁에 놓았다. 하지만 아직 한 명이 보이지 않았다.

항상 장난치고, 등을 때리고, 쉴 새 없이 움직이는 여인.

없으니까 허전해서 찾아오도록 만든 여인.

똑바로 걷고 싶다는 말을 해도 유일하게 웃지 않고 따뜻한 길을 만들던 여인.

서문일청의 시체가 있던 곳에서 멀지 않은 바닥에 기댈 곳 없이 불편하게 누워 있었다.

등천화에게 가족이란 의미를 다시금 되새기게 만들어준 세 사람이 나란히 눕혀졌다.

"잘해주게. 혜가 많이 똑똑하니, 나처럼 쩔쩔매며 살고 싶지 않으면 지금 잘해줘야 해."

머릿속에 서문일청의 목소리가 들렸다.

곧이어 들려야 할 수혜련의 음성은 들리지 않았다.

이젠 생각해야만 들리는 목소리가 됐다.

길이 끊어진 세 사람과 함께 서 있는 등천화는 눈을 어디다 둬야 할지 몰라 자꾸만 하늘을 쳐다봤다.

"엄……."

입을 열었다가 이내 닫았고, 다시 입을 열었다가 닫았다.

할 말이 엄청 많은 것 같은데 막상 하려니 나오질 않았다.

이런 등천화를 지켜보며 죄책감에 눈동자를 붉게 만드는 한 사람, 갈피독은 정신이 하나도 없었다.

자신이 도대체 무슨 짓을 저지른 것인가?

서문세가를 멸문시킨 장주극을 죽이고 싶다는 생각 외에는 아무 생각도 나질 않았다. 괴로웠다. 그런 그를 문대성은 어깨를 두드려 주었고, 만저유가 측은한 눈으로 쳐다봤다.

"…켜줘요."

등천화가 처음으로 입을 열었다.

"문주, 뭐라고 하셨소?"

"비켜주세요. 이곳을… 다 써야겠어요. 세 분께 무덤을 만들어줘야 해요."

"저희도 도와드리리다."

"왜요?"

"예?"

등천화의 반문에 당황한 문대성은 멍해지고 말았다.

"제가 해야 해요. 사부님께 만들어 드렸던 것만큼 크게 만들어 드리려고요."

등천화의 눈에는 아무것도 담겨 있지 않았다.

슬픔을 표현하는 많은 경우를 봐온 문대성이었다.

우는 사람, 오히려 웃는 사람, 격하게 화내는 사람, 자기 감정에 숨어서 세상과 단절하는 사람. 하지만 그 어디에도 등천화와 같은 식으로 슬픔을 표현하는 사람은 본 적이 없었다.

'헛!'

잠시 동안 등천화와 눈을 마주친 문대성은 갑자기 등골이 서늘한 느낌을 받았다. 아무것도 읽을 수 없다는 것이 이렇게 무서운 느낌을 줄 줄이야…….

주춤, 뒤로 한 발 물러섰다.

"괜찮으시오, 문 공?"

만저유가 이상함을 느끼고 다가왔으나, 문대성은 급히 손을 내저으며 신형을 돌려세웠다.

"괘, 괜찮소, 만 공. 아, 아래로 내려갑시다. 문주께선 이곳에서 할 일이 있다고 하는구려."

갈피독은 눈을 가린 채 아무 말도 하지 않고, 문대성은 등천화와 몇 마디 나누더니 질색을 하고는 갈피독과 만저유의 팔을 잡고서 서둘러 내려가려 했다.

만저유는 미적지근한 등천화의 태도에 화가 나서 해서는 안 되는 혼잣말을 하고 말았다.

"뭐야, 애송이구만. 저 정도의 일로 징징대기는… 한 대 쥐어박고 싶군."

이때, 그의 멱살을 덥석 쥐는 손이 있었다.

"흡! 뭐, 뭐야!"

"다시 한 번 그딴 식으로 지껄이면 죽을 줄 알아."

"……!"

만저유는 옥죄는 목의 압력이 상상외로 엄청남을 느끼고

급히 문대성을 돌아봤다.

"갈 아우, 참게. 자네 심정을 아네만, 그렇다고 만 공에게 화풀이를 하면 못쓰네."

"저런 말을 들을 사람이 아녀요. 자신의 등을 내준 여자가 죽었어요. 저 정도의 고수씩이나 되는 녀석이… 등을 내준 여자라고요! 내 탓으로… 살겠다고 한 말로 인해서……."

"알아, 자네 마음 알아. 자자, 일단 손을 놔. 내려가세. 아까 문주를 따라오다가 발견한 것도 있고."

문대성은 갈피독의 손을 풀어주고는, 목을 주무르며 성난 표정으로 삿대질하는 만저유가 욕을 하기 전에 입을 틀어막고 자리를 벗어났다.

갈피독은 등천화를 한 번 돌아보고는 문대성을 따라갔다. 말은 나오지 않았지만, 분명히 '미안하다. 정말 미안하다' 라는 입모양이었다.

서문일청을 산비탈 면 바로 앞에, 수혜련을 그 옆으로, 서문혜를 평평한 곳으로 옮겨놓았다. 그리고는 돌멩이를 몇 개 집어 들었다.

스스스―

휑한 공간에 서서 머리카락 날리는 걸 느꼈다.

침묵으로 세 사람을 보내며 바람을 따라 발을 옮겼다. 나무와 부딪쳐 꺾인다 싶었던 바람의 방향이 갈라지며 중앙으로 모였고, 산비탈 면을 따라 흘러내려 온 바람 역시 중앙에 들렀다 떠나려 했다.

슥—

해 가려진 하늘엔 달 고개 내밀고,
길 끊긴 곳에 선 외로움만 힘겹게 춤을 춘다.

등천화의 흔들리지 않던 상체가 기울어졌다.

바람의 길이 모이는 곳에 발을 디뎠다가 흩어지는 순간 몸을 흔들어 하늘로 솟구쳤다. 떨어지며 산비탈 면에서 흘러내려 오는 길에 발을 놓았다가 다시 나무 사이를 지나온 빠른 길에 올라탔다.

쾅—!

몇 번의 길을 바꿔서 움직이는 동안 만들어진 음자삼차파의 폭풍을 산비탈 면에 집중시키자, 우레와 같은 소리가 비탈면을 무너뜨리며 거대한 폭음을 냈다.

구름을 밟듯이 하울거리는 발끝이 완운보로 먼지구름에 형태를 만들어주자, 만들어진 잿빛 용 형태의 구름이 서문일청의 몸을 덮으며 가라앉았다.

이어서 수혜련의 무덤이 만들어졌고, 서문혜의 무덤을 만들고 나서는 한참 동안 서서 움직이지 못했다.

"…엄……."

등천화의 입에서 처음으로 깊은 한숨이 흘러나왔다.

국진력의 무덤을 만들었을 때와는 또 달랐다.

어느 정도 짐작하고 있던 길 끊김은 그리움으로 남겠지만, 느닷없이 끊긴 길은 그리움으로도 다가갈 수 없었다.

등천화는 수련장을 터벅터벅 걸어 내려왔다.

열심히 대화를 나누고 있던 갈피독은 등천화를 보고 동작을 멈췄고, 문대성이 다가가 뭐라고 말을 하려다 끝내 말을 붙이지 못했다.

등천화의 신형이 약간씩 흔들리고 있었다.

세 사람 모두 그걸 이상하게 여기지는 않았다.

*   *   *

등천화와 세 사람이 떠나간 밤.

서문세가의 계단 앞에 십여 명의 인물이 모습을 드러냈다. 상관악의 옷에서 복면을 빼면 똑같은 복장을 하고 있었다.

선두의 노인은 서문세가의 모습에 당황한 듯하더니, 급히 안으로 들어가 곳곳을 뒤지며 다녔다. 뒤따르는 십여 명 역시 마찬가지였고, 다시 모였을 때는 그들과 똑같은 복장의 이십여 구를 내려놓았다.

"어찌 이런 일이… 악아, 네가 서문세가를 공격했단 말이냐? 허!"

믿기지 않는 눈앞의 현실에 세 갈래 수염이 고풍스럽게 입 주위를 가리고 있는 노인은 참담한 심정의 목소리를 냈다.

현 상관세가의 가주 상관천.

서문세가에 선물을 전해주러 간 아들과 장로들의 귀환이 늦어져 직접 찾아오는 길이었다.

"가주님, 일단 시체를 수습해서 세가로 돌아간 후에 다시 오시는 것이 좋겠습니다. 다행히 세가에서 가져간 물건들은 보이지 않습니다."

상관세가의 제일 장로 교민기는 불안한 눈으로 상관천을 바라봤다. 하지만 아무리 그라도 아들을 잃은 슬픔이 채 마르기도 전에 해서는 안 되는 말이었다.

"교 장로!"

상관천이 불같이 화를 내자, 교민기는 화들짝 놀라 뒤로 물러섰다. 그라고 이런 말을 하는 것이 쉬울까. 헤아려 줄 것이라 여겼던 상관천의 반응이 너무 과격했다.

그때, 한 번 더 그를 놀라게 한 음성이 있었다.

"상관 가주님이 이곳엔 무슨 일이십니까?"

'누가 있었구나!'

강직한 목소리의 주인이 일단의 무리와 함께 내려섰다. 하나같이 고절한 신법을 구사하는 걸로 봐서 우연히 나타난 자들이 아니었다.

'화산, 무당, 곤륜에… 구대문파의 제자들이 모두 이곳엔

무슨 일로…….'

교민기의 눈에 들어온 그들의 시선은 곱지 않았다.

오해받기 더없이 좋은 상황이었다.

"대단하시군요. 겨우 삼십 명으로……."

말끝을 흐리는 자는 벌써 십 년 전부터 곤륜의 신성이라 불리는 청해일성(靑海一星) 소천파로, 감숙성에 파견한 구대문파의 일대제자들 중 단연 으뜸으로 손꼽을 수 있는 고수였다.

"잠깐! 여러분들은 지금 오해를 하고 계시오. 서문세가의 멸문과 우리 상관세가와는 무관하오!"

교민기가 고개까지 크게 저으며 부정했다.

상관천은 그제야 교민기가 왜 그렇게 서둘러 떠나자고 했는지 이해를 했다.

"말도 안 되오. 우리가 무엇 때문에 서문세가를 공격하겠소? 게다가 나도 피해자요!"

상관천은 아들의 시체를 가리켰다.

"흠, 많이 속상하시겠습니다. 하면 누가 이런 학살을 벌였는지 보셨습니까?"

소천파는 의심의 눈초리를 풀지 않은 채 되물었다.

그러나 서문세가의 혈겁을 누가 일으켰는지, 상관천이 알리가 없었다.

"우리도 지금 조사 중이오."

"함께 조사를 해도 되겠습니까?"

“그걸 왜 내게 물으시는가? 그리고 자네의 복장을 봐서는 곤륜 문하라는 것을 알기는 하겠네만, 이름을 먼저 밝히는 것이 예의가 아닌가?”

“아! 인사가 늦었습니다. 곤륜의 일대제자 창해일성 소천파라고 합니다. 그럼 잠시 뒤에…….”

말을 마친 소천파는 대여섯 명을 남기고 서문세가 안쪽으로 움직였다. 남은 사람들은 소천파의 의도를 알고 있기에 군소리 않고 정문을 막는 대형으로 진을 치며 섰다.

상관천은 피가 거꾸로 솟구치는 것 같았다. 안 그래도 아들에 장로들까지 대거 잃어서 속이 상할 대로 상한 그였다. 이런 대접은 부당했다.

“지금 뭐 하자는 건가!”

“왜 그러십니까, 상관 가주님?”

화산파의 일대제자 심독의 반문에 상관천은 이를 꽉 깨물고 참았다.

잠시 후, 조사를 마친 소천파가 일행과 함께 어두운 표정으로 돌아왔다. 동행한 사람들 모두 표정이 완전히 굳어 있었다.

“어떻소, 소 도장? 상관세가와 관련이 있던가요?”

남아 있던 화산파의 심독이 물었다.

“그게… 그렇기도 하고 아니기도 합니다.”

소천파의 대답에 상관천은 눈을 동그랗게 떴다.

“우리가 도착했을 때는 이미 일이 벌어진 후였소. 악이가 장로들과 함께 한나절이 지나도 돌아오지 않아… 아니, 지금 나를 핍박하는 건가?"

"그런 건 아닙니다. 너무 불쾌하게 생각지 마십시오. 가주님 말씀대로라면 이상한 일이지만 죽은 사람들 중 상당수가 상관세가 무공에 의해 죽었습니다."

"……!"

상관천은 제일 장로 교민기를 돌아봤다.

교민기의 얼굴이 딱딱하게 굳어 있었다.

뭔가를 알고 있는 것이 분명했다.

"알겠소."

*　　　*　　　*

풍우산산은 비녀들을 모두 물리치고 혼자서 자리에 앉아 있었다. 일어나서 연못으로 나갔다가는 아랫입술을 깨물며 다시 안으로 들어왔다.

"아가씨."

"아! 어서 와. 그래, 알아봤어? 정말 사람들이 말하는 것처럼 서문세가가 멸문당한 거야? 그런 거야?"

놀란 토끼처럼 동그랗게 뜬 풍우산산의 눈이 옥상아의 입을 바라보며 대답을 독촉했다.

서문혜가 천추성을 떠날 때 상관세가로 사람을 보낸 사람이 그녀였다. 심술이 나서 장난 삼아 그런 것인데, 서문세가가 멸문을 당한 것이다.

범인은 아직 밝혀지지 않았다고 하지만 그런 건 풍우산산에겐 중요하지 않았다. 자신 때문이 일어난 일이란 생각 때문이었다.

"사실이랍니다."

"어머… 나, 어떡해. 흑흑… 서문 소저는? 살아 있는 사람은 있대? 빨리 말 좀 해봐!"

옥상아는 풍우산산의 독촉에도 쉽게 입을 열지 못했다. 전멸. 말 그대로 서문세가가 완전히 초토화됐다는 연락이 왔기 때문이다.

"상아야!"

"없을… 거예요. 살아 있는 사람이 있었으면 멸문이란 말은 안 쓰거든요."

"으으… 으아아앙…….."

풍우산산은 울먹거리는 행동을 생략하고 곧장 울음을 터뜨렸다. 눈물, 콧물을 줄줄 흘리는 그녀의 모습을 지켜보던 옥상아는 마른 천을 가져와 꼼꼼히 닦아주었다.

"…어떡해. 불쌍해서 어떡해. 으허엉… 이렇게 될 줄 몰랐어. 미안해, 서문 소저…….."

풍우산산은 당장 서문세가로 달려갈 듯이 눈물을 훔쳤다가 다시 자리에 앉았다가를 반복했다.

“아가씨, 서문세가가 멸문된 건 아가씨 책임이 아니에요.
자세한 건 더 알아봐야 해요.”

“그 사람일 거야. 상관악, 그자가 이상한 수작을 부렸을 거
야. 잘해보라고 한 건데… 으허엉… 상관세가에 알려주는 게
아니었어. 나 때문에 서문 소저가……．”

옥상아는 이대로 풍우산산을 내버려 뒀다가는 한도 끝도
없이 울 것 같아 조용히 안아주었다. 그만 좀 울라는, 이렇게
까지 울 일이 아니라는 듯이 감싸 안은 팔에 약간의 힘을 주
는 것도 잊지 않았다.

“아니에요. 좀 더 자세한 내용이 도착해야 정확히 알 수 있
어요. 그리고 상관세가는 서문세가보다 약해요. 그들이 그랬
을 리 없어요, 아가씨.”

“정말? 으허엉… 그래도 서문 소저가 죽은 건 맞잖아, 그렇
잖아……. 으허엉……．”

옥상아는 더는 대답하지 않았다. 무슨 말을 해도 그녀가 듣
지 않으려 할 것이기에.

‘현 강호에 암왕의 가문을 멸문시킬 배포를 가진 세력이
마교를 제외하고 또 있었나? 이상해. 도대체 강호에 무슨 일
이 일어나고 있는 거지?

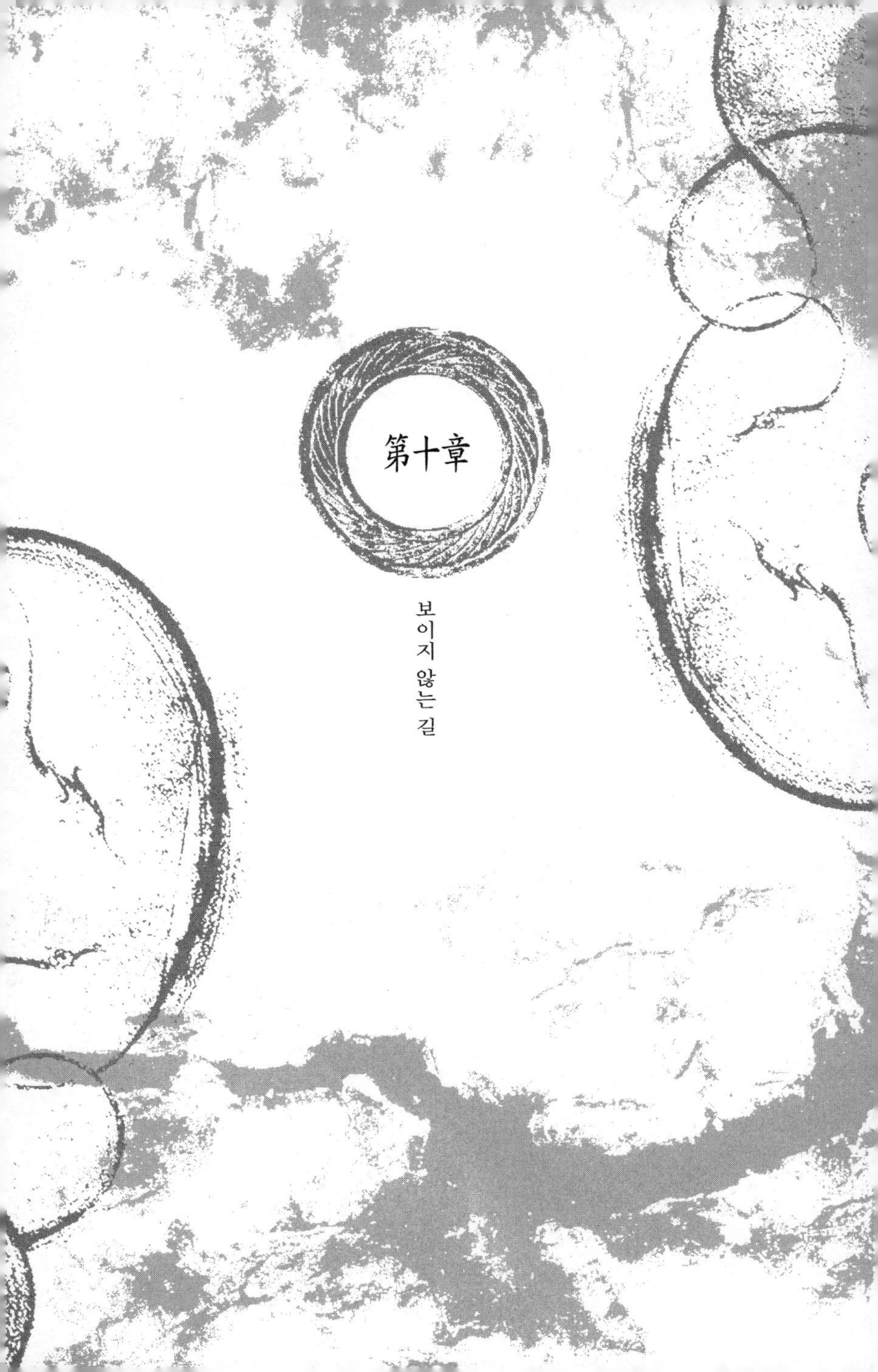

第十章

보
이
지
않
는
길

소천파와 상관천은 날이 밝을 때까지 입씨름을 해야 했다. 두 사람은 자칫하면 싸움으로 치달을 수 있는 말다툼을 밤새 했다.

"그렇다면 왜 상관세가의 무공이 서문세가의 식솔들 몸에서 발견된단 말입니까?"

"내가 그걸 어찌 알아!"

"그렇다면 저도 방법이 없습니다. 사문에 보고를 할 수밖에요."

두 사람의 팽팽한 눈싸움을 멈추게 한 것은 교민기의 한마디였다.

"가주님, 소 도장과 함께 흉수를 찾으면 어떻습니까? 이대로 헤어졌다가, 소 도장이 말을 왜곡시키기라도 하면 안 되잖습니까?"

교민기의 한마디는 지난밤에도 소천파를 몇 번이나 열받게 했는지 몰랐다.

"사람을 어찌 보고!"

"소 도장이야말로 상관세가를 어찌 보고 그따위 책임지지도 못할 말을 하는 거요! 미약에 중독되어 벌어진 일일 수도 있고, 심혼대법에 당했을 수도 있잖소!"

교민기는 지지 않고 소리쳤다.

항상 제일 장로의 위치에서 조용조용 일 처리를 하던 교민기와 지금의 모습은 사뭇 달랐다.

이렇게 해서 소천파의 입장과 상관천의 입장이 하나로 일치를 봤다.

범인을 잡자!

결정된 방향은 장액 방향.

범인의 흔적을 발견하지 못했으니 일단은 거꾸로 되짚어 가는 수밖에.

속도는 무척 빨랐다. 서로 곱지 않게 보기 때문에 경쟁심이 발동한 탓이다. 삼십여 명은 신법을 펼치면서 서로를 의식하며 달렸다.

상관악이 장로들과 함께 싣고 온 물건을 발견한 것은 서문세가에서 약 이백 리 정도 떨어진 어느 숲이었다.

"가주님, 이곳에 세가의 마차가 있습니다!"

제일 먼저 발견한 교민기가 소리쳐 상관천을 불렀다.

금화 백 냥어치는 충분히 나갈 정도의 고급 비단과 패물이 고스란히 들어 있었다.

왜?

모두의 머릿속에 떠오른 생각이었다.

이때, 심독이 누군가를 발견하고 불렀다.

"화산오검!"

다른 사람들은 마차에 신경을 쓰고 있어서 발견하지 못했다가 급히 시선을 모았다.

그러나 화산오검은 듣지 못했는지 빠른 속도로 어딘가를 향해 날아가고 있었다.

"갑시다."

심독을 따라 삼십여 명이 일제히 움직였다.

그러나 화산오검의 신법은 뒤따르는 사람들을 당황하게 만들었다. 빨랐다. 정말 뭐 빠지게 달렸다.

"저 녀석들이 미쳤나. 화산오검!"

심독은 다시 한 번 큰 소리로 불렀다.

그러자 막내 화군악이 뒤를 돌아보고는 나머지 사형들을 세웠다. 숨을 헐떡이며 심독을 맞이하는 다섯 사람의 눈에는 아직도 지워지지 않은 그림자가 있었다.

"어디를 그리 급히 가는 중이냐?"

"헉헉… 심 사숙을 뵙습니다."

화군악이 턱까지 숨이 차는 표정으로 대답을 하고는 나머지 설명을 유호경에게 떠맡겼다.

"심 사숙, 일단 숨을 돌리시고 이곳을 빠져나가야 합니다. 다른 분들께는 죄송하지만, 인사는 나중에 드리겠습니다. 일단 가시죠."

그때였다.

꾸드드드드—

미약한 진동이 삼십여 명을 떨리게 만들었다.

"응?"

모두 주위를 돌아봤다.

"벌써 이곳까지!"

유호경은 다급하게 외치며 사색이 됐다.

"저 진동에 대해 알고 있느냐? 지진인 게냐?"

"지진이 아니라… 싸움입니다."

"싸, 싸움? 그럼 저 진동이 사람이 낸 것이라?"

심독의 황당하다는 반문에 유호경이 고개를 저었다.

당연한 반응. 저 정도의 진동을 일으키려면 얼마나 강해야 할지 상상이 안 가는 심독이기 때문이다.

"사람이 아닙니다, 심 사숙. 괴물입니다."

"괴… 물?"

고개까지 절레절레 흔드는 유호경의 눈에는 공포가 담겨 있었다. 처음 봤을 때 느꼈던 어두운 그림자의 정체는 결국 공포였던 것이다.

"가봅시다."

대화를 듣고 있던 소천파가 앞으로 나서며 사람들을 종용했다. 화산파의 미래라는 소리가 공공연히 떠돌 정도로 실력 있는 젊은 고수들이 저런 표정을 짓고 있었다. 기회가 좋았다.

화산오검과 심독을 제외한 나머지 사람들 역시 소천파와 같은 생각인지, 일제히 소리가 난 방향을 향해 신법을 펼쳐 날아갔다.

"저들을 막아야 하지 않느냐?"

"…늦었습니다."

"뭐?"

"심 사숙, 가만히 계셔야 합니다. 그런다고 달라지는 것은 없겠지만, 그가 오면 방법이 생길지도 모르겠습니다."

"그? 누구를 말하는 것이냐?"

"유령신보."

"유령신보?"

"말도 안 되는 괴물을 상대할 자는, 말도 안 되는 황당한 사람뿐입니다. 그라면 어쩌면… 어쩌면……."

＊　　　＊　　　＊

소천파와 상관천은 서로 엇비슷한 속도를 냈다.

진동을 일으키는 실체에 다가갈수록 발걸음은 느려졌고, 의혹은 점점 커져 갔다. 핏기 하나 없는 수라대와 혈포사신들의 시체 때문이었고, 거리가 상당한 것 같은데도 느껴지는 열기 때문이었다.

엄청난 고수들이 저곳에 있었다.

“헉!”

소천파의 입이 쩍 벌어졌다.

예상을 증명이라도 하듯, 사방이 온통 찢겨지고 파여지고 녹아내렸다.

“이 무슨…….”

상관천의 중얼거림이 끝났을 때, 신호라도 된 것처럼 번개 친 후의 천둥과 같은 엄청난 굉음이 터졌다.

쿠쾅— 쿠르르— 콰콰쾅—!

“헉!”

상관악은 기겁하는 교민기를 뒤에서 받쳐 준 후, 경악이 가득한 눈으로 전방을 쳐다봤다.

응축된 불덩이가 세상을 향해 고함을 치는 모습이 저럴 것이다. 거대한 물줄기가 좁은 구멍을 통해 솟아오르려 할 때 저런 모습일 것이다.

소리는 거짓말을 할 수 있었다. 작은 공격을 위장하기 위해 엄청난 소리로 포장하는 경우가 종종 있기 때문이다. 하지만 눈으로 보여주는 힘은 달랐다. 무섭게 번지는 힘의 폭풍이 보였다.

걸음을 완전히 멈춘 소천파와 상관천의 귀로 귀곡성과 같은 음산한 살음(殺音)이 들린 건 이때였다.

"크크큭. 너희들이 그랬지?"

섬뜩한 목소리에 소천파와 상관천이 돌아서며 방어 자세를 취하자, 나머지 사람들 역시 그들과 같은 자세를 취했다.

그러나 그 차이는 엄청나게 컸다.

잘 익은 수박이 터지는 소리와 함께 대여섯 명의 머리가 사라졌다.

퍽!

핏물이 사람들의 옷에 튀었다.

"백안마군!"

소천파는 부지불식간에 자신도 모르게 부르짖었다.

얼굴 한쪽이 함몰됐고, 뻥 뚫린 복부에서는 피가 쉼없이 쏟아지고 있었다. 이런 모습의 괴인을 백안마군이라 생각하게 된 데에는 그가 사용하는 무공 때문이었다.

마교 서열 백위 안에 드는 엄청난 고수. 평소에는 감히 이 정도의 거리를 두고 서 있을 수도 없는 고수인 그가 투명한 한쪽 눈을 번들거리고 서 있었다.

소천파는 망설일 여유가 없었다.

백안마군이 뿜어내는 열기는 인간의 그것이 아니었다. 도, 검, 창, 편, 권, 장을 꺼내 든 삼십여 명이 소천파와 함께 공격을 해갔다.

쿠싯―

가장 먼저 공격한 네 명이 백안마군의 손짓에 의해 녹아내리는 소리였다. 나머지 인원은 급히 신형을 뒤집어 뒤로 피하려 했으나, 이미 시작된 백안마군의 공격은 멈추지 않았다. 그나마 다행인 것은 소천파 등은 명령을 내린 후 물러선 뒤라 죽진 않았다는 것이다.

퍽. 퍽.

백안마군이 연속으로 두 명의 머리를 터뜨리고 막 상관천을 향해 움직이려 할 때였다.

"그만 해요!"

허공에서 들려온 외침이 채 끝나기 전에 먼저 도착한 음향.

빡!

죽었다고 여기고 눈을 감았던 상관천은 슬며시 한쪽 눈을 떴다.

"헛!"

그의 눈에 백안마군의 함몰된 얼굴 한쪽이 터져 나가는 것이 보였다. 그것만으로도 놀라서 숨이 멎을 것 같은 그였으나, 더 놀라운 광경을 보고 말았다.

백안마군의 어깨를 밟고 선 젊은 청년을 본 것이다.

"끄륵……."

백안마군은 청년을 떼어내려 몸부림쳤으나, 청년은 꿈쩍도 하지 않았다. 우습게도 청년의 시선은 백안마군에게 닿아 있지 않았다.

"내가 처리할 테니, 가봐."

청년을 향해 다가가는 또 다른 목소리.

청년은 뒤도 안 돌아보고 곧바로 몸을 날려 엄청난 굉음이 연속으로 터지는 장소로 향했다.

백안마군 역시 청년을 따라 움직이려 했으나, 청년을 보낸 목소리의 실체가 모습을 드러내며 백안마군의 몸을 반으로 갈랐다.

쉭—

"……!"

백안마군은 섬뜩한 느낌에 몸을 떨었다.

"내가 말했지, 주군께서 너를 벼르고 있다고."

백안마군을 세로로 갈라 버린 갈피독의 손에는 여의마검이 쥐어져 있었다.

"대단한 검이군, 갈 아우."

"주군께서 주신 겁니다."

"이젠 주군이란 말이 자연스럽게 나오는군."

"벌써 그랬어야 했죠."

갈피독은 대답을 하며 백안마군의 시체를 내려다봤다. 함몰된 한쪽 얼굴에서 흐르는 피. 도대체 등천화가 무슨 수법을 사용한 걸까? 죽을힘을 다해 뒤따르느라 손쓰는 것을 보지 못했다.

"문주께선 신비한 구석이 너무 많은 분이시군. 겨우 돌멩이로… 허허허."

"봅시다, 형님."

갈피독은 문대성이 들고 있는 돌멩이를 뺏었다.

평범한 돌멩이였다. 이걸로 백안마군의 얼굴을 뚫어버린 것이다.

"정말 화가 났군."

"무슨 말인가, 갈 아우?"

"저 착하디착한 사람이 화를 내고 있다고요."

"……?"

문대성은 갈피독을 의아하게 쳐다봤다.

사랑하는 여자의 복수를 위해 이곳까지 온 사람이 화를 내지 않으면 그것이 더 이상한 일이었다.

갈피독이 먼저 움직이는 바람에 문대성은 물어보지 못하고 급히 따라갔다.

두 사람은 한 번쯤은 돌아봐 주기를 바라는 소천파와 상관천의 기대를 완전히 뭉갠 후 떠나 버린 것이다.

눈 깜짝할 사이에 벌어진 상황은 상관천과 소천파가 넋을
놓게 만들었다.

"혹시… 서문세가를 멸문시킨 사람이 백안마군?"

"아닐 거요, 그는……."

소천파의 혼잣말에 상관천은 갈피독이 사라진 방향을 눈
으로 가리키며 말을 흐렸다.

등천화를 따라온 갈피독의 시선이 보는 것만으로도 위축
될 정도의 괴물에게 닿았다.

목 두께는 보통 사람의 한 배 반은 넘을 것 같고, 가슴에는
사람들 머리칼만큼이나 긴 털을 달고 있는 자단이었다.

그는 지옥도를 방불케 하는 주위와 달리 멀쩡했다.

그가 서 있는 곳 주위에는 용의 배가 지나간 자국처럼 둥근
도랑이 파여 있었고, 멀쩡했던 벽으로 추정되는 곳에는 용의
발톱이 할퀴고 지나간 듯 어지러운 상처가 가득했다.

도랑의 끝과 상처 가득한 벽이 끝나는 곳엔 두 무리의 사람
들이 거친 숨을 몰아쉬고 있었다.

"컥……."

낯익은 청년이 핏속에 내용물을 섞어서 뱉어내는 모습이
보였다. 백안마군과 함께 유령신보를 쫓던 장주극이었다.

그를 보호하며 둘러싼 회색 무복의 사내들.

목숨에 위협을 받기 전에는 모습을 드러내지 않는 장주극

의 비밀 호위대가 모습을 드러낸 것이다.

이십일밀위.

마교주 장찬익의 명령으로 지금까지 장주극의 곁을 한시도 떠나지 않았지만, 한 번도 모습을 드러내지 않은 그들이 나타났다.

자단의 신위는 그만큼 엄청났다.

바짝 긴장하는 그들의 자세에서 치열한 싸움의 흔적을 읽을 수 있었다.

'주군은 어디 있지?

갈피독은 그들에게서 시선을 떼고 먼저 왔을 등천화를 찾았다. 두리번거리던 시선이 자단을 지나치려 할 때였다.

"……!"

자단의 눈이 갈피독을 보고 있었다.

가슴이 철렁할 정도로 놀랐지만, 옆에서 엄청난 속도로 그에게 돌진하는 등천화를 발견하고는 자단을 향해 웃어주는 여유를 보였다.

아직 자단은 모르고 있었다.

'됐다!'

갈피독은 자단의 얼굴이 곧 백안마군처럼 변할 것을 의심하지 않고 속으로 쾌재를 불렀다.

퍽!

엉뚱한 소리.

“엇!”

갈피독은 황당한 소리를 냈다.

쓰러지는 자단이 아니라, 뒤로 튕겨 나가는 등천화의 신형을 봐야 했기 때문이다. 피했으면 피했지, 저런 식으로 튕겨 나갈 등천화가 아니었다.

여의마검의 마기를 직접 심은 사람이 자단이었다.

낯익은 기운이 근처에서 느껴지자 자연스럽게 갈피독에게 시선이 닿았다. 누추한 옷차림의 낭인이 여의마검을 들고 있었다. 저절로 복이 찾아온 것이다.

“클클클. 안 그래도 찾으러 가려 했는데 잘됐구나.”

자단은 맛있는 먹이를 보는 맹수처럼 입맛을 다시며 갈피독에게 다가가려 했다. 여의마검을 회수할 생각에 잠시 방심을 했던가?

퍽.

누군가가 날아와 어깨에 부딪쳤다.

무의식적으로 혈영마공이 호신강기를 펼치며 부딪친 자를 튕겨 버렸다.

퉁—

“응?”

기척도 없이 다가온 것만 해도 놀랄 일인데, 혈영마공에 부딪친 주제에 고무공처럼 튀어나간 것이다.

땅에 떨어지자마자 다시 튀어 오르는 인영을 보고 자단은 이채를 발했다. 물론, 그것으로 끝이었다. 두 번이나 손을 쓰게 만든 애송이에게 베풀 인심 따위는 그에게 없었다.

푸핫—

붉은 용 모양의 불꽃이 이글거리며 다가오는 먹이를 향해 날아갔다. 애송이의 죽음은 추호도 의심할 여지가 없었다.

그러나 정면으로 날아오던 애송이의 신형이 반으로 접히는 것처럼 얇아졌다 싶더니, 혈영마공의 공격을 피하고는 원래의 궤도를 따라 다가왔다.

"호!"

자단은 깜짝 놀랐다. 보법으로 저 정도의 현란한 변화를 만들어낼 줄은 생각지도 못했기 때문이다.

자단에게 다시 덤비는 애송이는 바람의 길과 길이 만나는 지점을 밟았다고 여기는 등천화였다.

서문세가를 떠나 하루가 지난 지금까지 한 번을 쉬지 않고 흉수를 찾았다. 아마 혈포사신이 아니었으면 자단이 흉수란 사실을 아직까지 모르고 계속 헤맸을지도 몰랐다.

등천화는 자세를 바꾸는 것만으로 바람의 길을 차단시키는 자단의 기세에 밟을 곳을 잃어야 했다.

얼굴을 밟고 날아오른 다음 이마로 공격해야 하건만 그럴 틈을 주지 않는 자단이었다. 오히려 허공에서 차보로 멈춘 후 자보를 이용해 물러서는 등천화에게 붉은 손을 뻗어왔다.

그 빠름이란!

자보를 펼치던 동작에서 뒤로 돌며 음자삼차파를 터뜨려 붉은 손과 부딪쳐야 했다.

쾅!

"클클. 혈영마공과 두 번이나 정면으로 부딪치고도 멀쩡한 놈이 있을 줄은 몰랐군."

자단은 탄력 좋은 공처럼 튕겨 나가는 등천화를 보다가 한쪽으로 고개를 급히 돌렸다.

"어딜!"

어느새 그의 손에는 목에 걸린 철적이 들려 있었다.

수십 개의 붉은 빛덩어리가 회색 무복을 입은 자들을 향해 포물선을 그리며 떨어졌다.

콰콰콰콰—!

자단은 결과를 보기도 전에 위치를 이동했다.

자의에 의해서가 아니라, 사각을 파고드는 등천화의 공격 때문이었다. 하지만 피했다고 여긴 등천화는 여전히 그를 밟아왔다. 이리 피하고 저리 피해도 마찬가지였다. 사라졌다 싶으면 어느새 그 자세 그대로 재도약하며 또다시 밟아왔다.

자단이 정신없는 틈을 타 이십일밀위는 장주극을 업고서 장내를 떠날 수 있었다. 물론, 희생당할 세 사람은 남겨둔 후였다.

더 이상 시간을 끌었다가는 다 잡은 물고기를 놓치는 일이 벌어질 것이라 여겼는지 붉은 빛으로 전신을 감싸며 등천화의 공격을 무시한 채로 장주극을 향해 움직였다.

잔영보다 더 빨리 움직이면서 소매를 떨치자, 그곳에서 붉은 빛이 묘한 소리를 내며 빠져나갔다.

피리리릿―

붉은 빛은 이십일밀위 중 한 명의 공격과 맞부딪쳤다. 소리는 없었다. 이번 공격으로 자단을 막지 못한다고 해도 한 번은 더 공격할 기회가 있을 거란 생각은 그의 착각이었다.

호신강기를 종잇장처럼 뚫어버린 붉은 빛이 그의 목을 잘라 버렸기 때문이다.

붉은 빛은 아직 멈추지 않았다.

두 번째 이십일밀위는 이미 동료가 당하는 모습을 본 후였다. 검을 들어 붉은 빛과 부딪쳐 갔다. 먼저 죽은 동료보다는 오래 버텨야 한다는 필사의 각오로 펼친 검은 우레와 같은 소리와 함께 휘둘러졌다. 하지만 그의 검으로 날아들던 붉은 빛은 기이한 각도로 휘어지다가 역시나 그의 목을 자르고 지나갔다.

역자팔선회.

상대가 한 명이 아닐 경우에 사용하는 자전초 사용 초식으로, 세 번째 이십일밀위의 목을 자르고서야 자단에게로 돌아갔다.

"자전초의 첫 제물치고는 아깝군. 클클."

자천초를 바라보는 자단의 입가에 만족스러움이 가득했다. 하지만 되돌아오는 자전초를 받을 생각은 없어 보였다. 자전초의 회전은 아직 멈추지 않았다.

퍽.

등천화의 집요한 얼굴 공격에 자단은 준비를 하고 있다가 어깨로 때렸다. 떼어놓아야 목을 자르는 것이 편했다.

그러나 그의 판단은 틀렸다. 그냥 틀린 것도 아니고 황당한 상황을 연출하며 완전 틀리고 말았다. 어이없게도 자전초가 멈춘 곳이 등천화의 손이었기 때문이다.

"……."

등천화는 움직이던 모든 동작을 멈추었다.

불운하게도 이 자전초를 사용했던 사람을 알고 있었다. 겉으로는 강하지만 가족을 사랑하고 좋은 길을 만들어내는 사람이었다.

"엄……."

눈이 아파오다가 시원해졌다. 물기 젖은 눈에 바람이 지나간 까닭이었다. 이게 어디서 났느냐고 묻고 싶어 입을 열었다가 닫았고, 화를 내려고 입을 열었다가 다시 닫았다.

말이 필요없었다.

자리에서 사라졌다.

나타난 곳은 자단의 바로 앞. 그대로 이마로 얼굴을 들이받았다. 휘청하며 자단의 얼굴을 놓치자, 손에 들고 있는 자전초로 그었다.

획―

역시나 가볍게 피한 자단은 의혹 어린 시선이 됐다.

이 정도의 움직임을 보일 수 있는 보법도 놀랍거니와 조금 전과 완전히 달라진 모습에 당황까지 하고 말았다.

"자전초를 어떻게 맨손으로 잡을 수 있었지?"

자단의 질문에 대답해 줄 기분이 아니었다.

다시 달려들었다.

그러나 이번엔 자단이 피하지 않고 손을 썼다.

퍽.

고무공과 같은 탄력은 여전했으나, 마음먹고 때린 자단의 주먹은 등천화가 막아낼 성질의 것이 아니었다.

나가떨어지는 등천화를 쫓아온 자단의 발길질이 작렬했고, 내부가 통째로 뒤틀리는 고통이 뒤따랐다. 그리고 이어지는 주먹질.

길이 보이지 않는다. 계속해서 몸을 아프게 만드는 저 손이 어디를 향할지 전혀 짐작할 수 없다.

"질문을 바꾸마. 자전초를 잡는 방법을 누구에게서 배웠느냐?"

자전초를 잡고 있는 등천화의 손목을 발로 밟았다.

떨어뜨린 자전초를 섭물진기로 끌어올린 그는 잔인한 눈빛이 되어 등천화를 쳐다봤다.

스륵.

발을 치웠다.

등천화는 재빨리 일어나며 백안마군의 얼굴에 구멍을 냈던 수법으로 돌멩이를 던졌다. 아니, 바람의 길이 만나는 지점을 향해 놓았다.

훙—

자단의 간단한 고갯짓에 돌멩이는 바람의 길을 따라 날아가 버렸다.

"클클클. 일청이와 관련이 있는 놈이구나. 한 명도 남기지 않았던 것 같은데, 용케도 살아 있었구나."

서문세가의 혈겁을 인정한다는 뜻이었다.

팡!

가죽 공 터지는 소리가 주위를 짱짱하게 울렸다.

혈영마공에 몇 번이나 맞은 등천화가 그제야 처음으로 코피를 흘렸다.

등천화는 조금 전의 한 수에 전신이 젖은 솜처럼 축 늘어져 손가락 하나 꼼짝할 힘도 없었다. 자단의 손바닥에 맞은 곳은 복부이건만, 귀가 멍멍해지고 전신의 뼈마디는 서로 이탈한 듯했다.

당연했다. 자단의 공격은 단순한 타격이 아니었다. 손바닥은 내부를, 목에 걸린 철적에선 귀를 공격한 까닭이다.

"…엄……."

등천화는 이런 기분을 처음 느꼈다.

순간적인 움직임에서부터 길을 보는 눈까지 자신을 앞서는 사람을 처음 만났다. 이런 사람도 있는 것이다.

서문세가의 가족들 때문이라도 웃는 것은 용납할 수 없었다. 달려들어 다시 한 번 이마를 사용하고 싶건만, 그것이 마음대로 되질 않았다.

보이지 않는 길은 걸을 수가 없었다.

이런 느낌. 얼마 전에도 어렴풋이 느꼈던 적이 있었다. 바로 여의마검에 의해 마기를 완전히 흡수당했을 때였다.

볼 수 있는 길을 흡수당하면 볼 수가 없다!

진리지만, 이것을 깨닫는 건 어려운 일이었다.

안 보이는 길을 걷고, 상대가 흡수할 수 없는 길을 만들어낼 수 있어야 하기 때문이다.

"뭐 하는 거냐? 지금에 와서 기를 숨긴다고? 클클클."

자단은 등천화의 몸이 식는 걸 느끼고 마구 비웃었다. 이런 멍청한 놈이 세상에 또 있을까? 잡히기 전이었다면 몰라도 잡힌 후에 기를 거두어들이는 미친 짓을 하고 있었다.

그러나 그는 그 짧은 시간이 등천화에게 어떤 변화를 주는지 전혀 짐작하지 못했다.

지금까지 수없이 당하면서도 등천화는 발을 쉬지 않았다.

움직였다. 움직임은 등천화가 내는 힘의 원동력. 그 원동력으로 인해 몸 안에는 조금씩 힘이 모이고 있었다.
　"당신… 나쁜 사람은… 무기만으론… 안 돼!"

『보법무적』 4권 끝